谍战危城

付强◎著

SPM

南方出版传媒

广东人民出版社

·广州·

图书在版编目（CIP）数据

谍战危城 / 付强著 . — 广州：广东人民出版社，
2018.8
　ISBN 978-7-218-13084-2

　Ⅰ．①谍… Ⅱ．①付… Ⅲ．①长篇小说－中国－当代
Ⅳ．① I247.5

中国版本图书馆 CIP 数据核字 (2018) 第 163611 号

Die Zhan Wei Cheng

谍战危城

付强　著

出 版 人： 肖风华

责任编辑： 马妮璐　刘　宇
责任技编： 周　杰　易志华
装帧设计： WONDERLAND Book design
　　　　　　仙德 QQ:344581934

出版发行 广东人民出版社
地　　址： 广州市大沙头四马路 10 号（邮政编码：510102）
电　　话： （020）83798714（总编室）
传　　真： （020）83780199
网　　址： http://www.gdpph.com
印　　刷： 三河市荣展印务有限公司
开　　本： 787mm×1092mm　1/16
印　　张： 17　　**字　　数：** 242 千
版　　次： 2018 年 8 月第 1 版　2018 年 8 月第 1 次印刷
定　　价： 42.80 元

如发现印装质量问题，影响阅读，请与出版社（020－83795749）联系调换。
售书热线：（020）83795240

目　录

第一章 |

1

一提到20世纪30年代的上海，人们首先想到的是黄浦江畔的十里洋场，南起延安东路，北至苏州河上的外白渡桥，东面江水浩荡，西面则是旧上海金融机构的聚集地。沪通银行就在西面，坐落在一栋巍峨的西式建筑内。上海作为远东地区的金融中心，拥有大大小小两百多家银行，沪通银行只是其中的一个，可以说，毫不起眼。

不起眼，也就不引人瞩目，就像没人会注意海边岩石上的牡蛎壳一样。

左铭烨的代号就是"牡蛎"。作为上海沪通银行董事，左铭烨为人处事异常低调，说话轻声细语，在外人看来没有什么特别之处，如同这条金融街上的每一个人。而在上线"西湖"夫妇眼里，左铭烨则是这次秘密任务的关键。

2

一九三七年的上海，夏天提前到来。六月初，热浪已席卷整个租界，马路都被烤得冒烟了。

比要人命的炙热天气更让上海市民心焦的，是日本人。准确的说，是日本军人。与租界咫尺之遥的江湾路一带，每天都乒乒乓乓地放枪，不是打仗，是军事演习。纵观世界各国军队发展史，敢在密集的居民区里搞实弹演习的，恐怕也只有日军了。日军嚣张地在上海市民眼皮子底下大张旗鼓地演习，传说曾有流弹飞到市民的炒菜锅里，被端上桌，变成了嚼不烂的铁蚕豆。

对此，上海市民忍气吞声，国民政府上海代市长俞鸿钧装聋作哑。金融酒会上，记者当众责问俞鸿钧，为何听任日军在上海滩胡作非为？政府毫无作为。俞鸿钧打着官腔东拉西扯，并点名让左铭烨上台发言，话题重新回到了金融问题。左铭烨也只能老老实实地配合。

这样的场面对左铭烨来说，已经司空见惯了。他唯一能做的，就是什么也不做。

上海的战争一触即发，左铭烨现在最担心的，是存储于沪通银行的巨额组织经费——十万两黄金的安危。当年他离开中央苏区时，红军首长交代的唯一任务是，"蛰伏"并看管好这批黄金。这些年，上线"西湖"夫妇一直夸他是合格的"守金战士"，然而随着战事临近，左铭烨有些坐不住了。

坐不住，也得继续坐着。

同为"守金战士"的马良是沪通银行的普通职员，左铭烨的下属，但他可没有左铭烨的耐性。小伙子血气方刚，居然抽空跑到江湾路一带，去观摩日军演习，结果越看越来气，拳头都要攥出血来了。

密集的枪声中，日军向隐藏各处的假想敌发起进攻。手榴弹的爆炸声此起彼伏，街巷中硝烟弥漫。几名日军士兵冲向一处简易工事，朝躲在沙袋后的"国军士兵"开火。"国军士兵"身中数弹却屹立不倒。原来那些"国军士兵"只是套着国军军装的稻草人。日军士兵端着刺刀将稻草人挑翻,之后踩着稻草人朝前方冲去。

马良无目标地啐了一口,恶狠狠地说,等着瞧!

3

泰山崩于前而色不变。左铭烨的不动声色,让马良越发心急。然而作为下级,多年来他已经习惯于服从,左铭烨没有新任务下达,他便无所适从。于是,马良灵机一动,绕了一个大弯子,从时事谈起,试图抛砖引玉,捕捉领导意图。

以周恩来为首的中共代表团刚刚从西安飞抵上海,日本驻沪海军陆战队便在上海市区的江湾路、施高塔路、北四川路一带展开大规模巷战演习。马良边说边察言观色,见左铭烨没有制止他的意思,继续说道,这绝对不是巧合。日本希望中国人一盘散沙,最惧怕的当然是国民党与共产党的两党联合。接下来,中共代表团将在上海与各方人士会谈,争取中共公开合法地位,筹办公开刊物。

坐在办公桌后的左铭烨终于抬头看了马良一眼。

马良试探地说,左董,您觉得国共近期能实现再次合作,并建立抗日统一战线吗?

左铭烨一乐,问他,我是谁?

马良一时没有反应过来,愣住了,但他已经明确感受到左铭烨平和语气下的不悦。

左铭烨指一下摆在办公桌上的"执行董事"铜牌,提醒马良。

马良恍然大悟,说,噢,您是沪通银行执行董事。

左铭烨说,这里是什么地方?

这次不用左铭烨提醒,马良快速答道,上海沪通银行办公大楼。

左铭烨说,这就对了嘛!你我都是沪通银行职员,不是南京国民政府的高官。马良，我劝你不要想这些乱七八糟的事情，干好自己的本职工作。实在闲着没事，到楼下营业厅接待一下顾客。

马良心有不甘地说，可是日军在上海滩……

左铭烨抬手打断马良说，记住，我们有我们的任务，天塌下来，都与你我无关。

马良有些着急，声音不自觉地提高了，嚷道：怎么能与我们无关呢？我们是军人，保家卫国是我们的责任！

左铭烨想发火，又忍住了，打开抽屉，拿出一个鼓鼓囊囊的信封交给马良，没好气地说，给你的。

马良查看信封，发现装着厚厚的一沓钱。

左铭烨说，你来上海已经三年零四个月了，一趟老家都没有回过，父母双亲上了岁数，肯定惦念你。这样，你买张船票，回江西老家吧。

马良说，这是命令吗？

左铭烨字斟句酌地说，嗯，我觉得你不适合在上海的工作。

马良恍然大悟，这是左铭烨要将他调离上海的意思，显然老领导这次是真生气了。马良思索着，不再执拗，小心翼翼地将信封放回左铭烨面前。

左铭烨说，不想走？

马良赔着笑脸说，左董，我忽然想起来，本月还有两家商行的欠款没有清账，太影响我的个人业绩了，您要是没别的事情，我这就去收账。

4

马良想着心事穿过银行大楼的门厅，与身高马大的蒋金刚撞在一起，就像撞到了一堵墙。马良抱着酸痛的肩膀倒吸一口冷气，急忙道歉，被撞的蒋金刚倒不吭声，恶狠狠地盯着马良，压低了礼帽，匆匆上楼，皱巴巴的西装及其不合身，像是临时借来的。

马良有些无奈，对着蒋金刚的背影，低声嘲讽道，瘪三都往银行跑，也不看看是你来的地方吗?

这句话没说完,蒋金刚的身影已消失在楼梯拐角。

左铭烨的办公室,位于沪通银行大楼的二楼,拐角第三个房间,门口挂着执行董事的铜牌。蒋金刚显然对这里的环境十分熟悉,径直来到左铭烨办公室门前,见四下无人,推门就要进屋。

房门是锁着的,屋里应该没有人。

蒋金刚皱眉,缩回手,目光左右逡巡,最终落在走廊的那扇窗户上。

5

左铭烨与崔新轲边走边聊,穿过走廊,走向自己的办公室。董事崔新轲身材不高,谈吐优雅,语速不徐不急,一双不大的眼睛透着商人的精明。他是左铭烨好友,复兴银行董事。

我的初步设想是,集众人之力成立一家具有政府背景的联合银行。崔新轲说着,靠近左铭烨的耳朵,声音低了下去,看上去有些神秘兮兮地说,你沪通银行,我复兴银行,再加上汪先生和孔先生作为发起人,占多数股权。

说着,两人来到左铭烨办公室门前。

左铭烨敏锐地发现,房门是虚掩着的,出门时他明明上了锁。

屋里有人?左铭烨不动声色,掏钥匙的手也没有从衣兜里抽出来,大大方方地推门进屋。崔新轲不会注意到这些细节,跟了进来,继续说,背靠大树好乘凉嘛,我的设想保证万无一失,尤其上海目前这种情况下,铭烨,不要再犹豫了。

左铭烨说,新轲,先坐,我给你煮杯咖啡。

借找咖啡杯的机会,左铭烨迅速查看了沙发背后、办公桌底下以及窗帘后所有可能藏身的地方,没有发现异常。左铭烨边倒咖啡边皱眉思索着。

崔新轲走过来说,上海局势一天天紧张起来,再不当机立断,你我的身家性命恐怕不保。一旦打起仗来,所有人的钱还不全归了占领军啊!

左铭烨递给崔新轲一杯咖啡，忽然发现桌上摆着一封信。信封右上角是醒目的红五星标志。这是上级"西湖"夫妇联络他的信号。左铭烨心跳加速，下意识地看了崔新轲一眼。崔新轲在同一时间看到了这封信，好奇地拿起来，打开信封抽出信纸，上面只有几个字：玖捌壹零肆。左铭烨紧张得直冒汗，脑子里一片空白。

崔新轲疑惑地问，你们沪通银行用这样的信封吗？

左铭烨说，不是我们银行的，应该是外来信件。

崔新轲说，这个数字什么意思？

左铭烨说，我不清楚，或许是一家交易所的代码。

崔新轲说，反正上海证券物品交易所不是这样的操作规范。如今大大小小的交易所多如牛毛，市场混乱。我也经常收到交易所的垃圾信件。

左铭烨如释重负地说了句都是些无用的东西，顺手从崔新轲手里拿走信封，连信纸一起丢进垃圾桶。

崔新轲品评咖啡说，味道不错，要是阮梦蝶煮的咖啡就更好了。

左铭烨一乐，说，你是贼心不死啊！

崔新轲笑说，我愿死在阮梦蝶的温柔乡里，鲜血化作一株暗红的玫瑰，摆在窗台之上，日夜守护我的爱人。

左铭烨正想说什么，桌上的电话急促地响起来。

左铭烨抄起听筒，电话那头传来马良焦急的声音：左董，盐泽一郎这个混蛋出尔反尔，这已经是他们东亚株式会社第三次贷款延期了！

街边电话亭旁，老乞丐端着破碗朝马良伸手乞讨。马良没理他。

左铭烨对着电话听筒，耐心劝导说，你跟他好好说嘛！咱们沪通银行有制度……

马良情绪激动地说，没用，都说八百遍了！刚才日本人又把我轰了出来！我看盐泽这小子是想赖掉这笔账！左董，按照咱们沪通银行的规定，我现在就可以通知他等着法院传票！

左铭烨说，马良，你不要冲动，这件事我来处理。

马良说，左董，贷款是我放出去的，我必须把它收回来！我现在就上楼去找那个混蛋算账！

左铭烨着急地说，你别再去了，如今这年月日本人不好惹！喂，喂，马良，马良。

电话被挂断了。

左铭烨与马良的通话，崔新轲听得一清二楚，鄙夷地说，又是马良？净给你惹麻烦。

左铭烨思索着说，不行，我得出去一趟，马良的暴脾气，我担心他出事。

见左铭烨要出门，崔新轲说，我跟你一起去，路上正好商量一下成立联合银行的事情。

6

左铭烨的座驾是一辆福特牌黑色轿车，他上了车，扶着方向盘思索着。崔新轲拉开侧门，坐在副驾驶的位置上。

左铭烨想着心事，没有立即启动车辆。上线"西湖"夫妇发来信号，要求紧急见面。左铭烨本来想以找马良的借口脱身，去跟上级会面，可是崔新轲像个跟屁虫似的，一时甩不掉。

崔新轲说，铭烨，想什么呢？马良不会有事的，你别担心。

左铭烨无奈地启动车辆，说，还是去一趟比较好。盐泽这个人，你我都熟识，他会给我面子的。

7

盐泽一郎的东亚株式会社是典型的日式装修，一把军刀摆在几案上，透着几分杀气。马良正被几名日本职员围殴，口鼻冒血，奄奄一息。盐泽一郎站在一面巨幅日本国旗前，冷眼旁观。

左铭烨和崔新轲驾车来到东亚株式会社大楼前，轿车还没停稳，一个物件突然从天而降，重重地砸在街面上。路人上前围观，其中一个女人吓得惊声尖叫。

左铭烨和崔新轲下车查看，意外发现死者竟是马良！

左铭烨喊着马良的名字，冲上前去，抱着他的尸体，突然瘫坐在地，掩面而泣。路人议论纷纷。

盐泽一郎和两名日本职员从大楼内出来，挤进人群，来到左铭烨面前。

盐泽一郎说，左先生，你怎么在这里？

左铭烨抬头看到盐泽一郎，指着马良的尸体，愤怒地质问他，盐泽，这是怎么回事？！

盐泽一郎双手一摊，说，你问他好了。

左铭烨怒吼：他已经死了！

盐泽一郎装无辜说，我也没想到会这样。他来催缴贷款，还说今天不给钱他就从我们楼上跳下去……

左铭烨揪住盐泽一郎，愤怒地喊道，扯谎！你杀了他！是你杀了他！

崔新轲冲过来，将左铭烨与盐泽一郎分开，劝解道，铭烨，你冷静点儿，先把人送医院再说。盐泽一郎先生，你赶紧叫车啊！

盐泽一郎说，对不起，此事与我无关，是他自己寻死！

左铭烨气愤地喊道，盐泽，你也太狠了！杀人偿命，欠债还钱！我要到法院告你！我要你以命抵命！

盐泽一郎不屑地说，好啊！乐意奉陪，我相信你们中国的法律是公正的。

8

马良之死，让左铭烨深受打击。这位年轻的战友是跟随他多年的老部下，早在红军反围剿前夕，他俩就已经是中央苏区工农银行的同事了。当年在一次转移中，马良瘦弱的身板竟挑起了八千枚银圆的重量，是其他人负荷的两倍，山路行军一天一夜，一百五十里，简直是个奇迹。到达目的地时，马良累得一头栽倒，给左铭烨等人留下深刻印象。这也是左铭烨选择带他来上海执行秘密任务的原因之一。

年轻的老战友，说走就走了，左铭烨怒火中烧，发誓要替马良讨还公道。

崔新轲说，你还真打算跟日本人打官司？

左铭烨说，马良不能这么不明不白地死了，我要盐泽一郎以命抵命！

崔新轲说，说盐泽一郎杀了马良，你没有证据啊！

左铭烨苦笑说，证据？马良身上的伤就是证据，临死之前他被人殴打过！我相信法庭会给我们一个公正的判决……

崔新轲说，铭烨，我必须提醒你，如今日本人在上海势力正盛，你揪着这件事不放，就不怕盐泽一郎报复你？盐泽一郎的日本政府背景，你我心知肚明，他什么事情干不出来？马良之死就是前车之鉴。别忘了，你还有一大家子人呢！

左铭烨说，你别说了，我必须替我死去的兄弟讨回公道！这件事情，谁也别想拦我。

9

左铭烨出门时，滚滚乌云已经压到头顶上了，黑黢黢的街道，分不清白天还是晚上。左铭烨愁眉不展，缓步前行，身后跟着一条幽灵般的身影，他对此一无所知。

穿过闸北宝山路，是一片四通八达的街巷，这是通向上级"西湖"夫妇住处的必经之路。左铭烨低头走路，忽然身后人影一闪。

左铭烨下意识地回头：谁？

没有动静。左铭烨提高了警惕，快步前行。突然一条黑影掠过他的头顶，借助墙壁攀缘腾挪，一个鹞子翻身落在左铭烨身前。左铭烨大惊，正要掏枪，却被黑影一脚踢翻，紧接着一把锋利的匕首抵住了左铭烨的脖子。

左铭烨躺在地上动弹不得。

黑影摘掉礼帽，原来是蒋金刚。

左铭烨说，你是什么人？

蒋金刚说，我叫蒋金刚，"西湖"的信使。

左铭烨装糊涂："西湖"是谁？

蒋金刚松开左铭烨，严肃地说，牡蛎先生，别装傻了！那封信你肯定看到了，玖捌壹零肆，你应该知道什么意思。

左铭烨说，这里说话不方便。"西湖"在哪里？

蒋金刚鄙夷地说，在等着你呢。还有，你别误会，刚才我就想试试你的本事。来之前，我还以为"牡蛎先生"是个多么了不起的人物，原来就是个窝囊废！我不明白，"西湖"凭什么高看你一眼？

这个问题左铭烨不想回答，阴沉着脸率先走了。蒋金刚把玩着匕首跟了上去，脸上是嘲讽加不屑的表情。

两人的身影刚刚拐进一条小巷，数名国民党特务匆匆跑了过来，完成了无声的集结。这些身着黑色中山装的特务们聚在一起东张西望，逡巡不前，但是没有人出声说话，显然训练有素。说他们是集结，其实有些不准确，实际的情况是，他们一时找不到目标，只好聚在一起等后边的人。

特务行动，通常走在后边的人是带队的领导。时间不长，秦北飞和柳墨轩走了过来。

秦北飞，国民党特工总部南京行动处的特务组长，身材挺拔，留着分头，同样的黑色中山装套在他的身上，竟穿出了时装的别样效果，从外表一看就是超强干练的人。柳墨轩，人如其名，一袭长衫，像个教书先生，与秦北飞等人站在一起特别扎眼，似乎不是一类人。

柳墨轩与秦北飞本来就不是一类人，他曾是中共地下党员，在国民党南京行动处任职，执行潜伏任务，后来变节才加入国民党。国民党对柳墨轩这类投诚人员还是比较提防的，先让他在"反省院"待了一个星期，并利用这段时间对柳墨轩的背景进行了彻查，就差没把柳家的祖坟给刨了。刨根问底的结果，是柳墨轩基本上没有疑点，可以量才使用。因此，上海这次行动便让他也参加了。

秦北飞对共产党有着刻骨的仇恨，据传言，他们秦家在江西的老宅被共产党领导的农会一把火烧了个干净，供在祠堂里的祖宗牌位一块也没能找回来。所以，秦北飞一看到柳墨轩，就气不打一处来。这次，上司汪铮禹派柳墨轩与他一起行动，秦北飞的心里是抗拒的，但汪铮禹毕竟是他的老师。老师的面子还是要给的，但对柳墨轩倒不用客气。

秦北飞鼻子上挑，朝柳墨轩哼了一声，算是招呼他过来。柳墨轩屁颠屁颠地凑上前来，赔着笑脸等秦北飞发话。

秦北飞说，是这里吗？

柳墨轩说，情报显示应该就是这里。

秦北飞说，什么叫应该呀？到底是不是？

柳墨轩说，是。

秦北飞对自己的敌对态度，柳墨轩心里一清二楚，显然秦北飞把对共产党的态度强加到他的身上来了。为了改善与秦北飞的紧张关系，柳墨轩尽量大度地笑了笑，并厚着脸皮开始拍马屁。

柳墨轩说，秦组长，代号"牡蛎"的神秘特工正是中共上海地下组织此次绝密行动的核心，抓到"牡蛎"，秦组长定能立大功，升官发财。

不料马屁拍到了马腿上，秦北飞可不吃这一套，他先是冷笑，接着恶狠狠的目光投向柳墨轩。柳墨轩心里不禁打了个寒战。

秦北飞说，那是你这个共党叛徒的思维，而我只对一件事感兴趣——杀人！共产党都该死！

柳墨轩的语气近乎哀求了，他说，秦组长，你别用这种眼神看着我，怪吓人的。我已经走出了"反省院"，正式弃暗投明，如今你我都是国民党特工总部南京行动处的特勤人员，都是为领袖服务的。

秦北飞说，别扯那些没用的，这次行动看你表现，抓不到"牡蛎"，我先宰了你!

柳墨轩知道，心狠手辣的秦北飞说到做到，这句话绝不是简单的威慑，很有可能变成事实。别的不说，如果在行动中秦北飞打了自己的黑枪，哭都找不到庙门。不过柳墨轩毕竟不是秦北飞下属，上峰汪铮禹指派他和秦北飞一起行动，虽然没有组长的职务，但是两人是平级的。柳墨轩敢怒不敢言，于是行动上便懈怠了，算是无声的抗议。

秦北飞说，带路。

柳墨轩装模作样地说，秦组长，让我好好想想，上次来"西湖"夫妇家是好几年前的事情了，现在还真有点含糊，这些巷子看上去一模一样啊。

秦北飞阴沉着脸盯着柳墨轩，似乎看穿了他的心事。

柳墨轩说，我想起来了，应该是前边那条巷子。

秦北飞说，你真不认识"牡蛎"?

柳墨轩说，真不认识。我是"西湖"夫妇的上线，"西湖"夫妇是"牡蛎"的上线，因为共产党地下工作单线联系的原则，在上海只有"西湖"夫妇知道"牡蛎"的真实身份，我一直在南京，你是知道的。

秦北飞莫名其妙地说了句，别自作聪明。

柳墨轩说，你是不是认为我隐瞒了什么?

秦北飞说，没错，既然你是"西湖"夫妇的上线，为什么之前不揭发?直到我们通过特殊渠道拿到关于"西湖"夫妇和"牡蛎"的确切情报，你才跳出来摘桃子。

柳墨轩苦笑说，在"反省院"，我自己的问题都还没有交代清楚，哪顾得上这些啊。对了，秦组长，你说的特殊渠道获取情报到底是什么渠道?

秦北飞说，我也不清楚，是汪铮禹汪长官提供的线索。你感兴趣，可以直接去问他。

柳墨轩说，这么说上海共党地下组织内还有咱们的人?

秦北飞不置可否，对柳墨轩说，时间不早了，别扯这些没用的。

柳墨轩说，好，不说了，让我好好想想，"西湖"夫妇好像是住在前边那条巷子。

秦北飞说，别想了，留着你的猪脑子，好好想想下次怎么给汪将军送礼吧！

旁边的特务听到这句话，有人忍不住低声笑起来。柳墨轩顿时无地自容。

不久前，汪铮禹到特工总部视察，柳墨轩重金送礼，结果当场变成了活生生的反面教材。会场上，面对台下上百名特工，汪铮禹毫不留情地点名批评柳墨轩。此后汪铮禹一身正气、拒贪拒腐一事，总部上下无人不知，柳墨轩也因此成为众人笑柄。

笑，是会传染的。看到柳墨轩的窘态，秦北飞也无声地笑了。

两名便衣特务飞奔而来，在秦北飞面前停下。

一个特务说，秦组长，目标已经锁定了，宝山路一百○四弄九十八号。

另一个特务说，刚才又进去两个人，天黑，看不清相貌。

秦北飞说，一起抓，行动！

在两名便衣特务引领下，众特务迅速行动起来，一窝蜂似的朝前方跑去。柳墨轩一时惊诧，原来秦北飞早已得到情报，十分清楚"西湖"夫妇的住址，而自己在这次行动中的地位，将会越发尴尬。

10

宝山路一百○四弄九十八号是一处普通的民宅，甚至有些破旧。拉着窗帘，昏黄的灯光让房间显得有些压抑。气氛也是压抑的。代号"西湖"的中共上海地下组织负责人是个中年人，姓周，就坐在那里，看着妻子给左铭烨、蒋金刚倒茶。周妻怀孕五个月了，肚子隆起，有些行动不便。

左铭烨心事重重，压抑着情绪。

左铭烨说，老周，是我汇报工作，还是您先布置任务？

老周说，江华同志，三年多了，组织突然联络你，你应该猜到了，是紧急情况。上级决定"唤醒"你。

老周称呼左铭烨为"江华同志"，是沿用了当年在江西中央苏区的称呼。听到这个久违的名字，左铭烨心里热乎乎的，眼睛湿润了。

老周说，江华同志，你蛰伏上海这些年，一直风平浪静，现在是你这个财神爷登场的时候了。你肯定知道"唤醒"意味着什么，你也要有心理准备执行怎样艰巨的任务，现在我要告诉你的是，这次我们要动用自己的家底了。

左铭烨压抑着激动的心情，尽量用平和的语气问，数目是多少？

老周说，全部家底，运往延安。

周妻忙活完正要落座，老周开口了，说，你到外边盯着点儿。

周妻答应着离开。

等妻子出门，老周这才低声说：延安指示，由你担任此次行动的总指挥，我上海地下组织全员无条件配合你的行动，另外，你还有权调动苏沪杭地区我部的所有武装力量。

左铭烨说，老周，我明白了，什么时间启运？

老周说，当然是越快越好，回去之后马上制定行动方案，我这边已经通知了相关人员，连夜开会，提前做好准备。

行动在即，左铭烨必须向组织表态，他字斟句酌地说，老周，作为我党这批重要资产的守护人，这些年我一直在等待组织的召唤。中日战争不可避免，国共合作协议即将落到实处。我分析，我党这批数目庞大的战略黄金将用于装备即将开赴抗日前线的红军部队。

老周感慨地说，你猜对了，这正是上级的意图。好钢用在刀刃上，为了抗击日寇，我党不惜动用全部家底，这需要何等的魄力？！可是国民党南京当局却打着小算盘瞻前顾后，甚至故意设置障碍，暗中掣肘，对此我们要有充分的应对方案。

左铭烨说，我明白。

老周说，好了，江华同志，你早点儿回家，让蒋金刚送你。

左铭烨说，不用了。

老周的态度很坚决，他说，不行，从现在开始你就是任务的核心，不能有半点儿闪失，即日起蒋金刚要对你进行贴身保护，必须确保你的安全。

既然是组织决定，左铭烨便不再坚持，他犹豫着说，还有件事要向组织汇报，马良……马良同志牺牲了。

话未说完，左铭烨的泪水已模糊了双眼。

老周对此显然很吃惊，问道，他暴露啦？

左铭烨解释，不是国民党特务干的，马良同志死于日本奸商之手！

老周黯然神伤，心情复杂地说，江华同志，我理解你沉痛的心情。马良和你情同手足，是从战火中走过来的战友加兄弟，但是，我还是希望你化悲痛为力量，迅速调整心态，任何原因都不能影响到这次任务的实施。

左铭烨说，我懂。

老周想了想，又说，关于马良同志的抚恤，我会派人去他的江西老家安顿，你不要担心。蒋金刚即日起顶替马良的位置，到沪通银行任职。

一直在场却没有插话的蒋金刚听到这话，明显不乐意了。他说，银行这活儿老子干不了，一扒拉算盘珠子就脑仁疼。

蒋金刚的态度让老周有些恼火，他加重了语气说道，这是组织命令，你还想讨价还价？！不会打算盘，今天晚上就学！

蒋金刚翻着白眼表示不满，但是不敢顶嘴。

11

秦北飞和柳墨轩赶到"西湖"夫妇家的时候，左铭烨和蒋金刚已经离开了，如果不是柳墨轩怀有抵触情绪，行动中耽搁了几分钟的时间，也许他们就没有以后的那么大费周章了，在"西湖"夫妇家抓到"牡蛎"左铭烨，一切就都结束了。当然他们的目标并非"牡蛎"，而是"西湖"夫妇，因此从这个角度讲，他们当晚的行动应该属于大获全胜。

敲门声在持续，周妻穿过院子，走向院门，边走边问，谁呀？

柳墨轩隔着门回答，是我，墨轩。

周妻上前，打开院门，秦北飞和柳墨轩走进院子。

柳墨轩说，嫂子，老周在吗？

周妻是个老地下工作者，基本的警惕还是有的，她没有回答柳墨轩的问题，反问道，柳墨轩，你跑到上海来做什么？

柳墨轩正要解释，老周出现在门口，说了句，让他进来吧！

周妻引柳墨轩、秦北飞进屋，张罗茶水。老周则怀疑地看着坐在对面的柳墨轩和秦北飞。秦北飞阴沉着脸看着老周。两人一对眼，老周心里就全明白了，原来这是一只狼啊！老周不动声色，就在周妻弯腰给秦北飞倒茶的瞬间，老周躲过秦北飞的视线，偷偷摸了摸藏在桌子底下的手枪。

这个动作，被柳墨轩看在眼里，但没有声张。

柳墨轩说，南京国民政府军事委员会汪铮禹通过秘密渠道掌握了我党一份重要情报，是关于"牡蛎"以及那批即将启运延安的战略黄金的。情况紧急，我来不及上报，先赶过来通知你。

老周突然对妻子发火道，没看见我们在谈正事吗？还在这里干什么？出去，陪隔壁李姐打会儿麻将去。

周妻瞬间明白了老周的用意，也意识到了危险，但她不想走，她不能眼睁睁看着丈夫身陷虎口，独自逃生。当然她也知道，现在想走已经来不及了。柳墨轩如果有问题，他们是不会让自己轻易离开的。这么一想，周妻便坦然了，挺着大肚子走向里屋，边走边说，行，你们聊，我进屋躺会儿。

老周等妻子进了里屋，才转向柳墨轩，问道，汪铮禹什么时候拿到的情报？

柳墨轩说，今天上午。

老周琢磨着说，这么说行动已经泄密啦？

柳墨轩说，是的，汪铮禹很狡猾，你要多加小心啊！老周，我们曾经一起携手战斗，我可不希望你出意外。

老周感激地说，墨轩，这件事真得谢谢你了，喝茶。

柳墨轩伸手去端茶碗，老周变了脸色，突然摸枪。柳墨轩早有准备，哧溜一下，躲到桌子底下。秦北飞眼疾手快，抬手一枪将老周击毙。

躲在里屋的周妻听到枪声，持枪冲出来。秦北飞一枪将她撂倒，数名国民党特务蜂拥而入。

躲在桌子底下的柳墨轩看到这一幕，心情复杂。

周妻捂着受伤的肩膀虚弱地靠在墙角，鲜血顺着指缝流淌。秦北飞等特务持枪逼近受伤的周妻。周妻闭目等死。

秦北飞声音不高，但每一个字都说得很清楚，他质问周妻说，"牡蛎"是谁，说出他的名字，我放你一条生路！

周妻说，不知道！

秦北飞打开手枪保险，退后一步，瞄准周妻，恶狠狠地说，我数三个数，不说，就送你见阎王！

周妻冷笑，开枪吧！我什么也不会告诉你！

秦北飞恼火地就要开枪，柳墨轩从桌子底下爬出来，凑上前劝解道：嫂子，何必呢？好死不如赖活着，就算你想死，肚子里的孩子可不想死，你应该替孩子想一想，他多可怜啊！

周妻苦笑说，孩子不会记恨我的！牺牲是我留给他的遗产！

秦北飞冷笑着收枪，说，我保证你会开口的，带走。

众特务一拥而上，七手八脚地将周妻拖向屋外，身下的血迹划出了一条弯弯曲曲的路线。

12

左铭烨的公寓是一栋豪华别墅，装修考究，陈设不俗。左铭烨落座，摆手示意蒋金刚也坐。蒋金刚警觉地东张西望，没有看到左铭烨的动作。这时佣人张嫂走了过来。张嫂一看就是穷苦人家出身，粗手大脚的，发髻挽得很用心，头发也是干净的。

张嫂说，大少爷，喝茶还是咖啡？

左铭烨看向蒋金刚，问道，喝茶？

蒋金刚没好气地说，不渴！

左铭烨说，张嫂，你先下去吧！有事我叫你。

既然大少爷吩咐，张嫂便不再多言，弯着腰后退两步，便离开了，进入佣人房，关好房门。

蒋金刚疑惑地说，你住这里？

左铭烨说，有什么问题吗？

蒋金刚说，你一个人住这么大的房子，老子都怀疑你贪污组织经费！

左铭烨低声解释说，蒋金刚同志，我可以明确告诉你，从我回到上海的那天起，三年多了，上级没有给过我一分钱的组织经费。

蒋金刚说，那你告诉老子，你这房子哪来的？偷的，还是抢的？

左铭烨说，这是我左家的私产，哎呀，不说这些了。蒋金刚，如果你到沪通银行任职，嘴上总是老子、老子的，这不太合适吧？

蒋金刚一梗脖子说，老子说话就这样！

左铭烨说，你先坐下，这件事我们再商量。

蒋金刚落座，问道，商量什么？

左铭烨字斟句酌地说，是这样的，路上我一直在想，把你安排在沪通银行恐怕确实有些问题，你可能不知道，我们沪通银行最近正在裁员。

蒋金刚腾地一下站起来，气呼呼地说，瞧不上我直说，你以为老子愿意伺候你？！要不是老周安排老子做你的下线，鬼才愿意跟着你。

左铭烨说，你别多想，我不是这个意思。

蒋金刚说，少废话，我先走了，有事到吴淞口码头找我。

蒋金刚朝门口走了两步，又想起什么扭头返回，指着左铭烨的鼻子说，老子就是看你不顺眼，穿着打扮像个阔少爷，住这么大的房子，家里还有佣人伺候，你看看你这副作威作福的倒霉样子，像一名共产党员吗？你记住，如果发现你有任何违反组织纪律的行为，别怪老子对你不客气！

说完，蒋金刚气呼呼地离开了。左铭烨实在想不明白，自己到底哪里惹他不高兴，但是从蒋金刚刚才的表现来看，他对组织倒是忠诚的。左铭烨不了解蒋金刚这个人，自然也不想把他留在身边，留在身边的必须是知根知底的人。可是老周安排蒋金刚做自己的下线，就是组织决定，左铭烨必须服从。马良走了，蒋金刚能成为得力的左右手吗？这一点，左铭烨心里真没底。想到这些，左铭烨的脑海中闪过一个靓丽的身影——妻子林红颜。

进入书房，左铭烨打开一个上锁的抽屉，取出一张照片，摩挲着。相框中，是左铭烨、林红颜夫妇的合影，两人都穿着红军的军装，两张笑脸，透着甜蜜。这张合影是他们夫妇的结婚照，照相地点是在江西瑞金。看着照片中林红颜的笑脸，左铭烨陷入美好回忆之中，不知过了多长时间，他才回过神来，觉得脸上凉凉的，手一摸，是泪水。

左铭烨喃喃地说，红颜，你要是能来我身边该多好。话刚说完，就觉得不对劲，羞愧一笑说，你听到这话，肯定又要批评我儿女情长了，你说的对，我们都应该服从组织安排，不过好消息我还是要告诉你，完成这次任务，我就不用留在上海了，我们夫妻终于能团聚了。

想到任务，左铭烨迅速行动起来。他将照片小心地放入抽屉，认真锁好，起身来到书架前，找出一张中华民国全图（民国二十五年印制），将地图铺在桌面上，先用笔圈画上海区域，接着沿着南京、武汉、西安、延安画线，地图上出现了一条清晰地弧形路径。

左铭烨盯着地图上的弧线，愁眉紧锁。组织上交给左铭烨的任务，是将那批存储在沪通银行的战略黄金转运延安，然而路途遥远，最关键的是要设法通过国民党重兵防范的严控区。如果是一张支票，装进衣兜就可以轻松带走，可那是十万两黄金啊！如何做到掩人耳目？如何躲过国民党特务的追查？任务的艰巨程度可想而知。左铭烨的情绪已经从刚接到任务时的兴奋，转到了深深的忧虑与思考之中。

左铭烨就这样保持着思考的姿势，盯着地图看了一夜。

13

同样一夜无眠的，还有秦北飞和柳墨轩。两人显得很疲惫，秦北飞站在窗前，面对微白的天际揉着鼻梁骨。柳墨轩强打精神靠在椅子上。这里是国民党特工总部上海行动处，一座幽静的院落，树木参天，枝繁叶茂。

一个国民党特务进门，低声说，组长，人又不行了。

秦北飞朝门外跑去，柳墨轩从椅子上跳起来，一瘸一拐地走了两步，然后停下揉着酸麻的双腿。

隔壁就是审讯室。秦北飞进门时，两名穿白大褂的医生正给周妻做检查。周妻被捆在刑具上，处于晕迷中。

秦北飞不耐烦地说，死了吗？

一名医生说，失血性休克，不能再动刑了，否则有生命危险。

柳墨轩赶过来，出主意说，秦组长，要不明天再审？

秦北飞说，天亮之前，必须撬开她的嘴！然后他看向医生说，想办法让她睁开眼睛，她必须回答我的问题。

另一名医生拿出一支针剂，给周妻注射。不一会儿，周妻缓缓睁开眼睛，看了一眼秦北飞和柳墨轩，眼睛又闭上了。

柳墨轩说，嫂子，到了这里，你是死活熬不过去的，说了，还能少受点罪。你懂我的意思吧？

周妻咬牙切齿地说了一个字，滚。

秦北飞一把将柳墨轩推开，疯了一样接连扇了周妻数个耳光，直到打累了才住手，喘着粗气走到一旁。周妻的牙齿被打掉了几颗，嘴里满是血水，但她微笑着看着秦北飞，眼里充满了轻蔑。

周妻说，就这点本事？来呀，杀了我。

秦北飞抄起一把匕首，来到周妻面前，琢磨着，匕首抵住周妻的心脏部位。周妻依然保持着微笑，一副视死如归的架势。秦北飞忽然改了主意，匕首贴着周妻的乳房缓缓下滑，最终停在了她隆起的肚皮上。周妻的笑容消失了，眼神里出现了一丝慌乱。

秦北飞说，周太太，再给你最后一次机会，告诉我"牡蛎"是谁。说了，我保证你们母子平安。不说，我会让你看到你的孩子死在你的面前。

周妻惊惧，肚皮努力躲闪着匕首的锋刃。

秦北飞说，想看看你的孩子长什么样子吗？我现在就可以满足你的好奇心。

周妻愣住了，或者说是手足无措，总之她就这样眼神僵硬地看着秦北飞，等待着即将到来的命运。

秦北飞说，还不说是吧？好，我这个人说到做到。

秦北飞手上用力，匕首瞬间刺破周妻的肚皮，接着缓缓切下，周妻眼睁睁看着自己的肚皮正在裂开，突然疯了一样大叫，号啕大哭，她已经彻底崩溃了。秦北飞一摆手，两名医生上前给周妻处置刀口。周妻依然吓得大叫，喊着喊着失了声，只见张嘴没有动静。

接下来的事情就简单多了，秦北飞、柳墨轩主审，并叫来一个特务担任书记员。整个国民党特工总部上海行动处突然变得静寂无声，静得有些怪异。

天亮了，漫天朝霞染红了行动处的大楼。

数名国民党特务从楼内跑出来，迅速登车，启动车辆。几辆轿车先后驶出院落。秦北飞和柳墨轩踌躇满志地出现在台阶上。

柳墨轩说，没想到周太太最终还是跟我们合作了。

秦北飞说，你们共产党都是软骨头。

说着，秦北飞低头钻进停在眼前的轿车，柳墨轩无奈地跟上，从另一侧上车，与秦北飞同坐在后排位置上。

柳墨轩说，秦组长，我再强调一遍，我现在和你一样，都是国民党特工总部南京行动处的特勤人员。

秦北飞不再搭理他，对司机说，去沪通银行！

14

沪通银行大楼前有几个国民党特务徘徊，统一的黑色中山装显得特别扎眼。左铭烨驾车驶来，车还没停稳，特务们已经围拢上来。左铭烨一惊，下意识地摸向藏在后腰的手枪。

一名特务扒着车窗，很不客气地问，是左铭烨先生吗？

左铭烨说，是我。

特务说，兄弟是国民党特工总部上海行动处的，请你马上下车！

在两名国民党特务的押解下，左铭烨进入自己的办公室。秦北飞和柳墨轩早已等候在这里，见左铭烨进门，秦北飞起身，柳墨轩却依然靠在沙发上，动也不动，阴沉着脸盯着左铭烨，不说话。

左铭烨看了一眼秦北飞，又看向柳墨轩，忽然愣住了。这个人他认识！当年在中央苏区，左铭烨、林红颜和马良等人转移途中遭遇一股国民党军。是柳墨轩的红六团及时出现，打退了敌人，保护了中央苏区工农银行的资产。妻子林红颜当时介绍说，这是我的同学柳墨轩，是红六团选派参加龙岩青干班的。柳墨轩曾是一名红军干部，如今却和国民党特务混在一起，他到底是什么身份？难道自己已经暴露了？

左铭烨面带微笑，问他们说，二位长官找我什么事情？

秦北飞掏出手枪，枪拎在手里，不紧不慢地来到左铭烨面前，说，我们是来抓捕共产党的。

左铭烨一惊：谁是共产党？

秦北飞说，我也想知道谁是共产党，要不你来告诉我？

左铭烨与秦北飞对视，相互揣度对方的用意。左铭烨又看了柳墨轩一眼，忽然镇静下来，用非常认真的语气说，长官，这种事情可不能开玩笑。

柳墨轩起身，拿出一张公函，上前递给左铭烨。

柳墨轩说，左先生，我们已经得到确切线报，共产党在上海从事大宗走私以及贩毒活动，巨额赃款隐匿于上海某家银行，这是协查公函。我希望你能协助我们办案，提供贵行十万元以上存款账目名单，包括等值的黄金珠宝、股票证券等等。

左铭烨找借口说，抱歉啊长官，这件事情太大了，需要我行董事会的批准。

秦北飞把玩着手枪，不屑地说，别拿董事会当借口。我们已经查过了，沪通银行的董事长左世章是你的父亲，你们左家的股份居然占到了沪通银行总股份的九成，简单地说这家银行基本上就是你们家的私产。

左铭烨解释，不能这么讲，大股东、小股东都是股东，董事会有董事会的规矩。

秦北飞收枪，说，相关账目必须在中午十二点之前交到我的办公室，你亲自去送。我叫秦北飞，在国民党特工总部上海行动处三楼办公。从现在开始，贵行超过十万元的进出账目，必须提前向我通报！明白吗？

左铭烨为难地说，那好吧，我这就安排。

守门的国民党特务打开房门，秦北飞、柳墨轩朝门外走去。柳墨轩路过左铭烨时，突然停下脚步。

柳墨轩说，左先生，我们之前是不是在哪里见过？

左铭烨说，我倒是没有印象。

柳墨轩说，噢，也许是我记错了。告辞。

左铭烨微笑着说，长官慢走。

看着柳墨轩的背影消失在门外，左铭烨如释重负，长舒了一口气，坐到沙发上思索着。左铭烨分析，柳墨轩之所以没能认出自己，是因为他们在多年前只有一面之交，如果妻子林红颜在这里，那就是另一番场景了。柳墨轩与林红颜熟识，他俩是青干班的同学。这么一想，左铭烨反倒庆幸妻子没有随他一起来上海执行任务。地下工作，单凭侥幸是不行的，左铭烨担心早晚有一天柳墨轩会认出他来，因此必须做最坏的打算。柳墨轩叛变，这一点毋庸置疑。他突然出现在上海，对我地下组织构成极大威胁。与此同时，国民党特务开始调查、监视沪通银行，显然我地下组织向延安转运黄金的行动计划已经泄露，左铭烨决定，立即去找"西湖"夫妇商量对策。

想到这里，左铭烨起身朝门口走去，崔新轲风风火火地进屋。

崔新轲说，铭烨，你这里也来国民党特务啦？

左铭烨一乐，说，是不是也去了你们复兴银行？

崔新轲说，没错啊，一大早就有一帮国民党特务跑到我们银行，说是要查抄共产党的私产，这不是吃饱了撑的嘛！

左铭烨，我看他们是醉翁之意不在酒。

崔新轲说，你说的对啊！所以，赶紧考虑我的建议，如果我们和汪先生、孔先生合资成立一家具有政府背景的联合银行，谁还敢来查我们？

左铭烨思索着，快步来到窗边，朝楼下张望。

崔新轲说，别看了，估计上海所有的银行、金库现在都被国民党特务给盯上了，这叫什么事啊！

此时，秦北飞和柳墨轩乘坐的轿车还没有开走，就停在沪通银行楼下。柳墨轩透过车窗朝沪通银行楼上看，也不知道他在看什么，还是只想在秦北飞面前做出职业特工的敬业姿态。

秦北飞说，你觉得左铭烨这个人怎么样？

柳墨轩说，挺有风度，身家不凡的银行家啊，跟你我不是一类人。

秦北飞说，我觉得这个左铭烨有问题。

柳墨轩说，你怀疑他？发现了什么疑点吗？

秦北飞说，刚见面的时候，他似乎有些紧张，但是面对我的枪口，他倒出奇地镇静，眼神里没有丝毫的慌乱。如果不是一个多年混迹上海滩见识过大风大浪的老奸商，那他一定就是枪林弹雨中闯过来的共产党！

柳墨轩琢磨着，说，嗯，有道理。

秦北飞说，回去提审那个娘们儿，最好找个机会，让她和左铭烨当面对质！

15

国民党特工总部上海行动处一片繁忙景象，与晚上的寂静反差巨大。三三两两的穿军装特工，各色车辆不时进进出出。秦北飞和柳墨轩乘坐的车辆进门时，居然还等了一会儿，给出去办事的车辆让路。

周妻挺着大肚子站在窗前，朝院里张望，正看到秦北飞从轿车里探出脑袋。周妻吓了一跳，连忙躲回床上，扯过被子盖在身上。洁白的床单，干净的被褥，待遇已经大不同了。

周妻靠在床头，心事重重。秦北飞、柳墨轩先后进屋。

柳墨轩说，嫂子，住在这里还惯吧？

周妻没搭腔，愣愣地想着心事。秦北飞走了过来。周妻下意识地躲闪着，攥着被子的手竟有些发抖。

秦北飞说，周太太，上海所有的银行、金库都已处于我们的监视之中。我再问你一遍，你确定共党那批黄金是存储在银行的？

周妻说，我保证说的每一句话都是真的，请你放过我的孩子。

秦北飞说，你放心，我这个人说到做到，但是你不能耍花招。你真不认识"牡蛎"？

周妻，真不认识。

柳墨轩说，嫂子，你怎么可能不知道呢？你们夫妇俩是"牡蛎"的上线，你怎么可能没见过他？这不符合常理啊！

周妻说，见是见过，就见过一次，还是老周接待的。这位代号"牡蛎"的同志刚刚被组织"唤醒"，之前他始终处于蛰伏状态，好几年都没有接受过任务，我真的不知道他姓什么叫什么。

秦北飞，这么说如果你俩见面，你是可以认出他的？

周妻说，能，我肯定能认出他来！

16

"西湖"夫妇遇难的消息，是下线蒋金刚带来的。当时，左铭烨正与崔新轲商量成立联合银行的事情，蒋金刚直接闯进来，着急地说，老周夫妇死了，你说怎么办吧！

蒋金刚的着急显而易见，但是他当着崔新轲的面说这样的话，还是让左铭烨惊出一身冷汗。

崔新轲纳闷地问，老周是谁？

左铭烨扯谎说，新轲，我给你介绍一下，我远方表弟，老家来的，他叫蒋金刚，刚到上海不久，老周是他的房东。

崔新轲说，那你们谈，我先走一步。

崔新轲出门，左铭烨生气地指了指蒋金刚，算是无声的责怪。蒋金刚情绪激动地说，老周夫妇怎么死的？老子怀疑这件事跟你有关！

左铭烨说，来上海好几年了，我就昨天跟他们见过一面，跟我有什么关系？到底怎么回事？

蒋金刚说，我去找老周，发现家里没人，地上都是血迹，据邻居说，昨天晚上周家传出枪声，还看到抬走了两具尸体，一男一女。

左铭烨听到这里，满脸悲伤。"西湖"夫妇的牺牲，直接导致左铭烨与上级党组织失去了联系，而且自己是否暴露，不得而知。任务时间紧迫，左铭烨来不及多想，连忙给蒋金刚布置任务。

左铭烨说，老周那里你不要再去了，你先换一个住处，等我下一步的安排。

蒋金刚说，"西湖"夫妇没了，怎么跟上级联系？

左铭烨说，没有办法，只能等待上级主动联系我们。但是别忘了我们的秘密任务，在此期间，不仅不能停顿，反而应该加紧筹备。

蒋金刚说，你筹备你的，老子要报仇。

左铭烨加重了语气说，蒋金刚同志，你不要冲动，更不能蛮干，所有事情等我从南京回来再说。

蒋金刚说，你去南京干什么？

左铭烨说，不要多问了，到时候我会给你安排具体任务的。

17

左铭烨从公寓出来，张嫂帮他拎着皮箱。左铭烨正要上车，一辆黑色轿车疾驶而至，挡住他的去路，几名国民党特务跳下车。左铭烨紧张判断着形势。

一名特务说，左先生，兄弟是国民党特工总部上海行动处的。

左铭烨说，找我什么事？

特务说，是秦北飞秦组长要见你，请吧！

左铭烨装作恍然大悟的样子说，噢，我刚想起来，他想要一份银行储户名单，已经准备好了，我现在去办公室拿。

说着，左铭烨拎着皮箱要走，结果被特务拦下。

特务说，什么也不用拿，你现在马上跟我们走！

左铭烨就这样被挟持着来到国民党特工总部上海行动处，坐在了刑讯室受审的椅子上。此刻，左铭烨紧张万分，后背被汗水浸透。来的路上，他已经仔细分析过各种可能性，上线老周夫妇遇害，他自己也不安全了，或许已经暴露，那肯定是出不去了，他之所以紧张，不是因为害怕，而是焦虑，巨大的焦虑。十万两黄金的巨额专项资金转运的计划一旦夭折，那将是组织多大的损失啊，大到谁也承担不起这个责任。

　　见秦北飞和柳墨轩进门，看守左铭烨的国民党特务将他的皮箱摆在桌面上，打开。柳墨轩查看皮箱内的物品。

　　秦北飞说，左先生，看样子你是要出远门啊！

　　左铭烨说，不远，去南京。

　　正翻看左铭烨皮箱的柳墨轩突然一声惊叫，有枪！秦北飞上前，从皮箱夹层内摸出那把手枪，又回到左铭烨面前，居高临下地看着他，等他解释。

　　左铭烨说，这把枪是我防身用的，有什么问题吗？

　　秦北飞说，我的人晚去一步，你就逃之夭夭了。

　　左铭烨说，我为什么要逃？

　　秦北飞说，因为你害怕，你一定知道你的上线出事了，所以就想尽快离开上海对不对？

　　左铭烨说，我听不懂你在说什么。

　　秦北飞突然严厉地喊道，别狡辩了，牡蛎先生，我劝你最好老实点儿。没有确凿的证据，我不会轻易把嫌疑人带到这里来！

　　"牡蛎"这个词从秦北飞的嘴里飞出来，就像子弹一样击中了左铭烨的软肋，他忽然感到一阵心慌，虚弱地靠回椅子上，手脚冰凉，紧张冒汗，一副听天由命、任人宰割的样子。秦北飞盯着左铭烨的眼睛，得意地冷笑。

　　真的暴露了吗？

　　左铭烨怀着一丝侥幸，慢慢喘着气，不甘心地看向柳墨轩，想从他那里得到一些讯息。柳墨轩啪的一声合上皮箱，走过来对秦北飞说，皮箱里除了几件换洗的衣服，一毛钱也没有带。接着他又问左铭烨，你真是要去南京吗？我这辈子还没见过出门不带钱的。所以，只能说明你是仓皇出逃。

　　听到柳墨轩的蹩脚分析，左铭烨本来悬着的心一下子落了地。柳墨轩也许是太心急了，仅凭推测就想定罪，这不是笑话吗？柳墨轩手里没有证据，秦北飞有没有也值得怀疑。想到这里，左铭烨决定进一步试探一下对方的虚实，于是他装作情绪激动的样子嚷了起来。

　　左铭烨说，谁出门不带钱？你们摸摸我的衣兜，里边是什么！我们素昧平生，无冤无仇，你们却污蔑我是共产党，居心何在？！

秦北飞说，左铭烨，我看你是不见棺材不掉泪。你是不是共产党，是不是"牡蛎"，马上见分晓。现在我让你见一个人，也是你在这个世界上最后见到的人，之后我会赏你一颗子弹。

刑讯室的房门打开了，周妻在两名国民党特务的押解下走了进来。左铭烨见到周妻后恍然大悟，原来秦北飞手里真的握有王牌，这一局看来自己要输了。局势一旦明朗，左铭烨心里反而坦然了，平静地看着周妻。

周妻也看到了左铭烨，四目相对，心情复杂。

柳墨轩说，嫂子，你仔细瞧瞧，这个人你认识吗？

周妻说，认识。

秦北飞打开手枪保险，枪口抵住了左铭烨的脑袋。左铭烨闭目等死。柳墨轩往旁边躲了一步，接着问，他的代号是不是"牡蛎"？

周妻说，他应该不是我们的同志。

秦北飞疑惑地说，刚才你还说认识他！

周妻解释，他是沪通银行的职员，有一次我去沪通银行存钱，是他帮我填的单子。

秦北飞恼怒，一记耳光将周妻打翻在地。周妻捂着肚子想爬起来，忽感一阵腹痛，又痛苦地倒下了，身下淌出一摊鲜血。柳墨轩和在场的几个特务急忙上前查看。左铭烨揪心地看着这一幕，不能有所动作。

人送到教会医院的时候，已经半死不活了，孩子最终没能保住，周妻则侥幸捡回一条命。秦北飞和柳墨轩在教会医院走廊里商量，怎么处置左铭烨。

秦北飞说，该怎么办怎么办。连夜提审，大刑伺候，看他招还是不招！

柳墨轩说，万一我们抓错了人，左铭烨不是共产党呢？

秦北飞说，错了就错了，如果他不是共产党，那就秘密处决，对外宣布，左铭烨是自杀。

此时，坐在国民党特工总部上海行动处刑讯室椅子上的左铭烨还不知道自己已经被秦北飞宣布了死刑。他找旁边的国民党特务要了一支烟，点燃，悠悠地抽了一口。烟雾缭绕中，左铭烨假装咳嗽，掩饰眼中的泪水。"西湖"夫妇都是忠诚的共产主义战士，老周牺牲，周妻被俘，他们都没有出卖自己的同志，反而用生命和鲜血践行着入党誓言。这样的人是值得尊敬的，左铭烨为有这样的战友感到骄傲和自豪。

烟抽完了，左铭烨的心神也安定了下来，他感觉自己很快就能从这里出去，于是脑子里便再一次过滤"移花接木"转运黄金计划的各个环节，一个细节都不能放过。

18

紧邻黄埔公园的左公馆十分气派，这栋西式建筑掩映在湖光山色之间，弥漫着一股富贵之气。院门是宽大的栅栏铁门，高约两米，透过铁门可以看到挂在屋檐下的两面旗子，一面是中华民国国旗，另一面则是国民党党旗，清晰昭示着左公馆的政府背景。左铭烨的养父左世章就住在这里。

左铭烨被国民党特务带走的消息传到左公馆，大太太、二太太都赶紧下了楼。左世章正拍着桌子，大发雷霆。张嫂战战兢兢，不敢插话。

左世章说，他们凭什么抓我儿子？谁给这帮狗特务的权利？滥捕滥杀，胆子也太大了吧？祸根在哪儿？就在这腐败无能的南京政府！只知道欺负自己的子民，日本人强占东三省，他们连个屁都不敢放！日本人的军舰肆意横行黄浦江，他们装聋作哑，视而不见！

左世章气得咳嗽不止，两房太太赶紧上前劝解。

大太太说，老爷，你别着急，注意身体。

左世章说，我能不急吗？铭烨有个三长两短，我跟他们没完！

二太太说，老爷，要不我去给我舅爷打个电话，他在南京国民政府任职，大少爷这件事他一定能帮上忙。

左世章说，天高皇帝远，远水解不了近渴，我还是直接去找郭副市长。

见左世章要出门，大太太和二太太都拦他。

大太太说，老爷，你不能去啊，听说这个郭副市长跟共产党走得很近，南京方面已经对他颇有微词，没准儿哪天郭副市长就要掉脑袋，这个时候你千万不能去找他。

二太太说，对对对，多一事不如少一事，这个敏感时期，还是避嫌的好。

左世章说，避什么嫌？共产党远在甘陕，都能发出抗日的呼声，而我们国民党呢？还在持续内斗，争权夺利，简直滑稽可笑！如果还这样下去，我是要考虑退党的！

左世章说着，接过管家递来的拐杖，大步朝门外走去。大太太和二太太面面相觑，交换了眼神。大太太朝张嫂招手，张嫂凑过来。

大太太说，张嫂，你赶紧回去盯着点儿，再有什么情况及时告诉我们。

张嫂应声离去。

不等张嫂走出房门，二太太已经拉着大太太的手上了楼，高跟鞋发出一阵急促的声响。楼上左转，是左世章的书房。两个女人进了书房，低声交流，显得神秘兮兮的，像是做贼一样。

二太太说，我觉得还是得给舅爷打个电话。

大太太说，可是老爷不让打电话，老爷的脾气你是知道的。

二太太说，你是大太太，你拿主意。我觉得吧，只要能救铭烨，即便挨老爷一顿训斥又算得了什么。

大太太犹豫着说，要不我们就打一个？

二太太说，打吧！

说着，二太太抄起电话听筒拨号。等了一会儿，电话通了，听筒里传来接线员甜美的女声。

接线员说，您好，请问要哪里？

二太太说，我是左公馆，给我接南京。

19

秦北飞在国民党特工总部上海行动处的办公室显得凌乱不堪，办公桌上堆满了档案资料，甚至地板上也摆了两摞。秦北飞和柳墨轩正围拢在茶几旁，翻看照片，其中有左铭烨、崔新轲和左世章，大概十几张的样子。

一名国民党特务抱着几本卷宗进门。

特务说，秦组长，这是从警察局查到的上海部分银行高层的资料。

秦北飞头也不抬地说，放下吧！

特务将卷宗放在茶几上，转身离去。

桌上的电话突然响起。秦北飞正研究左铭烨的照片，对此充耳不闻。柳墨轩只好起身，拿起听筒说，喂，哪位？

对方说，汪铮禹。

柳墨轩啪的一声，打个立正，并迅速堆起笑脸说，原来是汪长官，您有何吩咐？

汪铮禹问，墨轩，我问你，你们是不是抓了一个叫左铭烨的人？

柳墨轩看向秦北飞。秦北飞显然已经知道是上峰汪铮禹的电话，朝这边走了过来。柳墨轩见状，对听筒说，汪长官，左铭烨的事情还是让秦组长亲自跟您汇报吧！说完，他将听筒递给秦北飞，自己躲到一旁。

秦北飞说，汪长官，我怀疑左铭烨是共产党。

汪铮禹问他，有证据吗？

秦北飞有些犹豫，他说，直接的证据，暂时没有，不过我是这么设想的……

秦北飞话没说完就被汪铮禹打断了，他说，没有证据就给我放人！上海现在的形势，你还嫌不够乱吗？别忘了，你们特工总部是替党国消除威胁、稳定局势的，别让老百姓在背后戳你们的脊梁骨，骂你们是发国难财的狗特务！

秦北飞说，汪长官，是谁在背后捣鬼，告我的黑状。

汪铮禹说，不到一小时，好几个电话打到我这里，都是因为这个左铭烨。北飞啊，你可能捅了马蜂窝呀。我不可能只听一面之词，但是也不会无理由地袒护下属。观其言而察其行，你们在上海的一举一动，南京都看在眼里。如果谁敢以办案为名贪赃枉法、滥杀无辜，一定严惩不贷！

秦北飞还想说什么，电话已经挂断了。秦北飞紧握着话筒，恶狠狠地看向柳墨轩，摔了电话。柳墨轩吓了一跳，小心翼翼地问他，出了什么事情？

秦北飞说，这个左铭烨到底是个什么人物？居然南京政府的高官都过问此事了。

柳墨轩说，汪长官的意思是？

秦北飞说，放人。可是我不可能这么轻易放过他。

说着，秦北飞掏出手枪检查枪械，拎着枪朝门外走去。柳墨轩预感到不妙，上前阻拦说，秦组长，你要冷静，你想干什么？

秦北飞举枪对准柳墨轩，吼叫：你给我滚蛋！左铭烨今天必须死！就算上峰追责，我秦北飞一个人担着！

秦北飞的轿车风驰电掣，在郊外土路上颠簸。秦北飞黑着脸开车，后排位置上的左铭烨黑布遮眼，双手被捆得结实。不知过了多久，轿车戛然而止。秦北飞跳下车，将左铭烨从车内拽下来。左铭烨跌跌撞撞，被秦北飞拖着走进一片小树林。树上的鸟儿被惊扰，扑啦啦飞起，掀起一阵阴风。

蒙着双眼的布条被秦北飞一把扯掉，左铭烨环视周边的环境，苦笑说，就在这里执行？

秦北飞说，没错。左先生，临死之前有什么遗言吗？我会把你最后的话转告给你那些信仰共产主义的同志们，比如"西湖"同志。

左铭烨说，什么西湖东湖的，你在说什么？

秦北飞说，你知道我在说什么，左先生，不，我应该称呼你"牡蛎"，你现在是不是很想杀了我替那些死去的同志报仇？可惜你没有机会了，枪在我手里，而将被枪毙的人是你！

左铭烨说，别废话了，动手吧！

秦北飞费解地说，这就完了？"牡蛎"先生，共产党人在临死前不是应该喊几声共产主义的口号吗？你真的啥也不想说？

左铭烨哈哈大笑，他说，人为刀俎我为鱼肉，枪在你手里，我还能说什么？你说我是共产党，我就是共产党。你说我是牡蛎，我就是牡蛎。我不光是牡蛎，我还可以是扇贝，是龙虾。我现在好像有些明白了，你先是拿走我沪通银行的账目，接着又污蔑我是共产党，是不是想打沪通银行的主意？我告诉你，做梦去吧！就算我左铭烨死了，沪通银行的财富也不会落在你手里！

秦北飞说，你不要血口喷人！

左铭烨毫无惧色地说，来吧！朝我开枪吧！看我左铭烨会不会眨一下眼睛，因为我死不瞑目啊！对，我是共产党，我是"牡蛎"，你说我是什么就是什么吧！开枪吧！你开枪啊！

秦北飞说，左铭烨，别逼我干蠢事！

左铭烨说，你们这些特务本来就愚蠢，抓不到共产党，就拿我这样的人滥竽充数。来吧！秦大组长，杀了我，然后拿我这颗无辜的头颅去找你的上司邀功请赏吧！

秦北飞有火没处撒，抓狂地朝左铭烨开了两枪。子弹打在左铭烨身侧的树干上，树皮迸飞。左铭烨岿然不动，扬着下巴，一脸胜利者的微笑。

20

《申报》是20世纪30年代上海滩最具影响力的报社之一，位于不足百米的望平街中段，与汉口路相交。来《申报》办事的人络绎不绝，报社经常加班到深夜。《申报》曾在临街的位置开辟了阅报栏，起初只张贴最新一期的报纸，供市民免费阅读。日子一长，阅报栏的内容也丰富起来，有最新的报纸，也有寻人启事、电影海报什么的，阅报栏也因此变成了五花八门的信息栏。

左铭烨走出《申报》大楼，四下打量，发现一位穿着性感、时尚的年轻女性正站在阅报栏前，欣赏着影星阮梦蝶的大幅电影海报。左铭烨招呼了一声，年轻女子转过身来，原来正是阮梦蝶本人。见左铭烨走过来，阮梦蝶笑脸迎上前，挎上他的胳膊。两人边走边聊，感觉就像是一对老夫妻。

阮梦蝶说，铭烨，这么晚了你去报社做什么？

左铭烨说，是这样的，上海局势紧张，我们沪通银行计划在南京开设分行，以便转移资金，保障民众利益，董事会已经通过了，所以就在《申报》上刊登一份董事会决议。

说着，两人走进了一家中式餐厅。显然左铭烨是这里的熟客，侍者直接引他们来到靠窗的桌位，开红酒的间隙，生煎包和大闸蟹已经摆上了桌。阮梦蝶品一口红酒，这才说出自己的担心。

阮梦蝶说，听说你被国民党特务带走了，家里人都很着急。

左铭烨说，这件事我爸也知道了吧？

阮梦蝶说，当然知道。你能出来，肯定是老爷子上下运作的结果。他哪年加入的国民党，资历不是明摆着嘛，谁也得给他一个面子。

左铭烨说，你是不是也替我担心了？

阮梦蝶说，我还好，这段时间一直拍戏，回到家，你已经没事了。铭烨，国民党特务为什么抓你？

左铭烨一乐，装糊涂说，我也想知道为什么。

左铭烨与阮梦蝶碰杯饮酒，看到蒋金刚走进了餐厅，两人交换了眼神。蒋金刚转身离去。阮梦蝶发现左铭烨心不在焉，有些不高兴地说，你还约了别人啊？

左铭烨说，没有啊，今天特意为你接风洗尘。

阮梦蝶嗔怪道，铭烨，你什么时候变得这么有情调？

左铭烨正想说什么，发现两个年轻姑娘捧着本子在附近徘徊，朝阮梦蝶指指点点说着什么。

左铭烨一乐，对阮梦蝶说，你的影迷来了。

见影星阮梦蝶面带微笑地朝她们这边看过来，两名姑娘这才鼓起勇气来到她的面前。其中一人说，打扰了，阮梦蝶小姐，我最喜欢你演的电影，能给我们签个名吗？

左铭烨说，你们签，我去趟洗手间。

左铭烨没有去洗手间，直接来到餐厅外，蒋金刚正在等他。左铭烨观察左右，没有发现可疑之人，这才来到蒋金刚面前，低声问道，周太太找到没有？

蒋金刚说，找到了，就在教会医院。

左铭烨说，好，事不宜迟，今天晚上营救，你做好准备。晚上十点，教会医院见。

左铭烨回来时，阮梦蝶已经喝光了杯中红酒，百无聊赖地等着他。左铭烨见状抱歉地说，不好意思，遇到个熟人，随便聊了两句。

阮梦蝶说，我怎么总觉得你心不在焉啊，铭烨，事情都过去了，你不要总放在心上。看你提心吊胆的样子，我心里也不好受。

左铭烨找借口说，其实我是为银行的事烦心。

阮梦蝶说，铭烨，这些年你独自支撑着沪通银行的事务，真是太辛苦了。不过，有些事情我觉得挺奇怪的，比如说你爸名义上是沪通银行的董事长，可是你却从来不让他插手银行的事情，这是为什么？

左铭烨：我爸岁数大了，身体又不好，不能让他再操心了。

阮梦蝶：可是老爷子有一次和我聊起沪通银行，好像挺感兴趣的。毕竟是自家人，总比用外人强吧？你对他老人家还信不过？

左铭烨说，好了，不说这些，吃完饭我先送你回家，然后我再去看看我爸。

阮梦蝶来了兴致，笑嘻嘻地说，我跟你一起去。

这句话让左铭烨左右为难。阮梦蝶不是外人，当然也不是内人，顶多算是个红颜知己。最初她只是左铭烨家的房客，日子一长，两人发现互相挺谈得来。正因为阮梦蝶是左铭烨的朋友，左家没有拿她当外人。阮梦蝶浸染电影圈多年，依然单纯如水，其不谙世事的脱俗性格深得大太太和二太太喜欢。

基于上述关系，阮梦蝶提出一起去左公馆，左铭烨不好拒绝，但他为什么为难？因为他压根儿就没打算去看父亲。看望父亲只是托词，左铭烨是想送阮梦蝶回家之后，自己再去教会医院，与蒋金刚汇合，以营救自己的同志。

想到这里，左铭烨说，梦蝶，我又想了一下，今天晚上我们就不去我爸那里了，你刚拍完戏，一定累坏了，这样吧，早点儿回家好好睡上一觉，明天我们再过去。

左铭烨的托词被阮梦蝶误以为是体贴的关心，心里一暖，脸就红了。

阮梦蝶说，铭烨，我听你的。吃完饭，陪我走走吧。

左铭烨看表，时间还不到九点，来得及，于是爽快地说，好，没问题。沿着福建路，一直走回家。

阮梦蝶满意地笑了，朝左铭烨举起酒杯。

21

放走左铭烨之后的两天，秦北飞一直把自己关在办公室里，谁也不让进，连柳墨轩也不例外。有时后勤处的特工来给他送饭，发现餐盒仍摆在门口，动也没动。没有人知道他在办公室里做什么，所有人都知道他打了一场败仗。打了败仗的人通常都有一股邪火，于是大家都躲得远远的，以免引火烧身。

这天晚上，柳墨轩正跟几个值班的特务打牌，忽然接到秦北飞的电话，没有多余的话，秦北飞就说了一句，到我办公室来一下。

站在秦北飞办公室门前，柳墨轩硬着头皮敲了敲门。门开了，秦北飞红肿着眼睛出现在门口。

柳墨轩说，秦组长，你不要太辛苦，共党是抓不完的。

秦北飞没有搭腔，转身回屋。柳墨轩跟了进去。秦北飞拿起桌上的一份电文给柳墨轩看，他说，是个好消息，左铭烨的狐狸尾巴恐怕藏不住了。

柳墨轩查看电文，问道，什么意思？

秦北飞说，不瞒你说，前两天我将左铭烨的履历发给总部，并请求在延安的内线帮忙协查，结果有了意外发现。民国二十二年，在共党苏区工农银行任职的一位处长与左铭烨的履历有几处重叠，那个人的名字叫江华，中华的华。左铭烨的烨，也有这个华字。难道也是巧合吗？据我们的内线调查，这位江处长当年没有随共党大部队转移去陕北，而是留在了江西，另有任务。

柳墨轩思索着说，中央苏区工农银行？江华？

秦北飞说，墨轩，你对这个人有没有印象？

柳墨轩说，当年在江西，我是在主力红六团，跟苏区工农银行很少打交道，你让我好好想想。

秦北飞说，想不起来也没关系，反正很快就能拿到江华的照片，估计照片已经在路上了。

柳墨轩苦思冥想，忽然眼前一亮，他说，你这么一说，我好像对那个江华有点印象，没错，他是在中央苏区工农银行任职的红军干部，有过一面之交，但是时间久远，他长什么样子还真想不起来了。

秦北飞怀疑地看着柳墨轩，冷笑说，想不起来吗？你真是贵人多忘事啊。

柳墨轩说，抱歉啊，秦组长，实在是想不起来，不过我认识江华的老婆林延安。

秦北飞说，你怎么会认识他老婆？

柳墨轩说，当年我在红六团队的时候参加过一期龙岩青干班，红军中央苏区工农银行的林延安也参加了，我们是同学。林延安身材苗条，长得漂亮，开朗活泼，所以我对她印象深刻。

柳墨轩说着，不自觉地吞咽着口水，似乎林延安此时就站在他的面前，如同摆在桌面上的一盘菜。秦北飞厌恶地瞪了柳墨轩一眼。柳墨轩意识到失态，稍稍收敛，刚伸出去夹菜的筷子又收了回来。

柳墨轩说，江华有一次来青干班找林延安，林延安给大家介绍说，他是我爱人，叫江华。我心里别扭，转身就走了，寻思林延安这么年轻就结婚了，真是可惜。现在想想，我对江华真没什么印象，就感觉他个子高高的，其他方面倒没什么特别之处。

秦北飞琢磨着说，如果左铭烨的老婆是林延安，很明显他就是江华。

柳墨轩说，如果左铭烨是江华，那他极有可能就是我们追查的"牡蛎"！

秦北飞点点头，他说，共党那批黄金就藏在上海某家银行，以左铭烨沪通银行董事的身份推断，他是"牡蛎"的可能性很大。墨轩，今晚辛苦一趟，我们去左铭烨家！

22

手表的时针指向十点的位置。蒋金刚的目光从手表上挪开，正看到左铭烨的轿车驶来，停在路边。蒋金刚上前钻进车内。

左铭烨说，情况怎么样？

蒋金刚说，老周的老婆在426病房，门口只有两个狗特务把守，老子一个人就能对付，你在这里守着，等着接人吧！

左铭烨说，还是我们两个一起去，多一个人，多一份胜算。

蒋金刚说，你怎么跟娘们儿一样婆婆妈妈的？老子说了一个人去没问题就是没问题。

说着，蒋金刚跳下车，走向街对面的教会医院。此时，街上行人稀少，医院的病房楼倒是人影绰绰，灯火通明。左铭烨思索着，打开放在后排位置上的皮箱，拿出一件白大褂穿戴起来。

426病房位于教会医院的顶楼，相比楼下，这里显得清静多了，空荡荡的走廊，两名国民党特务百无聊赖地守在门外。楼梯口传来啪嗒一声脆响，两名特务警觉，持枪在手，朝楼梯口搜索。蒋金刚突然出现在他们面前，施展拳脚，干净利索地将两人放倒，左右观察一下，迅速跑到426病房门前，推门进屋。

"周妻"侧躺在病床上，蒋金刚闯入，径直来到病床前，低声喊道，嫂子，嫂子。

"周妻"转过身来，原来是一名国民党女特务假扮的。女特务手里的枪已经对准了蒋金刚：不准动，动就打死你！

藏在门后的两名国民党特务现身，持枪将蒋金刚包围，一名特务将房门关好。蒋金刚束手就擒，懊悔不已。就在这时，房门开了，穿着白大褂、戴口罩假扮医生的左铭烨进门。

就在特务们愣神的工夫，蒋金刚突然动手，一拳打在女特务的脸上。女特务踉跄后退中撞翻了旁边的屏风，露出周妻的病床。就在蒋金刚动手的瞬间，左铭烨拔枪射击，弹无虚发，接连将两名特务撂倒。

女特务靠着周妻的床沿，举枪瞄准左铭烨。周妻情急之下，猛地勒住女特务的脖子。女特务挣扎着朝周妻的脑袋开了一枪。与此同时，左铭烨的枪响了，一枪将女特务击毙。左铭烨和蒋金刚上前查看，发现周妻头部中弹，已经死了，鲜血染红了洁白的床单。

蒋金刚痛苦地喊道，嫂子，嫂子你醒醒，我们来救你啦！

23

秦北飞和柳墨轩来到左铭烨的公寓。柳墨轩上前敲门，秦北飞看着手里的红酒思索着。门开了，张嫂探出头来。

张嫂说，你们找谁？

柳墨轩说，请问，左铭烨左先生在家吗？我们是他的朋友。

张嫂说，大少爷出门了，还没回来。

秦北飞说，他去哪儿啦？

张嫂说，我也不清楚，你们有事回头再来吧！

说着，张嫂就要关门。这时，左铭烨的轿车驶来，停在门前，左铭烨下车。张嫂见状，出门相迎。

张嫂说，大少爷，有人找你。

左铭烨早看到了秦北飞和柳墨轩，但没搭理他们，对张嫂说，把门看紧了，别让不三不四的人进来。

见左铭烨要回家，秦北飞上前一步，赔着笑脸说，左先生还在生秦某的气？事情都过去了，我今天是专程来跟您赔罪的。

左铭烨说，赔罪？用不着。

秦北飞面色讪讪，展示手里的红酒，他说，一点儿小意思，不成敬意。左铭烨没有接，黑着脸走开，但是给秦北飞、柳墨轩留了门。秦北飞和柳墨轩对视，走进公寓。

左铭烨心里窝火，斜倚在沙发上。秦北飞、柳墨轩坐在他的对面。张嫂张罗着看茶。

柳墨轩没话找话，羡慕地说，这么大的房子，左先生一个人住？

左铭烨很不客气地说，有事说事，别东拉西扯的。

秦北飞说，左先生，我今天特意登门叨扰，是想消除你我之间的误会，也请左先生能体谅我们的难处。上峰限期破案，可是这共产党走私也好，贩毒也罢，都是些隐藏地下的秘密行动，所以我们只能在上海漫无目的地撒开大网，因此误伤左先生，只能说声抱歉。

左铭烨说，你们真是来赔罪的？

秦北飞说，冤家宜解不宜结，我们也是诚心相交左先生这样的朋友。

左铭烨说，喝茶。

秦北飞和柳墨轩端起茶碗品茶，交换了眼神。

柳墨轩说，左先生才学地位高人一筹，不会至今还单身吧？

左铭烨说，哦，我结婚了。

秦北飞说，左先生什么时候结的婚？

左铭烨警觉，反问道，你问这个干什么？

气氛骤然紧张，柳墨轩赶紧打圆场说，我们只是好奇，来这么半天了，怎么没看见嫂子？

一句话触动了左铭烨敏感的神经，柳墨轩这个叛徒是不是想起什么来了。当年他俩在江西中央苏区曾有一面之交，就是妻子林红颜介绍的。想到那一幕，左铭烨不禁打了个寒战，忽然明白了国民党特务深夜来访的用意。显然柳墨轩对他印象不深，因此才想借妻子林红颜来辨识自己的身份，此刻左铭烨进退维谷，异常紧张。

秦北飞试探地说，左先生是想说嫂子凑巧没在，还是出远门啦？

左铭烨正琢磨如何应对，楼上传来高跟鞋的声响。左铭烨、秦北飞和柳墨轩不约而同地抬头望去，身着睡裙的当红影星阮梦蝶袅袅婷婷，扶着栏杆正朝楼下看。

阮梦蝶说，铭烨，出什么事啦？

左铭烨灵机一动，对阮梦蝶说，亲爱的，没事儿，你先睡吧！家里来了几个朋友。

听到左铭烨这声"亲爱的"，阮梦蝶羞红了脸，紧张地手足无措，身子扭了扭，睡裙随之飞舞，却是一副欲走还留的样子。

柳墨轩吃惊地说，这不是红遍大江南北的影星阮梦蝶小姐吗？秦组长，我没看错吧？

秦北飞低头品茶，嘟哝着说，废话，瞎子也能认出她来！

左铭烨见阮梦蝶站在那里不动，着急地说，回去，我这里真的没事儿。

阮梦蝶犹豫了一下，忽然拿定主意，提着睡裙款款地顺着楼梯走下来，就像一朵浮上水面的莲花，脚步轻盈，如梦如幻。

左铭烨担心她露馅儿，起身责怪道，你下楼干什么？

阮梦蝶说，我睡不着。

柳墨轩起身，与阮梦蝶握手，他说，是阮梦蝶小姐吧？幸会幸会。

阮梦蝶说，你好。你们是铭烨的朋友，我怎么不认识？

柳墨轩一时尴尬，看向坐在沙发上的秦北飞。秦北飞放下茶碗，起身来到阮梦蝶面前，直截了当地问她，你和左先生是什么关系？

左铭烨紧张地看向阮梦蝶。

阮梦蝶微微一笑，反问道，你说呢？

粗略统计一下，影星阮梦蝶出演过的影片少说也有几十部，平日里她是一副恬淡、单纯的真性情，上了银幕就不同了，各色人等她都能扮演得惟妙惟肖。左铭烨看过她的电影，评论说她就是为演戏而生的，这是由衷的赞叹，是对一个演员的最高评价。阮梦蝶知道自己不是左铭烨的妻子，但是那一句"亲爱的"给了她明确的提示，于是阮梦蝶就如同在现场听到了导演喊"开始"，顿时就进入了另一个角色之中。这一次她扮演的是左铭烨的妻子。

秦北飞想了想，不甘心地说，你俩总不会是两口子吧？

阮梦蝶说，既然是铭烨的朋友，我希望这件事到此为止，你们不要到外边乱讲，明星有明星的苦衷，我想你们会理解的。

柳墨轩接口道，你是说你们的婚姻需要暂时保密？

阮梦蝶一乐，看向柳墨轩，她说，这位先生是聪明人，说实话，我不想给铭烨太大的压力，过日子不是演戏，平平淡淡就好，我不想让任何人打扰我们的幸福生活。

说这番话时，阮梦蝶深情地看着左铭烨，并且很自然地挎上了他的胳膊。不得不说，阮梦蝶的演技确实了得，在这一刻甚至连左铭烨都一时恍惚，产生了妻子就在自己身边的幻觉。

看到这夫妇恩爱的一幕，柳墨轩尴尬地笑了，他说，对对对，阮梦蝶小姐，我理解，我完全理解你们。

秦北飞可笑不出来，黑着脸说，左先生、左太太，太晚了，我们就不多打扰了，告辞。

秦北飞率先朝门外走去，柳墨轩跟上。左铭烨松了一口气，想挣开阮梦蝶挎着他胳膊的手，阮梦蝶却顺势伏在了他的怀里。就在这时，已经走到门口的秦北飞突然不经意地回头，正看到阮梦蝶踮着脚尖向左铭烨索吻的样子。柳墨轩嬉笑着，推了秦北飞一把。

柳墨轩说，别看了，快走吧！

两人上了车，秦北飞还在琢磨阮梦蝶这个人，他总觉得哪里不对劲，可是又说不出哪里不对劲，于是眉头拧成了疙瘩。柳墨轩倒像一个发现了明星丑闻的小报记者，兴奋不已。

柳墨轩说，哎呀呀，没想到，真没想到，左铭烨金屋藏娇，居然能娶大明星阮梦蝶当老婆，真是艳福不浅啊！

秦北飞说，柳墨轩，你别告诉我，那个什么林延安和阮梦蝶是一个人。

柳墨轩顿时尴尬起来，他说，对不起，秦组长，是我搞错了，看来我们今天又白跑一趟啊。

秦北飞心里窝火，突然一拳打在车门上，发出"砰"的一声响。柳墨轩大气也不敢出，小心翼翼地驾驶，不再多言。

秦北飞和柳墨轩走后，左铭烨的公寓便恢复了往日的氛围，阮梦蝶也从左铭烨的妻子变回了他的好朋友。两人对视，哈哈大笑。

左铭烨说，梦蝶，刚才的事情谢谢你。

阮梦蝶说，困死我了，送我上楼睡觉。

左铭烨陪阮梦蝶上楼，阮梦蝶挎着他的胳膊，两人不紧不慢地边走边聊。阮梦蝶说，铭烨，为什么要我假扮你的妻子？他们是什么人？

左铭烨说，他们是国民党特务。

阮梦蝶说，特务为什么要找你的麻烦？

左铭烨说，还不是因为我是沪通银行的董事，他们抓不到共产党，就想尽办法从我们身上揩油，如今上海所有的银行、金库都被国民党特务监视了。

阮梦蝶似懂非懂，说话间两人已经上了二楼。

正在大厅收拾茶具的张嫂厌恶地盯着他俩的身影消失在楼上，无声地骂了一句。

左铭烨送阮梦蝶来到二楼主卧，墙上挂着阮梦蝶的性感剧照，一张西式大床占据了卧室的中间位置，沙发等西式家具一应俱全。阮梦蝶只是房客，居然睡在了主卧，左铭烨反而睡客房，可见两人关系不一般。左铭烨真没有拿阮梦蝶当外人。

阮梦蝶慵懒地靠在床头上，问左铭烨说，铭烨，你还没有回答我的问题。

左铭烨说，什么问题？

阮梦蝶说，为什么要我假扮你的妻子？

左铭烨犹豫着，不知该如何跟她解释。说实话肯定是不行的。虽说阮梦蝶这个人值得信任，但她并不是组织内的人，保守党组织秘密，这是一个地下工作者最起码的要求。左铭烨正琢磨着，阮梦蝶又发问了。

阮梦蝶说，既然林红颜不在家，你就应该实话实说，告诉他们你的妻子正在法国经商，这有什么问题吗？

左铭烨说，我是想这么说来着，你就出现了。

阮梦蝶不高兴了，嗔怪道，哼，我替你解围，你反倒怪我？我下楼，还不是因为你那句"亲爱的"。

左铭烨苦笑说，对，怪我，让你受委屈了。

阮梦蝶半开玩笑半认真地说，委屈什么？其实我知道你是怎么想的。你早就想喊我一声"亲爱的"，只是磨不开面子，今天正好家里来了外人，询问你的家事，你才趁此机会喊出了自己的心声，是不是？

左铭烨急忙解释道，梦蝶，你误会了，不是这样的。

阮梦蝶一脸得意地说，别不承认啊，不是我胡思乱想，刚才你喊我那声"亲爱的"，我都听出来了，你心里有我。还有，当初我说做你的房客，你毫不犹豫就同意了，后来我问过张嫂，她说在我之前你从来没有把房子租给过别人。

左铭烨说，当时你不是走投无路嘛！

阮梦蝶说，那我故意说要住这间大卧室，你也同意了呀，这可是你和林红颜的婚房啊！当时你毫不犹豫地摘下了你俩的结婚照。

左铭烨无奈地说，梦蝶，你赶紧睡觉吧，我没工夫跟你胡搅蛮缠。

左铭烨懒得再跟阮梦蝶纠缠，扭头欲走，阮梦蝶一把扯住他的衣襟，咯咯笑道，不说清楚，不准走。

有时候，阮梦蝶就像个孩子，左铭烨真拿她没办法。帮左铭烨脱身的是父亲左世章的电话。张嫂在楼下喊，大少爷，电话。左铭烨匆匆下楼，刚拿起听筒，就听到了父亲的唠叨。

左世章在电话里说，晚上又去哪儿啦？人也找不见，你还是尽量少出门吧，上海如今的治安形势糟糕透顶。

左铭烨说，我会小心的。对了，听说这次是二妈帮的忙，明天过去，我得好好谢谢她。

左世章说，谢她干什么？她背着我给她舅爷打电话，把我左世章的脸都给丢尽了！你以为她舅爷是个什么好东西？当年就是个混上海滩的小瘪三！铭烨，你想想看，连这种货色都能混进南京国民政府，这样的政府早晚完蛋。

第二章

1

　　山脉纵横的陕北天高地阔。一条弯弯曲曲的山路上出现了几个黑点，渐渐走近了，原来是几个穿着红军军装的人。中华苏维埃国家银行西北分行副科长林延安（本名林红颜）拉着架子车艰难地行进，同行的干部战士或帮林延安推车，或持枪警戒。架子车拉着几只分量不轻的铁皮箱子，箱子上印有"西北分行"的字样。

　　一名红军干部对埋头拉车的林延安说，林科长，换换手吧！

　　林延安说，没关系，过了前头那个山包再换人，大家提高警惕，这一带经常有土匪……

　　话没说完，林延安戛然而止，她似乎嗅到了危险的味道，边走边观察周围的环境，脚步慢了下来，直至停止。

　　红军干部说，林科长，你怎么啦?

突然一声枪响，一名红军战士中弹摔倒。林延安撂下架子车，拔枪朝前方树林射击。其他人也迅速找掩体，并还击。看不到敌人，只能听到双方激烈地对射。

林延安判断着形势，对众人说，土匪人数不少，撤，我们撤。

一名红军战士突然冲上去，想把架子车拉走，结果又被子弹击中，倒地不起。

林延安焦急地大喊：别管车，不要了！撤！快撤！

另一名红军战士说，林科长，车上拉的那些金条要是丢了，怎么跟上级交代？！

林延安说，人没了，黄金也保不住！我们不要做无谓牺牲！今天我带队，都听我的命令，撤！

林延安等人边打边撤，很快消失在密林中。数名土匪从各自的隐蔽处现身，纷纷围拢到架子车前，贼眉鼠眼地持枪东张西望。匪首走过来，吃力地抱起一只铁皮箱子试试分量，接着一枪打碎铁皮箱子上的锁，打开箱子一看，里边装的都是石头。

林延安等人灰头土脸地抵达延安的时候，西北分行的王处长已经等候他们多时了。进了屋，林延安没有接王处长递上的热茶，先解开了军装的扣子，接着刺啦一声将内兜撕开，将缝在衣兜里的金条拿出来，放进桌上的铁皮箱。其他两名红军干部照做，每人两根，一共六根金条。

王处长说，同志们辛苦了，快坐，喝水。

林延安汇报说，王处长，回来的路上我们遇到了土匪，负责押运的两名红军战士牺牲了，还有一名同志受了伤，这次事故我有责任。

王处长说，林延安同志，你不要自责，情况我已经听说了，幸好你有准备，否则这些金条极有可能会落入土匪之手。这次多亏了你啊！好好休息一下，这几天你就不要出任务了。

林延安说，没关系，我能坚持，榆林到延安这条黄金运输线，没有谁比我更熟悉了。

王处长说，林延安同志，你是我的心腹爱将，将来还要承担更大的责任。要是现在就把你累垮了，损失最大的还是我们西北分行。

王处长说着，哈哈大笑起来，又说，你们先休息一下，我去伙房看一眼，给同志们加个菜。

说完，王处长走了出去。众人纷纷落座，端起茶碗喝茶。

林延安边喝茶，边随意翻看着报纸，忽然被一条消息吸引了眼球。这是刊登在《申报》上的一则寻人启事：家母林左氏于月初走失，年近六旬，中等身材，江西口音，儿甚为想念，寝食难安，急盼母亲速速回家。有知其下落者，请拨打电话五八一〇四联络，必重金重谢。

林延安读完这则寻人启事，忽然有些心神不宁，犹豫着起身，朝门外走去。她穿过院子，正巧遇到王处长。

王处长笑着说，怎么？肚皮开始叫唤了是不是？还没到开饭时间就往灶房跑啊？

林延安说，王处，我想回趟上海。

王处长收敛了笑容，关心地说，你怎么啦？脸色这么难看。家里出事啦？

林延安说，就是有点想家，我打算请一个月的假，您看行吗？

王处长说，你和江华同志有多久没见面了？

林延安说，三年零七个月。

王处长自责地说，是我这个当领导的失职啊，没有考虑周全，怨我，怨我，早应该找个机会给你放个假，夫妻团聚一下。这样吧，你先回上海，至于待多长时间自己决定。

林延安说，谢谢王处。

王处长说，林延安同志，你也是老革命了，有些话不用多说，但我还是想提醒你，江华同志执行的是秘密任务，具体内容连我也不知道。回去之后，你不要过问，更不能干涉他，明白吗？

林延安说，我知道。

王处长说，明天延安机场会有一架我党前往天津的代表团专机，你搭乘这架飞机去天津，之后再转道广州回上海。

林延安说，好。

王处长说，你现在跟我去一趟政保局，那里有林红颜在法国经商、往来的全套证件资料。

说完，王处长扭头就走。

林延安一愣，忽然笑了，跟上去说，还是组织上考虑的周全啊。

如果不是王处长提这件事情，林延安早忘记了林红颜才是自己的本名。林延安是中华苏维埃国家银行西北分行副科长，"林红颜"在法国经商做生意，也是上海沪通银行的股东。此时，林延安对自己的身份一时恍惚，不过很快就找到了感觉。更何况上海还有她的丈夫江华，不，应该是左铭烨正等着她。一想到丈夫，林延安心情复杂，脚步慢了下来。

王处长疑惑地停下，回头喊她，林延安同志，快走啊，很快就能见到江华同志了，你应该归心似箭啊，可你看上去倒像是大闺女上轿，扭扭捏捏的。还磨蹭什么？快走啊！

林延安勉强笑了笑，快步朝王处长走去。

2

左铭烨正在自己的办公室听取一名银行职员的汇报，蒋金刚突然闯了进来，对银行职员说，你，出去。

银行职员不明白发生了什么事情，看向左铭烨征求意见。

左铭烨说，你先忙去吧，有事我叫你。

这名职员出门，随手关好房门。

左铭烨说，不是让你等我的通知吗？又来做什么？

蒋金刚说，老子越琢磨越觉得不对劲，一定是哪里出了问题。"西湖"

夫妇到底是怎么暴露的，你给老子说清楚。

左铭烨说，我一时也说不清楚，但是来上海的国民党特务有一个叫柳墨轩的，当年在中央苏区我见过他，是红六团的。

蒋金刚说，柳墨轩？这个叛徒出卖了我们的同志？

左铭烨说，目前看是这样。

蒋金刚说，那还等什么？你我应该找机会干掉这个叛徒，替"西湖"夫妇报仇。

左铭烨沉默了。蒋金刚这个人表面上看头脑过于简单，火爆脾气一点就着，但是左铭烨有一种直觉，蒋金刚释放的只是一种假象，否则组织上不可能派他来上海从事地下工作，老周也不会让他给自己当助手，因为转运巨额组织经费的任务不允许出现任何偏差，而一个莽夫的参与，后果可想而知。

左铭烨思索着，耐心解释道，是这样的，我们有我们的任务，至于叛徒柳墨轩，组织上一定会处理的，我们不要节外生枝。

蒋金刚说，左铭烨，你还有没有人性？"西湖"夫妇是你的上线，是你的同志，他们牺牲了，你居然无动于衷？你不干，老子自己干！老子要拧下叛徒柳墨轩的脑袋，祭奠死去同志们的英灵！

左铭烨有些窝火，加重了语气说，蒋金刚同志，我再强调一遍，不要擅自行动，以免带来不必要的麻烦。现在我是你的上级，你的一切行动都要有我的批准，明白吗？

蒋金刚欲言又止，气呼呼地扭头走了，一开门，发现崔新轲站在门外。蒋金刚一把将崔新轲推开，大步离去。

崔新轲进门，铭烨，你表弟又来啦？

左铭烨说，还不是因为老周的事情。

崔新轲说，房东死了，跟房客有什么关系，你表弟换个住处不就完了嘛！

左铭烨说，是，我也是这么跟他说的。

崔新轲忽然诡秘一笑，晃了晃手里的电报，然后郑重其事地将电报摆在左铭烨面前，做了一个请看的手势。

左铭烨说，谁的电报？

崔新轲说，自己看。

左铭烨拿起电报细看，电文很简单，只有寥寥几个字，"银证办妥，近日抵沪，红颜。"左铭烨激动不已，高兴地站起身来。他与妻子分开已经三年多了，前两天他还念叨她，没想到心想事成，妻子真的要回上海了。

崔新轲说，铭烨，开心吧？你老婆林红颜就要从法国回来了。

左铭烨一乐，说，这封电报怎么在你手里？

崔新轲说，哦，刚才我进楼，正巧看到有你的电报，就给你带上来了。这次红颜回来，你就别让她再出去了，虽说她精明能干，可毕竟是你的妻子，是个女人。女人在外边闯荡，场面应酬，总不是那么让人放心，你说呢？

左铭烨一眼看穿了崔新轲的心思，他说，新轲，有话直说，别跟我绕弯子。

崔新轲被左铭烨说中心事，不好意思地说，你真是太聪明了。铭烨，我对阮梦蝶的感情，你一清二楚，你也没少帮忙。

左铭烨说，可是她看不上你，我也无能为力。

崔新轲说，是，你确实尽力了，兄弟我感激不尽。但是我不死心啊，这不，机会又来了。

左铭烨说，什么机会？

崔新轲说，你老婆一回来，阮梦蝶是不是就得从你的公寓搬出去啊？

左铭烨说，把她赶走不合适吧？毕竟我们都是朋友。

崔新轲说，铭烨，留着这些冠冕堂皇的话去给林红颜解释吧，跟我就不用玩虚的了。我知道，你和阮梦蝶只是逢场作戏嘛，反正老婆也不在身边，各取所需。现在老婆回来了，你跟阮梦蝶就得赶紧了断，以免后院起火。

左铭烨说，新轲，你误会了，我和阮梦蝶什么事情也没有。

崔新轲一乐，说，都是男人，我能理解，换成是我，打死我也不会跟老婆承认的。

左铭烨无奈地笑了笑，不再解释。

崔新轲说，铭烨，就算是最后一次帮兄弟我，行不行？你就拉下脸来，把阮梦蝶赶走，让她乖乖搬到我的公寓去，好不好？我求求你了。

左铭烨说，好吧，见到梦蝶，我跟她商量一下。

崔新轲双手合十说，拜托了，这件事情就拜托你了，铭烨，你真是我的亲兄弟。

3

左铭烨的弟弟左铭熠，名义上是左世章与二太太所生，其实是二太太的私生子。二十年多前，二太太被富家公子欺辱后无情抛弃，是同乡左世章收留了她，并给了她一个名分。二太太对左世章感激不已，挺着大肚子进了左家门，便尽心尽力地操持这个家，很有些当牛做马的意思。这个秘密只有左世章和二太太心里清楚，左家上下对此一无所知。左铭熠遗传了亲生父亲的基因，二十几年后，他也变成了一位像他未曾谋面的父亲一样的浪荡公子，经常流连于风月场所。左世章虽说接纳了二太太和她的私生子，但是心里多少有些不舒服，对左铭熠基本上不管不问。在外人眼里，左世章对养子左铭烨的关心要多于亲生儿子，很多人因此对左世章的人品大加赞叹，肃然起敬。

这天，左铭熠搂着一位花枝招展的姑娘回左公馆，刚到门口，正巧看到哥哥左铭烨的轿车开了过来。于是，左铭熠让同行的姑娘先进去。姑娘离开时，左铭熠忙里偷闲在她屁股上摸了一把。姑娘并不在意，扭动着腰肢进了门。左铭熠则留在门口，看着左铭烨和阮梦蝶先后下了车，左铭烨拎着一些礼品。

左铭熠迎上前，阴阳怪气地打招呼说，哟，大哥，二嫂，你们来看爸呀。

左铭烨说，什么二嫂？不要开这种玩笑。

左铭熠认真地说，我没开玩笑，林红颜是大嫂，阮梦蝶不就是二嫂嘛！

阮梦蝶皱了皱眉，作势欲打左铭熠。左铭熠见状，夸张地怪叫一声，哈哈大笑着跑进了院子。

左公馆的一楼餐厅今天是最忙碌的。左世章和二太太正在查看桌上的菜品，管家站在门口，指挥几个佣人进进出出，将吃食摆上桌。左铭烨和阮梦蝶来到餐厅，将礼品递给管家。

左铭烨说，爸，我回来了。

左世章没有回头，注意力都在桌上的饭菜上，他说，哎，铭烨，你瞧瞧，今天这一桌子菜都是特意给你准备的。

一回头，看到了阮梦蝶。左世章笑了，说，梦蝶也来啦？

阮梦蝶面带微笑跟大家打着招呼，她说，左伯好，二奶奶好。

阮梦蝶一边问好，一边来到桌边，麻利地帮着二太太摆放餐具，一点都没有生疏的感觉。

二太太说，梦蝶，你别忙活了，马上就好。

阮梦蝶说，闲着也是闲着，我俩在一起，还能说说话。

二太太说，哎，你最近用什么香水，和上次不一样了，味道很好。

阮梦蝶说，就是普通的克里斯牌，下次给二奶奶带两瓶过来。

阮梦蝶说着，一抬头，发现左铭烨和左世章父子俩都不见了，心里莫名有些怅惘。

左铭烨搀扶着左世章进入了书房。左世章落座，指一下旁边的椅子。左铭烨会意，坐了下来。

左世章说，铭烨啊，时局动荡，要早作打算，你的想法我是赞同的。

左铭烨说，上海战事不可避免，银行业肯定会受到冲击，我们沪通银行之所以做出转移资产的决议，一是为了应对挤兑风潮，二是更有效地保全民众资产。南京分行的设立只是第一步。

左世章说，十万两黄金不是个小数目，必须万无一失。

左铭烨说，我心里有数，不打无准备之仗，不做无把握之事，我一直把您这句话记在心里。

左世章满意地点点头，低声说，这件事情一定要保密，除了你我，家里人都不能说。左世章说着，朝隔壁指了指，低声说，尤其是那个败家子，一个字也不要跟他提。

左世章嘴里的败家子是指左铭熠，他曾经以经商的名义从家里骗走了一大笔钱，这笔钱最后都变成了烟花巷里那些姑娘们身上的汗水。左世章得知此事，大发雷霆，过后左铭熠依然我行我素。

左铭烨说，爸，铭熠是不是又惹您生气啦？

左世章说，我才不生气呢，否则，早被他气死了。那小子不争气，你呀，是爸爸唯一的希望了。对了，梦蝶的事情你打算怎么处理？

左铭烨疑惑地说，我跟阮梦蝶什么事情？

左世章说，红颜不是这两天要从法国回来了嘛，未雨绸缪，梦蝶的事情必须提前了结。依红颜的脾气，她要是知道你跟阮梦蝶不清不楚地住在一起，肯定一把火把房子给烧了。

左铭烨欲言又止，他知道，父亲误会他了，可是一时也难以解释清楚自己和阮梦蝶的关系，索性闭嘴。

书房的壁灯发出温和的光亮。一支袖珍的窃听器静静地躺在壁灯的花瓣里，窃听器的连线穿过墙壁，进入隔壁左铭熠的房间，左铭熠正拿着耳机窃听。很显然，左铭烨父子的这番对话被左铭熠听得一清二楚，他铁青着脸，全然没有了平日里的放荡不羁。

左铭熠带回来的姑娘依偎在他的后背上，摩挲着他的胸口，试图解开他衬衫的纽扣。左铭熠有些不耐烦，从衣兜里掏出一沓钱扔在床上，指了指门口，让姑娘自己出去。姑娘倒无所谓，捡起钱点了点，凑过来在左铭熠脸上亲了一口，这才蹑手蹑脚地离开了。

　　隔壁没有了动静，左铭熠摘下耳机，关掉窃听设备，皱眉思索着。窃听设备旁边摆着一张《申报》，报纸上那则林红颜看过的寻人启事被人用红笔圈画了出来。

　　左铭熠来到餐厅的时候，左世章、左铭烨、阮梦蝶以及大太太、二太太正吃饭聊天，似乎都忘记了还有左铭熠的存在。左铭熠显然对此已习惯了，自己找个位置坐下。

　　大太太说，铭烨，你被抓那天，可把你爸急坏了，当时就要去找郭副市长，拦都拦不住。

　　左铭烨说，郭副市长？那个跟共产党走动密切的郭副市长？

　　左世章说，是他。

　　左铭烨说，爸，非常时期你还是要注意一下，尽量少跟他来往。还有，那些同情共产党的话你不要再随便说了，国共关系微妙，少沾政治为好。

　　左世章叹气说，唉！我是参加过辛亥革命的同盟会员，是最早的一批国民党党员，可是这一路走来，我对这个党越发失望，如果能让我重新选择一次，我是断然不会加入的。对了，铭烨啊，听说我们沪通银行也被国民党特务盯上啦？

　　左铭烨说，是，说是为了查没共产党走私、贩毒的赃款。

　　左世章恼火地说，放屁！天底下就没有比国民党更无耻的流氓！

　　除了左铭熠自顾自吃喝，在场众人都吃惊地看向左世章。二太太起身欲给左世章倒酒，被他摆手制止了。

　　左世章气愤地说，我到了哪里都敢说，共产党不是什么洪水猛兽，我认识的共产党人都是些节操高尚、志向高远的开明人士。反观国民党，要么是睚眦必报的阴谋小人，要么就是贪腐成性的酒囊饭袋！如今的上海，日本人的枪口都要顶到我们的脑袋上了，南京国民政府在干什么？还在捏造罪名、排除异己！如此小肚鸡肠的政府，可悲啊！

　　大太太说，老爷，你别着急，注意身体。

　　左世章说，怎么可能不着急？一个开明的政府才能给我们老百姓带来安逸的生活。可是现在你们都看到了，国民党把持的南京国民政府腐败昏聩，四分五裂，蒋介石仇视共产党，攘外必先安内的政治余毒仍在肆意泛滥，汪兆铭之流更是提出曲线救国的汉奸理论，从东北沦丧到如今对日本人的一再忍让，你们能看到希望吗？看不到！我告诉你们，中国唯一的希望在延安！

　　二太太听了这话有些不服气，可是又不敢直接反驳，于是带着些许撒娇的语气说，老爷，你这话说得也太绝对了，这次铭烨能回来，共产党可没帮咱家什么忙。

　　左世章说，你给我闭嘴！这件事，你不提我还差点儿忘了。首先，国民党特务根本没有理由抓铭烨，他们这是滥用职权的渎职行为！其次，你那个在南京国民政府任职的舅爷一个电话就把人给放回来了，这又是什么？这叫以权谋私！是公然践踏国家法律的流氓行径！

　　二太太撇撇嘴，赶紧认错，她说，好，我错了，下次再也不敢了。

　　左铭烨端着酒杯起身，打圆场说，我这次能活着出来，还是要谢谢二妈。今天过来一是给我爸请安，还有就是要好好谢谢二妈。我敬您一杯。

　　二太太眉开眼笑地说，瞧铭烨这孩子真懂事，自家人就不用那么客气了！

　　话虽这么说，二太太还是很得意地一口气喝干了杯中酒，并将酒杯亮给众人看。在左世章看来，这个动作更像是在向他示威，于是无可奈何地笑了。

4

　　凌晨时分，左铭烨书房的灯还没有熄灭。左铭烨一脸疲惫，抽着烟卷思索着，烟蒂塞满了摆在桌上的烟缸。他揉了揉已经充血的眼睛，似乎打定了主意，掐灭烟头，拿起钢笔，在信纸上奋笔疾书。

　　致南京国民政府的一封求援信：

　　国府体恤民生疾苦，领袖深具爱民之心。今上海战事一触即发，我沪通银行金库储存之万两黄金岌岌可危。为保护上海万千储户之财产，我董事会拟于近日设立沪通银行南京分行，十万两黄金急需尽快转运南京。

然时局动荡，匪盗横行，凭我沪通银行安保之微力，断然不敢冒险启运。泱泱大国，草民孱弱。我沪通银行走投无路之际，洒泪恳请国府伸出援手，义助我行及时转运黄金。若能救民于水火，善莫大焉。

沪通银行执行董事左铭烨，携董事左世章、林红颜、崔新轲、黎本昌以及万千储户先行叩谢。

左铭烨写完信，疲惫地靠在椅子上，点燃一支烟卷，看着手里的两页信纸沉思着。忽然他又犹豫了，划亮一根火柴凑近信纸，但直到火柴燃尽，也没能下决心将这封信烧掉。

真的要去南京吗？这是一步险棋。左铭烨此刻陷入巨大的矛盾之中，"西湖"夫妇牺牲之后，上级迟迟没有与他联系。左铭烨又想，没有同志，没有援军，甚至没有其他出路，日本军队眼看就要在上海开战了，与其存储在沪通银行地下金库的巨额黄金落入日寇之手，不如铤而走险与国民党合作。左铭烨知道，这一大胆计划无异于以身饲虎，但是别无他法，必须当机立断。十万两黄金转运南京只是计划的第一步，接下来武汉、西安，最终运往延安。

左铭烨心事重重，将桌上的地图展开，手指沿着画在地图上的那条粗线延伸，划出一条弧形路径。

5

秦北飞和柳墨轩正在国民党特工总部上海行动处的办公室，查看医院枪案现场的照片。照片中，除了几个特务的尸体，还有一张是周太太。

柳墨轩说，从现场勘查，以及目击证人的证言判断，共产党至少有两个人参与了此次营救行动。

说着，柳墨轩将一个文件夹打开，递给秦北飞。

柳墨轩说，秦组长，这是根据目击者的描述绘制的其中一名嫌疑人的画像。另一个人化装成医生，口罩遮脸，相貌不详。

秦北飞细看那张画像，画像上的人是蒋金刚。

秦北飞说，墨轩，你认识这个人吗？

柳墨轩说，不认识，你是知道的，我之前一直在南京，上海这边共产党组织里，我只认识"西湖"夫妇，其他人没有接触过。

秦北飞说，这个人有没有可能就是"牡蛎"？

柳墨轩说，很有可能，但是我们需要进行调查核实。

秦北飞失望地把文件夹丢在桌上，有气无力地说，只有抓到人才能核实。说实话，我很失望，原以为画像上的人你我都认识。

柳墨轩说，秦组长这话什么意思？

秦北飞说，你知道我说的是谁。左铭烨，这个人给我的印象太深刻了，想忘掉他都难，而且那天晚上我们去了左铭烨的公寓，他凑巧不在。从时间上推算，他完全有机会作案。

柳墨轩说，可是我们不能仅凭猜测就断定左铭烨是"牡蛎"，我们需要确凿证据。

秦北飞找出一张左铭烨的照片，把照片与蒋金刚的画像摆在一起，推到柳墨轩面前，指着蒋金刚的画像说，这个人是共党，如果左铭烨跟他在一起呢？

柳墨轩恍然大悟，他说，明白了！秦组长是想说，倘若画像上的共产党与左铭烨有任何性质的接触，那么左铭烨必是共党无疑！

秦北飞与柳墨轩相视而笑。

秦北飞说，从现在开始，我们要对左铭烨实施重点监控，他的一举一动都必须在我掌握之中。说着，秦北飞将蒋金刚的画像交给柳墨轩，通知警察局，通缉画像上的共党嫌犯！

上海火车站入口，进站的旅客排起了长龙。检票员在查票，旁边两名警察拿着蒋金刚的画像一一对照。左铭烨和阮梦蝶走过来，左铭烨拎着皮箱，阮梦蝶挎着他的胳膊。左铭烨疑惑地看着等候进站的人群，心里咯噔一下。他不知道出了什么事情，但是希望不是自己的麻烦。

左铭烨和阮梦蝶径直来到贵宾席专用入口，一等车厢的乘客就少多了，两人很快来到检票口，阮梦蝶递上两张车票。检票员验票的同时，守在这里的警察看一眼通缉令，又打量着左铭烨。

左铭烨不经意地一瞥，发现画像上的人是蒋金刚，于是试着与警察搭讪道，通缉的是什么人？

警察说，共党，还是个杀人犯，你见过这个人吗？

左铭烨摇头说，没见过。

检票员递还车票，左铭烨和阮梦蝶进站。跟踪左铭烨的两名国民党特务快步跟了上来，正要进站，被检票员拦住。

检票员说，先生，车票。

一名国民党特务掏出证件朝检票员晃了晃，不耐烦地说，兄弟执行公务，请配合一下。

旁边的警察接过证件看了一眼，迅速奉还，对检票员说，放行。

左铭烨和阮梦蝶很快找到自己的包厢。阮梦蝶脱掉高跟鞋，揉了揉脚，便找了个舒服的姿势躺下了。左铭烨坐在阮梦蝶的对面，想着心事。

阮梦蝶说，铭烨，说说你的行程吧！

左铭烨心不在焉地说，我没什么行程，听你的。

阮梦蝶说，那好，那就听我的，你先陪我去洪武中路柳先生的画馆，画完月份牌大概三个小时，晚上我们去夫子庙吃饭。

左铭烨说，行，没问题。

阮梦蝶满怀憧憬地说，明天我们先去莫愁湖，再到弘觉寺塔许个愿，晚上在圣菲尔德喝咖啡……

火车缓缓启动了，左铭烨心事重重地看着窗外，南京之行，还不知道是个什么结果。此刻他的心一直悬着，阮梦蝶后来说了什么，他都没有听进耳朵里。

三天后，跟踪左铭烨的特务将一份报告摆在了秦北飞的案头。秦北飞叫来了柳墨轩，把报告递给他。

秦北飞说，6月5日，左铭烨与南京国民政府内政部次长甘乃光等三人秘密会面。

报告的内容，秦北飞几乎都背下来了，他接着说，6月6日，左铭烨前往拜会最高国防会议成员，交通部部长顾孟余。6月7日，左铭烨与南京国民政府军事委员会汪铮禹等人共进晚餐，知名影星阮梦蝶作陪。

柳墨轩听不下去了，合上文件夹，问秦北飞说，秦组长，我们没搞错吧？

秦北飞说，我也想知道，左铭烨此次突然造访南京，先后拜会多名政府要员，他到底想干什么？左铭烨这个人越来越让我琢磨不透。

柳墨轩说，秦组长，有句话不知当讲不当讲。

秦北飞不耐烦地说，你说嘛！

柳墨轩说，上次我们抓了左铭烨，结果引来了大麻烦，南京国民政府的高官都过问此事。后来我们也调查过，左家与南京政府的关系千丝万缕，左世章又是资历很深的国民党党员，所以我们紧盯左铭烨，会不会盯错了对象？

秦北飞说，当然有这个可能，可是我总觉得，要么是我们盯错了目标，要么左铭烨就是共党一条大鱼！

6

沪通银行金库位于黄埔江畔，一栋毫不起眼的三层建筑，外墙悬挂着"沪通银行"的巨大招牌，院门紧闭。隔着铁栅栏，院内有多名安保人员持枪警戒。距此不远处，两名便衣特务在路边溜达，不时朝院门处张望。

左铭烨的轿车驶来，停在院门口。有安保人员打开院门，安保队长来到左铭烨的轿车旁。

安保队长说，左董，您来啦？

左铭烨说，金库是咱们沪通银行最重要的部门，你们千万不要掉以轻心，万一出点什么事，你我都担待不起。

安保队长说，左董，您放心吧！弟兄们日夜值守，不敢松懈。再说了，咱地下金库三道大铁门，没钥匙想进去比登天还难。

左铭烨说，那也不能大意。

左铭烨说着，看向不远处的两个便衣特务，问安保队长说，他们是什么人？

安保队长答道，我已经查问过了，他们是国民党特工总部上海行动处的。不过您别担心，他们不是冲我们来的，不光我们沪通银行，别的银行他们也派人盯着，听说是与共产党走私有关。

左铭烨说，知道了。

左铭烨驾车驶入院子，安保队长指挥众人将铁门关闭，自己去追左铭烨的轿车。

位于地下的沪通银行金库。铁门紧闭，走廊幽深。左铭烨大步前行，金库值班经理和安保队长紧随其后。来到一扇密闭的铁门前，值班经理掏钥匙打开门，之后站到一旁。

左铭烨说，你们就别进去了。

穿过铁门，是一个不大的房间。左铭烨来到一面墙壁前，打开机关，这面墙壁徐徐转动，又露出一扇密闭的铁门，不同的是这扇铁门上多了密码锁。左铭烨转动旋钮输入密码，这才打开铁门，进入金库。

金库内灯火通明，长条桌上整齐摆放着数个特制的铁箱子，铁箱子看上去很厚实，每只箱子上都有一个编号。左铭烨上前，轻轻打开其中一个箱子，金光灿灿，有些晃眼。原来铁箱子里装满了金条。

左铭烨思索着，忽然想起了同为"守金战士"的马良，当年这位年轻的战友与他一起来到上海，一起守卫着这批宝贵的组织经费，一晃儿就是三年多。在这三年多的时间里，马良是左铭烨唯一能够倾诉心声的人，他们的信仰是一致的，他们的任务是一致的，可以说是他唯一的知己。左铭烨拿他当战友，当兄弟，当亲人。马良的音容笑貌犹在眼前，他年轻的笑脸还是那么灿烂，不知不觉中，左铭烨泪流满面。

马良一案宣判那天，左铭烨是充满了希望的，崔新轲对此却并不乐观。两人正在争执，穿着法袍的审判长、陪审员走进法庭。

审判长说，现在宣判！

原告方左铭烨、崔新轲，被告盐泽一郎，以及旁听者寥寥数人陆续起身，等待宣判结果。

审判长说，沪通银行董事左铭烨状告东亚株式会社盐泽一郎恶意拖欠贷款，并残杀银行职员马良一案，现在宣布庭审结果。

盐泽一郎面带微笑看向左铭烨，左铭烨则神情严肃，认真听着。

审判长说，经法院审理，合议庭评议认为，本案经法庭调查和法庭辩论，事实清楚，证据充分。沪通银行职员马良于民国二十六年六月一日十一时到东亚株式会社催收贷款，期间因言语不和，便以跳楼寻死相威胁，以致失足坠楼的惨剧发生。多位证人证言真实有效，可以采信。

左铭烨愣住了，崔新轲无奈地摇头。

审判长说，本院认为，被告人盐泽一郎不应对马良之死负有责任，现判决如下：一、被告人盐泽一郎无罪；二、东亚株式会社经营不善，已宣告破产，因此无须归还沪通银行贷款；三、本案因此产生的一切诉讼费用，由沪通银行承担。

听到这里，盐泽一郎突然狂妄地大笑，不等审判长读完判决书，便朝门外走去。在场旁听的几名日本职员随即跟上。

审判长尴尬地敲响法槌说：那个……退庭！

　　众人陆续离去。左铭烨愣愣地站在那里，失神地坐下。崔新轲同情地看着左铭烨。抱着相机的两名报社记者凑过来。

　　一名记者问道，左先生，我是《社会晚报》的记者，您对本案的判决结果满意吗？另外，上海正值非常时期，是什么让您鼓起勇气状告日本商人？

　　左铭烨突然起身，推开记者，朝法庭外走去。

　　法院大楼外，盐泽一郎正要钻进停在那里的轿车，左铭烨冲了过来，揪住盐泽一郎，狠狠一拳打在他的脸上。盐泽一郎踉跄倒地。几名日本职员见状，迅速挡在盐泽一郎身前，朝左铭烨摆出格斗的架势。

　　随后赶到的两名报社记者见状，举起相机不停地拍照。崔新轲想冲进去，被一名日本职员拦在圈外。

　　崔新轲着急地说，铭烨，有话好好说嘛！盐泽一郎先生，误会，误会啊！

　　左铭烨没理崔新轲，愤怒地说，盐泽，你别得意，我会继续上诉，我必须替我死去的兄弟讨回公道！

　　盐泽一郎擦着嘴角的血迹，来到左铭烨面前，不屑地说，左先生，我劝你还是算了吧！我承认，马良就是我杀的，但是这场官司你永远赢不了！

　　左铭烨说，是吗？我们走着瞧！

　　盐泽一郎变了脸色，严肃地说，左先生，我们是老相识，所以有些话我就直说了。上海就要打仗了，我真的很忙，有很多事情要做。我希望你我这件事到此为止，否则你会跟马良一个下场。

　　左铭烨说，盐泽，我也告诉你，我这个人从来不惧怕任何威胁！

　　盐泽一郎愣了一下，旋即笑了，笑里藏刀的那种笑。左铭烨与盐泽一郎目光交锋，各不相让。

　　回去的路上，左铭烨坐在车内闭目养神，一言不发。崔新轲一边开车，一边虚张声势地说，盐泽一郎这个混蛋敢威胁你？也太狂妄了吧？他别忘了，这里是大上海，不是北海道的小渔村！还没地方说理啦？

说着，崔新轲看一眼副驾驶位置上的左铭烨。左铭烨眼皮动了动，悠悠地说了句，我会继续上告的。

崔新轲无奈地摇头，规劝道，铭烨，告也告了，法院也判了，你已经尽力了是不是？这场官司也只能这样。听说日军驻沪海军陆战队仍在不断增兵，我们不要把精力浪费在这件事情上，该考虑后路了。

左铭烨说，我咽不下这口气。在中国的地盘上，上海的法院居然与日本人沆瀣一气，颠倒黑白，真让人窝火。如果上海的法律最终不能制裁盐泽一郎，我会去南京上告。

崔新轲说，哎呀，铭烨，你不要意气用事嘛。盐泽一郎就是个混蛋，逼急了他什么事情都做得出来！平安是福，退一步海阔天空。

左铭烨心情烦躁地说，新轲，你不要再劝了，我心里有数。

7

樱花居酒屋是一家不大的日式餐厅。桌上摆着寿司和清酒。盐泽一郎和一个脸上有刀疤的日本人跪坐在桌前，低声交流。

盐泽一郎低声说，帝国驻沪公使馆的大岛川介先生马上就到，他的意见很明确，那就是秘密联络在上海的日本侨民，找机会发起武装暴动，配合帝国军队进攻上海。

刀疤脸低声说，关键是武器。盐泽君，我们需要枪，大量的枪支。

盐泽一郎的声音更低了，他说，你不要着急，我已经通过上海青帮的朋友高价购买了一批枪支，估计月底能到货。

刀疤脸异常兴奋，不由自主地提高了声音说道，太好了！只要枪支到沪，我们日本侨民组织随时可以发起暴动！

盐泽一郎急忙做了一个噤声的动作，目光投向一扇紧闭的隔断门上。门那边是另一个包间。柳墨轩和秦北飞正在这里用餐，很显然秦北飞已经听到了盐泽一郎和刀疤脸对话的只言片语，脸色异常难看。

柳墨轩微微摇头，示意秦北飞不要多管闲事。秦北飞压着火气，拿起了筷子。柳墨轩悬着的心这才落了地。

柳墨轩说，秦组长也喜欢吃日本料理？

秦北飞说，我喜欢料理日本人！

柳墨轩一乐，说道，这家的生鱼片不错，你尝尝？

听到隔壁的动静，盐泽一郎悄悄拔枪，检查了一下枪械。刀疤脸懊悔不已，抱歉地低声说，盐泽君，对不起。

盐泽一郎给刀疤脸使个眼色，刀疤脸会意，掏出匕首藏在身后。两人起身，来到隔断门旁。盐泽一郎先听一听隔壁包间的动静，接着猛地一下，将隔断门拉开，正看到柳墨轩和秦北飞的推杯换盏。

见日本人闯了起来，柳墨轩和秦北飞都放下了酒杯。

盐泽一郎问道，你们是什么人？

秦北飞说，中国人。你有什么事吗？

盐泽一郎说，你们刚才听到了什么？

秦北飞笑了，他说，不做亏心事，不怕鬼敲门。你们做什么亏心事啦，还怕别人听见？

盐泽一郎冷笑，悄悄给刀疤脸使个眼色。刀疤脸会意，突然挥起匕首扎向秦北飞，与此同时盐泽一郎拔枪朝柳墨轩射击。柳墨轩被击中大腿，痛苦哀号。盐泽一郎正想上前补枪，突然身中数弹，倒在血泊中。开枪的是秦北飞，他在举枪击倒盐泽一郎的同时，仍死死勒住刀疤脸的脖子，直到他断气，才将尸首扔到一旁，扶起柳墨轩匆匆离去。

日本驻沪公使馆的大岛川介在自己的办公室里大发雷霆，一名孙姓警长赔着笑脸，不敢插话。

大岛川介怒气冲冲地说，谋杀！这是谋杀！盐泽君遇刺，凶手又在哪里？你们警察都是干什么吃的？！

孙警长说，大岛川介先生，你别着急，既然是在我的辖区，此案必定水落石出。案情进展，我会随时向贵国公使馆汇报。

大岛川介说，查一查盐泽一郎的仇敌？对，今天沪通银行董事左铭烨状告盐泽君拖欠贷款一案开庭审理，听说庭审之后，两人还当街发生了冲突。所以盐泽君遇害，极有可能是左铭烨输了官司之后的行凶报复。

孙警长不卑不亢地说，大岛川介先生，我们办案讲究证据，胡乱猜测，实为不妥。

大岛川介狞笑道，我说左铭烨是凶手，他就是凶手！谋杀日本侨民，他必须为此付出生命代价！

孙警长还想说什么，两名东亚株式会社的日本职员进门。

大岛川介说，孙警长，我还有事情要处理，你回避吧，三日内抓不到凶手，我会直接与贵国政府交涉的。

孙警长说，好好好，您忙着，我先走了。

孙警长匆匆离去，两名日本职员来到大岛川介面前。大岛川介扭头盯着墙上的日本国旗，努力平复着激动地情绪。

大岛川介说，你们没能保护好盐泽君，真是罪该万死。

一名日本职员说，盐泽君不让我们跟着，说只是去吃个饭，谁也没想到会出这样的事情。

另一名日本职员说，据樱花居酒屋老板讲，枪杀盐泽君的是两个人，经过辨认，确定不是左铭烨。也许是他买凶杀人。

大岛川介不耐烦地说，好啦！凶手是不是左铭烨并不重要。

两名日本职员面面相觑，揣摩着大岛川介的心思。

大岛川介接着说，我们日本侨民组织需要找个借口在上海挑起事端，冲突越大越好。现在盐泽君遇刺，借口找到了，明天将会有大批日本侨民前往左公馆。一旦与左家发生冲突，上海警察必然到场，无论群情激奋的日本侨民打死了警察，还是警察枪杀日本侨民，都将酿成外交事件，并为我大日本帝国军队进攻上海打开序幕。

8

入夜，左铭烨的公寓灯火通明。左铭烨与崔新轲坐在沙发上，商量着什么。阮梦蝶回来了。

左铭烨说，梦蝶，吃饭了没有？

阮梦蝶说，今天身体不舒服，什么也吃不下。说着，看一眼旁边的崔新轲，客气地说，崔先生也在呀。

崔新轲起身，上前欲跟她握手，阮梦蝶灵活地躲开了，转身坐到左铭烨的旁边，撒娇说，铭烨，今天天气太热了，拍戏的时候，我感觉浑身没劲儿，头还昏昏沉沉的，好像有点发烧，你摸摸看。

说着，阮梦蝶把头往左铭烨怀里拱。

左铭烨手背贴着阮梦蝶的额头试体温，说道，嗯，是有点发热，头晕吗？

阮梦蝶说，不晕。

左铭烨说，那就不是中暑。张嫂做了热汤，待会儿喝一碗再休息。如果还觉得难受，我送你去医院。

阮梦蝶说，不用去医院，睡一觉就好了。

崔新轲插话说，几日不见，梦蝶小姐越发迷人了。

阮梦蝶说，崔先生真会恭维人，谢谢了，都是老朋友，别说客套话。哎，你们吃饭了吗？

崔新轲说，这不是等你回来一起嘛。

阮梦蝶说，我今天没胃口，不想吃，不过陪崔先生您喝杯红酒还是可以的。

左铭烨起身说道，走吧，我们边吃边聊。

佣人张嫂把饭菜备好后，便退了出去。左铭烨、阮梦蝶和崔新轲在餐桌旁落座，左铭烨倒红酒。崔新轲使劲给左铭烨使眼色，左铭烨装作没看见。崔新轲有些着急，冷不丁来了这么一句话。

他说，明天林红颜就该到上海了，我想我们一起先约汪先生见个面，你看行吗？

左铭烨说，行啊，你看着办！

阮梦蝶有些诧异，端起的酒杯又放下了，她说，林红颜要回来啦？

崔新轲故意挑事说，铭烨没跟你说吗？

阮梦蝶说，没有啊。铭烨，是真的吗？林红颜要回上海？

左铭烨说，我这两天一直在忙，这件事忘了告诉你。今天等你回来，就是想跟你商量商量……

阮梦蝶不高兴了，她说，商量什么？你就直说要赶我走不就完了。

左铭烨说，梦蝶，我没想赶你走，都是朋友嘛，不过你是知道的，你现在住的房间是我和红颜的婚房，既然红颜现在回来了，这个房间你是不是可以让出来？

崔新轲见势不妙，急忙插嘴说，铭烨，你怎么这么缺德呢？就算是让人家搬出去住，这件事情你也应该早点儿跟梦蝶小姐说，现在深更半夜的，让她到哪里找房子去呀？

阮梦蝶拿定了主意说，林红颜哪天回来？

左铭烨说，按电报时间推算，应该是明天。从法国飞广州，再从广州辗转回上海，火车不晚点的话，大概就中午了。

崔新轲高兴地说，那完全来得及嘛！明天一早，我就来接梦蝶小姐。今天晚上呢，梦蝶小姐可以从容地收拾一下行李。

阮梦蝶明知故问道，崔先生什么意思啊？

崔新轲说，梦蝶小姐不是正找住处吗？我正好有套房子闲置，你直接搬过去就好，佣人我都给你预备了。

阮梦蝶说，那房钱怎么算啊，我可没多少钱。

崔新轲说，都是朋友，不收房钱。

阮梦蝶说，那不行，一码归一码，我住铭烨这里也是按月结房钱的，一分也不少。铭烨，对吧？

左铭烨说，是啊，从未拖欠过。梦蝶，对不起啊，林红颜这次回上海挺突然的，没有给你留出搬家的时间。

阮梦蝶：没关系，我也没什么行李，就几个箱子。

说着，阮梦蝶举起酒杯，对左铭烨说，咱俩干一杯吧，就算是……祝贺我乔迁之喜。

左铭烨与阮梦蝶碰杯饮酒，四目相对，再也无话。

崔新轲突然鼓掌打破尴尬气氛，他说，这就对了嘛！好合好散，不成夫妻也可以是红颜知己。

阮梦蝶没搭理崔新轲，也没跟左铭烨说句话，起身款款离去，沿着楼梯回房间。她走得很慢，就像她复杂而沉重的心情，走着走着眼泪忍不住流下来，她一定是怕左铭烨看到自己的悲伤，所以没有擦拭眼泪，听任泪水肆意流淌。

左铭烨、崔新轲看着阮梦蝶的背影远去，各怀心事。

崔新轲兴奋地说，太好了，我终于心想事成了。铭烨，谢谢你，你真是我的亲兄弟。

左铭烨调侃道，亲兄弟你还插我两刀？

崔新轲不好意思地笑了，他说，我不是有些着急嘛，所以才说了那些贬低你的话，千万别往心里去。来，我敬你一杯，就当赔罪。

左铭烨品着红酒，不放心地朝楼上瞟了一眼，那里什么也没有，他自己也不知道看什么。这时，突然传来了一阵急促的敲门声。

张嫂穿过院子，打开院门，看到孙警长和两名警察站在门外。

张嫂问，你们找谁？

孙警长说，左铭烨先生在家吗？

张嫂让开门口，引孙警长和两名警察走进公寓。左铭烨和崔新轲已经在客厅等候了。

孙警长看到崔新轲，哟，崔先生也在呀。

崔新轲说，这么晚了，孙警长有何贵干？

孙警长说，办一个案子，是个棘手的案子，身不由己啊。左先生，麻烦问您一下，今天从法院出来，您都去了什么地方？

左铭烨说，你是来找我问话的？

孙警长说，还请左先生配合一下，人命关天的大事马虎不得。

崔新轲说，人命关天，你什么意思？

孙警长说，不瞒二位，东亚株式会社的会长盐泽一郎遇刺，就在两个小时之前。

左铭烨突然笑了，大声叫好道，好！死得好！为民除害的是哪位大英雄？我要好好谢谢他！

崔新轲说，孙警长，你说盐泽一郎死啦？

孙警长说，我骗你干什么？身上中了好几枪，你想想这得是多大的仇恨啊！

崔新轲恍然大悟，他说：哦，我明白了，你怀疑盐泽一郎之死与铭烨有关，所以深夜前来问话？

孙警长：今天左先生与盐泽一郎的官司开庭，据说左先生输了官司，恼羞成怒，当街殴打盐泽一郎，可有此事？

左铭烨说，有！盐泽该打，不，他该死！

崔新轲急忙解释说，孙警长，铭烨他喝多了，胡言乱语。你听我说，铭烨与盐泽一郎在法庭外发生冲突不假，但是铭烨已经想通了，不打算再上诉。盐泽一郎之死与他没有任何关系，从法院出来，我们一直在一起，他没有时间去杀人，我可以作证。

孙警长说，还有其他证人吗？

崔新轲说，张嫂可以作证。不信你问她。

张嫂低眉顺眼地站在一旁，不敢插话。

左铭烨说，孙警长，借一步说话。

左铭烨和孙警长走到一旁，低声交流。左铭烨从衣兜里掏出什么东西，塞到了孙警长的手里。

左铭烨说，盐泽不是我杀的，你随便调查。今天我官司输了，本来还打算上告，现在盐泽一死，这件事情就算了结了。

左铭烨松开孙警长的手。孙警长发现左铭烨塞到他手里的东西是一沓钞票，登时变了脸色，生气地说，左先生，你这是什么意思？我在查案，你居然敢公然行贿？！你想掩盖什么？我现在就可以逮捕你！

面对孙警长的怒气冲冲，左铭烨笑了，他说，孙警长，明天到我办公室去，我给你开一张支票，你替我转交给刺杀盐泽的大英雄，谢谢了。

孙警长琢磨着，将钞票塞进自己衣兜，语气缓和了下来，他说，左先生，我大半夜跑过来，就是为了收你这点儿钱吗？你也太小瞧人了！实话告诉你吧！日本人怀疑你杀了盐泽一郎，他们不会放过你的。倘若明天你挨了黑枪，我一点儿都不觉得意外。出门多加个小心吧！告辞。

等孙警长离去，崔新轲便心神不宁地说，铭烨，孙警长说的有道理。白天你刚跟盐泽一郎打了一场官司，晚上他就死于非命，日本人肯定会怀疑到你的头上。铭烨，要不你先离开上海避避风头？等过一阵子再回来？

左铭烨说，躲什么？我是不会离开上海的！

这个夜晚显得特别漫长，左铭烨辗转反侧，无法入睡。同样无眠的还有阮梦蝶，她打开房间的灯，靠在床头发呆。院子草窠里的昆虫发出阵阵微弱的嗡鸣，阮梦蝶却听得真切，心情越发烦躁起来。

上楼的脚步声是那么熟悉，阮梦蝶知道是左铭烨来了。她忽然有些激动，背对着房门侧身躺下，一只手轻轻地将睡衣的裙摆往上拉，故意露出白皙的大腿。

左铭烨来到阮梦蝶的卧房门前，想敲门，又有些犹豫，最终敲门的手放下了，隔着房门说，梦蝶，感觉好些了吗？

阮梦蝶回答，我已经睡了，你也早点儿休息吧！

左铭烨说，好，晚安。

阮梦蝶突然翻身坐了起来，对着房门央求道，铭烨，今天晚上陪陪我，等我睡着了你再走，行吗？

没有回答，门外的脚步声渐渐远去了。

阮梦蝶很失望，突然抓起枕头砸向房门，流着眼泪自言自语地说，对不起，我也不知道最近是怎么啦，总觉得自己委屈，动不动就想掉眼泪。铭烨，其实我能理解你，如果你不能善待自己的妻子，就不是我心目中的好男人。

9

烈日下的外滩，恢复了生机。缓缓流淌的黄浦江，沿岸鳞次栉比的西式建筑，映衬着蓝天白云下的海鸟。

左铭烨一大早就来到了位于沪通银行的办公室，也不知道他在躲避着什么，手里的文件翻过来翻过去看了好几遍，一个字也没记住。桌上的电话突然响了起来，将左铭烨拉回了现实。

左铭烨抄起电话，对听筒说，喂，哪位？

听筒里传来大太太焦急的声音，她说，铭烨，你快回家一趟吧，出事了，出大事了。

大太太一边与左铭烨通话，一边指挥手持棍棒的管家和佣人快到院子里。

左铭烨在电话里安慰她说，您别着急，慢点儿说，到底怎么啦？

大太太说，左公馆外边聚集了好多日本人，嚷嚷着要找你寻仇，一看就是来者不善啊！你快回来呀！

左铭烨皱了皱眉，意识到事态的严重，问道，我爸呢？

大太太说，他出去办事了，我也不知道他在哪儿。

左铭烨说，好，我马上就过去。你给警察局孙警长打个电话，报警，快！

左铭烨放下电话，起身就要出门，忽然想起什么，迅速返回，打开抽屉，拿出藏在那里的手枪，匆匆检查着枪械。

就在左铭烨驾车往家赶的同时，大太太紧急拨通了警察局的电话，可是一直无人接听。警长办公室里并不是没有人，孙警长和两个警察都盯着嗡嗡作响的电话，左右为难。

一名警察说，警长，左公馆门前聚集的日本侨民越来越多，摆明了是来闹事的，我们不能不管啊！

孙警长说，你管得了吗？

另一名警察着急地说，那我们就这么干等着？

孙警长说，再等等看，事情没你们想得那么简单。日本侨民背后肯定有人撑腰，否则非常时期，他们怎么敢公然闹事？

一名警察说，到底是谁给他们撑腰？

孙警长说，应该是日本驻沪公使馆的大岛川介。

听到驻沪公使馆几个字，两名小警察面面相觑，束手无策。

孙警长闭着眼睛靠在椅子上，犯愁地说，这件事情还真让我难办啊！通知咱们的人尽快远离那个区域。

左公馆院门前聚集了数十名日本侨民，他们情绪激动的高呼口号，甚至有人抓着左公馆的栅栏铁门疯狂地摇晃。

日本侨民齐声喊叫着，严惩凶手，严惩凶手，严惩凶手……

左公馆的管家和几个佣人手持棍棒，大声威吓他们，退后！退后！统统退后！警察马上就来，你们退后！

见一名持刀的日本浪人攀上院墙，左公馆的两名佣人挥起棍棒冲了过去，与之隔墙对打。大太太躲在房门后，揪心地看着院子里的情形。日本侨民越发激动，高呼"严惩凶手"的口号，更加疯狂地摇晃着左公馆的栅栏铁门。大铁门摇摇欲坠，形势十分危急。

　　关键时刻，左铭烨出现了，朝天上开了两枪。日本侨民被一时震慑，纷纷退后。左公馆的管家见到左铭烨大喜过望，急忙吩咐佣人们打开了院门。左铭烨没有直接进院子，而是站在院门前，问领头的日本人，你们想干什么？

　　那个日本人说，你是什么人？我们要找左铭烨，是他杀了日本人。

　　左铭烨发现，多名持刀或背着火铳的日本浪人正悄悄攀上院墙，显然是有备而来。左铭烨当机立断，突然持枪将领头的日本人劫持，并退入院内。在场的日本侨民醒过神来，一起冲了过来。可是已经晚了，管家和佣人们七手八脚地将铁门关闭。

　　面对情绪激动的日本侨民，左铭烨提高了声音喊道，我想你们是误会了。我左铭烨跟盐泽一郎打过官司不假，但我可以保证，盐泽不是我杀的。警察已经开始调查此案，很快就会有结果，你们不要听信谣言。

　　被左铭烨挟持的日本人突然喊道：行动！行动！

　　日本侨民听到命令，一齐冲过来，抓住铁栅栏门剧烈摇晃着。埋伏在院墙上的日本浪人喊叫着纷纷跳进院内，一名左公馆的佣人举着棍棒冲上去欲阻止，结果被乱刀砍翻在地。

　　左铭烨看到这一幕惊呆了。

　　与此同时，铁栅栏门咣当一声倒地，门户大开，数名日本暴徒随即涌进院内，与左公馆的管家、佣人们展开械斗，现场一片混乱。

　　左铭烨见局面失控，边后退边举枪射击，接连撂倒两名挥刀冲过来的日本浪人。躲在门后的大太太吓得惊声尖叫，转身朝楼上跑去。左铭烨边打边撤，突然被一名日本暴徒的火铳击中，倒在血泊中。

　　眨眼之间，左公馆的管家和几个佣人均倒地毙命。日本暴徒举着刀、端着火铳喊叫着冲进楼内。左公馆内传来女人的惊叫，接着是一阵杂乱无章的枪声。

　　几名日本暴徒将左铭烨抬到大街上的时候，左公馆门前已经聚集着大量的上海市民。有日本暴徒拎着汽油桶上前，将汽油浇在左铭烨身上。

身着便装、混在人群中的一名警察愤怒地说，日本人也太猖狂了，杀了人还要焚尸！

一个市民说，这帮畜生毫无人性！

另一个市民说，警察呢？我们中国的军队呢？怎么能听任这些日本混蛋在上海街头撒野？！

一名日本暴徒举着火把来到左铭烨身旁，狞笑着环视周围的人群，接着将燃烧的火把伸向左铭烨。

又有几名身着便装的警察到场，见此情景大喊，住手！

之前的那个警察与他们汇合，握紧拳头走向日本人，围观的上海市民群情激奋，跟着他们一齐朝前涌去。

日本暴徒惊惧，舞动火把防守，与此同时数名日本暴徒手持刀枪跑过来，两方对峙。

一名日本暴徒持刀指着众人说，你们不要多管闲事！

一名市民说，杀了人还要焚尸，丧尽天良！我们实在看不过去！

日本暴徒说，你们是什么人？

着便装的警察说，主持正义的上海市民！

日本暴徒气得哇哇大叫，挥刀砍了过去。这名警察早有准备，抬手一枪将日本暴徒击毙。现场大乱，双方发生械斗。混战中，左铭烨消失不见了。

孙警长心神不宁，来回踱着步子，不时看一眼桌上的电话。电话很安静，孙警长的心里可不轻松。两名身着便装的警察进门，孙警长快步迎了上去。

孙警长问道，左铭烨怎么样了？

一名高个子警察沮丧地说，弟兄们去晚了。左铭烨被日本暴徒枪杀，还差点儿被当街焚尸，还好我们把他抢了回来，安放在教会医院的太平间。

孙警长心情沉重，感慨地说，左先生……一个好人啊！可惜了！

另一名警察愤怒地说，日本暴徒血洗左公馆，左家十几口人，无一生还。

孙警长说，日本人都走了吗？

一名警察说，已经散去了。

孙警长：好，你们先换掉这身衣服，跟我去现场！

高个子警察说，警长，我不明白，如果我们穿着警服去，也许能阻止惨案发生，左家就不会……

孙警长抬手制止他说下去。孙警长说，你懂什么？穿警服去，一旦与日本侨民发生冲突，那就是外交事件了，你们穿着便装去，顶多算是民事纠纷。相信我，不会有错的。

10

左铭烨公寓。张嫂正帮阮梦蝶收拾个人用品，几件衣裙摊在大床上。阮梦蝶站在那里，看着自己的大幅艺术照片发呆。

张嫂说，梦蝶小姐，你这一走，我还真有些舍不得。

阮梦蝶说，我也是。张嫂，这张照片我就不带了，你摘下来帮我收起来吧！

张嫂说，好。崔先生已经在楼下等你了。

阮梦蝶没有说话，慢吞吞地将摊在床上的几件衣裙塞进皮箱，皮箱拎在手里，满怀眷恋地环视着房间。

张嫂说，其他的行李已经装车了，您看……

阮梦蝶说，走吧！

张嫂帮阮梦蝶拎着皮箱，两人下了楼，穿过客厅朝门口走去。突然客厅的电话急促地响了起来。

阮梦蝶说，可能是铭烨的电话，我来接。

阮梦蝶上前，拿起电话接听，喂，铭烨，你怎么还不回来？

电话那头传来一个女声，请问这是左铭烨先生的家吗？

阮梦蝶说，你是谁？

电话里又说，您是左太太吧？我这里是教会医院，很遗憾地通知您，左铭烨先生送到我们医院的时候已经离世，现在院方已经正式下达死亡通知，请左太太及家人尽快前来办理相关手续。

阮梦蝶听到这话惊呆了，愣愣地握着电话听筒。

电话里的女声说，喂，左太太，左太太您在听吗？

阮梦蝶醒过神来，撂下电话，急匆匆地朝门外跑去。张嫂一头雾水，不知道发生了什么事情。

崔新轲守在一辆轿车旁，见阮梦蝶出来，高兴地迎上前。阮梦蝶着急地拉开车门，对崔新轲说，快，去教会医院！

崔新轲纳闷地说，去医院干什么？你哪里不舒服？

阮梦蝶急了，提高了声音喊，铭烨出事了！

崔新轲如梦初醒，急忙跳上车，驾车疾驰而去，拐弯时差点儿撞到一辆黄包车。黄包车载着林红颜跑过来，停在左铭烨的公寓前。林红颜下车，掏钱付账，拎着皮箱高兴地看着自家的院子。

此时的林红颜烫了头发，穿着旗袍，与延安时的形象判若两人。

林红颜拎着皮箱进门，环视着熟悉而又陌生的家，心情复杂。听到动静的张嫂从楼上忙不迭地跑下来，惊喜地说，哎哟，太太您回来啦？

林红颜说，张嫂，铭烨上班去啦？

张嫂说，是啊！我这就打电话通知大少爷，说您回来了。

林红颜说，不用了，这一路把我累够呛，我先上楼去泡个热水澡。

说着，林红颜将皮箱递给张嫂，朝楼上走去。张嫂神情紧张，接过林红颜的皮箱，心情忐忑地跟着她上楼。

林红颜走进卧室，一抬头正看到阮梦蝶的大幅照片，脸色顿时阴沉下来。

张嫂说，对不起，太太，房间还没给您收拾好。

林红颜说，我离家的这段时间，这个女人一直跟铭烨住在一起？

张嫂慌张地说，没有，他们没有住在一起。

林红颜暴怒，她说，我眼睛不瞎！你也不用给他们打掩护！这对狗男女也太欺负人了！

林红颜怒火难遏，先是抄起桌上的花瓶摔碎，接着又猛地一扯床单，被褥散落一地。林红颜发现桌上的火柴和烟卷，毫不犹豫地划火柴欲点燃床单。张嫂大惊，上前与林红颜争抢火柴。

张嫂着急地说，太太，太太您别生气啊，阮梦蝶小姐只是房客，她和大少爷真的没什么。

林红颜生气地说，张嫂，你就别再替他俩隐瞒了！一人做事一人当，左铭烨既然做出这种丑事，就别想把我当傻子！我林红颜眼里不揉沙子，这日子既然没法过了，房子烧了，一了百了！

张嫂快急哭了，哀求说，太太，真不是你想的那样。自打阮梦蝶小姐搬进来以后，大少爷一直住在楼下，从来没有进过阮梦蝶小姐的房间。

林红颜生气地摔了火柴，朝楼下走。张嫂追了上去。

林红颜气呼呼地来到客厅，抄起电话，拨号。张嫂站在旁边，一筹莫展。

电话通了，林红颜说，喂，沪通银行吧？左铭烨呢？我是谁？我是林红颜！出去了？去哪儿啦？

林红颜撂下电话，朝门外走去。

张嫂说，太太，你去哪儿？

林红颜头也不回，只丢下一句话，左公馆！

上海教会医院的太平间阴森森的，左铭烨被放在停尸板上，头上蒙着白床单。一名护士引阮梦蝶和崔新轲进门，护士撩开床单，露出左铭烨惨白的脸。阮梦蝶掩面而泣，崔新轲唉声叹气。

崔新轲说，怎么会这样？护士，到底发生了什么事情？

护士说，是枪伤，具体情况我也不清楚。我在外边等着，你们有什么话就跟他说说吧！

护士说完便出了门。

崔新轲拉起左铭烨的手，伤心地说，铭烨，昨天还好好的，你怎么突然就走了呢？到底发生了什么事情？谁对你下此毒手？

左铭烨静静地躺在那里，一动不动。

崔新轲擦了擦眼泪，又说，铭烨啊，我的亲兄弟，老天爷真是不公平啊！天妒英才，你年轻的生命就此消逝，我从此少了一位能说知心话的挚友啊！

想起两人的交往，崔新轲泣不成声。阮梦蝶上前安慰他，轻轻拍了拍他的肩膀。

崔新轲说，梦蝶小姐，你有什么话要跟铭烨说吗？想说什么现在就说吧，以后再也没机会了。

崔新轲悲痛不已，跌跌撞撞地出了门，房间里只剩下阮梦蝶一个人。

阮梦蝶拉起左铭烨的手，幽幽地说，铭烨，其实我没想离开你，说跟崔先生走，是为了跟你赌气。我一直以为你会在最后关头挽留我，可是万万没想到，你却先走一步了。看来是老天爷不让我们在一起。

见左铭烨静静地躺在那里，阮梦蝶含泪说道，我真羡慕林红颜，能嫁给你这样的男人，她得有多幸福啊？你俩夫妻一场，曾经恩爱过，曾经幸福过，可是我们呢？铭烨，我知道你深爱着自己的妻子，但是你阻挡不住我爱你。如果有下辈子，我希望我们能在一起，多生几个孩子，平安、幸福地度过一生。

阮梦蝶扯起床单，盖住左铭烨的脸。

阮梦蝶说，林红颜就要回来了，你却没能见她最后一面，现在守在你身边的人是我，也许这就是天意吧！铭烨，你放心，我会留在这里一直陪着你，像妻子一样送你最后一程。

11

林红颜来到东亚株式会社，求见盐泽一郎会长。一名日本职员请她稍等，便走了出去。林红颜欣赏着房间的日式装修格局，情不自禁地哼唱起日本民歌"樱花"。

林红颜用日语唱道，樱花啊！樱花啊！暮春三月天空里，万里无云多明净，如同彩霞如白云，芬芳扑鼻多美丽。快来呀！快来呀！同去看樱花。

摆在几案上的军刀吸引了林红颜的目光，她走上前去，伸手小心地触摸。就在这时，一个人影走了进来，随手关好了房门。林红颜马上立正，转身，意外发现站在她面前的人是左铭熠。

林红颜疑惑地问道，山田君？盐泽会长呢？

左铭熠心情复杂地说，盐泽会长出了些意外，现在我是会长。

说着，左铭熠来到林红颜面前，捧起她的脸亲吻着。林红颜象征性地挣脱了几下，便顺从了。热吻的同时，左铭熠和林红颜相互配合着脱光了对方的衣服。火辣辣的阳光透过窗户投射在两具蠕动着的躯体上，如同两只博弈中的怪兽，笃定要红着眼睛争个你死我活。

事毕，林红颜一边穿好衣服，一边问左铭熠说，这么说，《申报》上的寻人启事不是盐泽会长刊登的，而是你？

左铭熠说，是我。

林红颜说，为什么这时候发信号召唤我回来？

左铭熠说，想你了，不行吗？

林红颜正色道，山田君，我没有开玩笑，到底什么任务？

左铭熠说，上海战争即将打响，不少银行和钱庄都有转移资金的企图，这种情况可不是大日本帝国愿意看到的。我们"青柳社"远东行动组的任务很明确，搜集淞沪银行业的情报，不遗余力地将财富留在上海，留在帝国手中。大本营在给我的电报中说，战争或许不可避免，上海的繁荣必须保持。

林红颜思索着说，明白了。上海繁荣，东亚繁荣，是我们为之奋斗的目标。我们的理想很快就能实现了。

左铭熠说，是啊，我们等待这一天已经太久了。

林红颜说，沪通银行的资金动向也是我们的调查重点。

左铭熠说，当然。

林红颜犹豫了一下，问道，铭烨最近还好吧？

左铭熠烦躁地说，不知道。

林红颜顿起疑心，问左铭熠说，他出什么事啦？

左铭熠吞吞吐吐地说，啊，是这样的，有些情况我也很难把控，大哥他……你可能再也见不到他了。

林红颜猜到了什么，突然愤怒地打了左铭熠一耳光，匆匆离去。

12

左公馆门前拉起了境界线，有警察在维持秩序。不少市民围观，议论纷纷。一名警察引孙警长从院内出来，指着不远处的黑色轿车说着什么。孙警长快步走向轿车，拉开车门钻进副驾驶位置。

坐在后排位置的是警察局长。

孙警长握紧了拳头，愤怒地说，局长，你进去看看吧！日本人就是一群毫无人性的畜生！满院子尸体啊！左公馆一下子死了十几口人。局长，您下命令吧！把闹事的日本暴徒抓起来，我亲手拧断他们的脖子！

警察局长叹气道，唉！我跟你一样，何尝不想早日缉拿凶手归案，给上海市民一个交代？可是南京要求我们把这个案子定性为民事纠纷引发的斗殴，这里边的意思你心知肚明。南京是想大事化小小事化了。

孙警长说，可是局长，十几条人命啊！

警察局长说，老孙啊，我知道这个案子让你为难了，想想办法，妥善处理后事，不要节外生枝。

　　孙警长垂头丧气地从黑色轿车内钻出来，站在那里目送着局长的座驾远去，正要返回左公馆，忽然看到一辆黄包车载着林红颜跑过来。

　　孙警长迎上前：左太太？您来啦？

　　林红颜说，出了什么事？

　　孙警长说，说来话长，左太太，你最好不要进去了。

　　林红颜着急地要往院里闯，被孙警长拦住了。

　　孙警长说，左太太，你现在进去有什么用？只会看到不该看的东西。我怕你一时接受不了，再出点儿什么事。你听我说，情况是这样的，日本暴徒袭击了左公馆，左公馆死了十几个人。

　　林红颜惊呆了，着急地问，铭烨呢？我丈夫呢？

　　孙警长犹豫着说，他……他已经被送到教会医院去了。

　　林红颜眼前一黑，身体摇摇欲坠，孙警长眼疾手快，急忙搀扶住她。林红颜甩开孙警长，跌跌撞撞地走向黄包车，有气无力地对车夫说，去教会医院。

　　教会医院的太平间里，阮梦蝶正守着左铭烨抹眼泪，护士带着两名五大三粗的仵作进门，崔新轲跟了进来。

　　护士说，左太太，请您跟我去办一下手续。

　　阮梦蝶起身说，好。

　　崔新轲说，护士，还是我去吧！

　　护士说，对不起这位先生，手续只能是左铭烨先生的亲属办理，其他人不能代办。

　　阮梦蝶说，崔先生，我去吧！

　　护士又说，左铭烨先生的遗体送到哪里，地址跟他们说一下。代人殓葬，他们很有经验，不懂可以问他们。

阮梦蝶说，知道了，谢谢你。阮梦蝶扭头又嘱咐两名仵作说，你们搬运的时候，小心一点。

一名仵作说，左太太放心，我们会小心的。

护士引阮梦蝶出太平间，崔新轲不放心地跟了出去。两名仵作盯着阮梦蝶的背影看，直到她的身影消失在门外。

一名年轻的仵作说，哎，你看到没有？大明星阮梦蝶小姐。我很喜欢她演的电影，演的真是太好看了。

年长一些的仵作嘲笑他说，干活吧，净想那些没用的。人家是上海大明星，再闻闻咱们身上这一股子腐尸味儿，就该明白自己是吃死人饭的，还是老老实实搬尸吧！这就是你我的命！

说着话，年长仵作将担架车推过来，接着两人合力抬起左铭烨往车上放。年轻仵作心里想着阮梦蝶，下意识地又朝门口看了一眼。他这一走神，就出了意外，左铭烨一半上了担架车，一半却留在了外边。因受力不均，担架车突然侧翻，连人带车砸在年长仵作的身上。

年轻仵作急忙道歉说，对不起啊，我、我没留神。哥，你没事吧？

年轻仵作说着跑上前，欲将左铭烨从年长仵作的身上挪开。年长仵作突然伸手制止他，异常严肃地说，别动！

年轻仵作不知道发生了什么，站在原地不敢动。年长仵作慢慢凑近左铭烨的脸嗅了嗅，惊喜地说，这个人还活着！

柳墨轩正靠着床头吃水果，忽然病房的门打开了，几名医生和护士推着担架车进门，七手八脚地将左铭烨安置在柳墨轩旁边的病床上，接着是有条不紊地挂吊瓶，做检查。阮梦蝶和崔新轲随后进来，站在旁边看着，帮不上忙。柳墨轩认出病人是左铭烨，心中一惊，下床挂拐凑上前来。

柳墨轩说，阮梦蝶小姐，这是什么情况？

阮梦蝶说，铭烨被人打了一枪。转而又问医生说，手术情况怎么样？

一名医生说，左先生体内的弹片太多了，头部、后背，连腿上都有。刚刚做完手术，但是弹片并没有取干净，所以还需要继续观察。最危险的是脑部残留的一块弹片，那才是最致命的。

阮梦蝶着急地说，赶紧取出来啊！

医生无奈地说，留着这块弹片他有可能存活，如果做开颅手术，必死无疑。简单说吧！不管他是死是活，那块弹片都将永久留在他的脑部。

柳墨轩上前查看左铭烨的伤势，被医生护士推开了。柳墨轩心里有了数，一边吃着水果，一边看着医生、护士们围着左铭烨忙活。不久，医生和护士们陆续离开了。

阮梦蝶坐在左铭烨床边的凳子上，看着左铭烨惨白的脸庞，忍不住伤心落泪。崔新轲安慰她，递上手绢，阮梦蝶说了句"谢谢"。

柳墨轩卖弄地说，阮梦蝶小姐，我是上战场打过仗的人，据我分析，袭击左先生的并非制式武器，更像是手工作坊打造的火药枪。这种土造枪的弹药通常都含有铁屑，一打一大片，看上去挺唬人，其实没什么杀伤力。

崔新轲有些不耐烦地说，你谁呀？说这些干什么？！

柳墨轩说，我是想劝你们别难过，你应该高兴才对！左先生是从鬼门关走了一遭的人，相信我，大难不死必有后福，他会挺过来的。

阮梦蝶说，借您吉言，希望铭烨能平安。

阮梦蝶想到什么，往水盆里倒些热水，毛巾蘸湿了，悉心地替左铭烨擦脸。柳墨轩看到这一幕，感慨地说，哎呀，瞧瞧你们两口子，一个人躺在病床上，另一个贴心地在旁边伺候着，真羡慕你们啊。再看看我，孤家寡人，好不凄凉！

崔新轲听了这话不高兴了，他说，你这个人啰里啰唆的，很烦人知道吗？我这就给铭烨换病房，离你远远的。

柳墨轩说，左先生伤势严重，你们就别折腾了，我走，行吗？

说着，柳墨轩拄着拐就要出门，看到秦北飞走了进来。

柳墨轩说，秦组长来啦？

秦北飞调侃道，我是路过，顺便上楼来看看你这个共党叛徒是否已经被共产党杀了。

柳墨轩佯怒说，呸！你个乌鸦嘴！我保证你会死在我的前头。

秦北飞与柳墨轩在一起待的时间长了，彼此便不再陌生，秦北飞对共产党的敌意也从柳墨轩身上悄悄地消失了，况且两人还刚刚经历了一场不大不小的战斗，柳墨轩还因此负了伤，虽然秦北飞嘴上不说，心里早把柳墨轩当成了患难与共的战友。

柳墨轩朝左铭烨的病床方向努努嘴，他说，秦组长，你过去看看，看病床上的人是谁？

秦北飞说，刚进门就看到了，伤者是左铭烨左先生，阮梦蝶小姐照顾得挺周到啊！不过我真没想到，在那种情形之下，左先生居然能活下来。

柳墨轩来了兴致，问道，你知道他是怎么受的伤？

正在水盆里投毛巾的阮梦蝶侧耳细听，崔新轲也凑了上来。秦北飞清了清嗓子说，一伙日本暴徒包围并袭击了左公馆，左家死了十几口人。

当啷一声，水盆掉落在地。阮梦蝶拿着湿毛巾，失神地看着秦北飞，又像什么也看不到。

秦北飞纳闷地说，不会吧？阮梦蝶小姐，你不知道这些情况？

崔新轲替阮梦蝶回答说，我们真的不知道啊，左家真是祸从天降啊，日本暴徒？他们为什么袭击左公馆？

秦北飞说，有人说是因为那场官司，崔先生，你应该比我们清楚。

崔新轲一愣，结结巴巴地说，这位长官，你、你认识我？

秦北飞说，复兴银行的董事崔新轲先生嘛，我当然认识你。不过，你不认识我。正式介绍一下，敝人是国民党特工总部南京行动处的，我叫秦北飞。

柳墨轩插话说，这是我们秦组长。

崔新轲说，幸会，幸会。

秦北飞说，你跟左铭烨先生是老相识，对吧？

崔新轲说，我和铭烨是从小一起长大的，就像亲兄弟一样。

秦北飞说，好，很好。好好照顾你的亲兄弟，我们后会有期。

林红颜急匆匆地闯进医生办公室，一名医生正在查看病历，见林红颜进门，起身相迎。

医生说，你有什么事情吗？

林红颜说，太平间在哪儿？！

医生纳闷地说，这位女士，你去太平间做什么？

林红颜眼里有了泪水，哽咽地说，我要见我丈夫！刚刚送来的。

医生恍然大悟，他说，你丈夫？噢，明白了，你是段太太吧？你先生是不是绸缎庄的段老板？

林红颜摇头，着急地说，不是，我先生叫左铭烨。

医生思索着说，左铭烨？那你去太平间做什么？左先生应该在……等一下，我帮你查查。

医生打开病历夹，迅速找到左铭烨那一页，指着左铭烨的名字给林红颜看。他说，找到了，你瞧，左先生在特护12号病房。

林红颜吃惊地：你说什么？我丈夫在病房？铭烨他还活着？

医生说，是啊，刚给左先生做完手术，不过他现在仍处在危险期。

不等医生把话说完，林红颜早已惊喜万分地转身跑了出去，高跟鞋敲打地面，发出一连串急声脆响。

林红颜着急地往楼上跑，与正下楼的国民党特务秦北飞擦肩而过。秦北飞停下脚步，回头看着林红颜的背影，若有所思。

林红颜快步穿过走廊，边走边找，最终停在了特护12号病房的门口。病房内，阮梦蝶正在悉心照料左铭烨，拿湿毛巾擦脸，不时用手背贴着他的额头试体温。阮梦蝶察觉到有人进门，扭头望去，发现是林红颜。

阮梦蝶说，林红颜？

崔新轲欣喜地说，红颜，你回来啦？

林红颜焦急的目光落在病床上的左铭烨身上，对阮梦蝶和崔新轲正眼不瞧，说了句：你们都出去！

阮梦蝶本来想留下，正要说什么，忽然看到崔新轲偷偷给她使眼色。阮梦蝶如梦初醒，左铭烨的原配夫人林红颜回来了，自己只能靠边站。想到这里，阮梦蝶便不再坚持，跟在崔新轲身后走出病房，并关好房门。林红颜来到左铭烨的病床前，心疼地摸着左铭烨的脸，眼泪簌簌流下。

从病房出来，阮梦蝶心情复杂，崔新轲看出她的心事，宽慰她说，梦蝶小姐，该醒醒了，你不是左铭烨的妻子，林红颜才是。这里已经没你什么事了，这样吧，我先送你回去，不，我先接你到我那里安顿一下。

阮梦蝶没说行，也没说不行，朝楼下走去。崔新轲见状欣喜不已，快步跟了上去，脚步轻盈地像一头小鹿。

拄着拐的柳墨轩和一名医生从隔壁特护13号病房走了出来。

柳墨轩抱怨地说，我是党国的功臣。瞧瞧我这条伤腿，这是为党国受的伤。我要求一个单间不过分吧？你们医院必须给我安排！必须帮我解决！就这间，特护13号病房就行！

医生说，好吧，柳先生，给你调换这间病房。

柳墨轩一乐，他说，这就对了嘛！谢谢你了，大夫。

送医生下了楼，柳墨轩拄着拐往回走，习惯性地来到特护12好病房门口，正要进门，忽然想起自己已经换到了特护13号病房。柳墨轩正要离开，忽然出于职业性地警觉，将耳朵贴到特护12号病房的门上，偷听屋里的动静。

躺在病床上的左铭烨慢慢睁开眼睛，看到妻子林红颜拉着他的手，欣慰地笑了。林红颜擦了擦眼泪，心疼地摸着左铭烨的脸颊。

左铭烨虚弱地说，刚才做了一个梦，猜我梦到了什么？

林红颜说，梦到了什么？

左铭烨说，我梦见，我骑着一匹高头大马跑到了延安去找你。延安真美啊！清澈的延河缓缓流淌，山坡上是大片大片开着紫花的苜蓿草，漂亮极了。我们静静地坐在山岗上，看羊群满山，看风轻云淡。你说，铭烨，我们要个孩子吧！

林红颜感动落泪。

左铭烨说，红颜，你怎么突然回来啦？

林红颜扯谎说，组织上派我回上海协助你的工作，怎么，你不高兴？

左铭烨说，我高兴，我太高兴了，在我最需要你的时候，你回来了，你真是我左铭烨的大救星。

门外，柳墨轩正在偷听屋里的动静，一名护士凑巧路过，疑惑地看着他。柳墨轩尴尬地笑了笑，拄着拐走进特护13号病房。

13

与上海的炎热天气不同，南京的山山水水连日来笼罩在一片阴霾之中。二太太站在下榻旅店的阳台上，扶着栏杆仰望天空，可是除了一团雾气，什么也看不到。百无聊赖的二太太点燃一支烟，抽了一口又掐灭了。

二太太是陪着左世章来南京的，本以为救左铭烨的事情，她能在人前人后露个脸，可是没想到，一大早左世章就出了门，留下她独自一人守空房。

此时，左世章正在南京国民政府军事委员会汪铮禹的办公室里抽雪茄。汪铮禹态度谦卑，与左世章交谈时微微向前欠着身子，一副附耳听命的样子。

汪铮禹说，老师，前日您给我打电话求助，要求立即释放您的儿子左铭烨，说实话，这件事情并非那么好办，好歹没出什么意外。

左世章说，跟我说这些干什么？想邀功请赏啊？难不成还让我这个老朽给你下跪致谢不成？别忘了，是谁让你坐上了现在的位置！

汪铮禹说，老师不吝栽培之恩，学生没齿难忘。

左世章说，好了，不说这些了。铮禹，你把我请到南京来，不是说有要事相商吗？说吧！什么事？

汪铮禹说，老师，那我就有话直说了！左铭烨是您的养子，但是您了解他的经历吗？

左世章说，你什么意思？养子也是儿子，知子莫若父！

汪铮禹说，这话可不一定。老师，据我们掌握的情报显示，中共上海地下组织一名代号"牡蛎"的中共特工正在指挥实施一项绝密任务，企图将十万两黄金的巨额组织经费秘密运往延安。

左世章说，这跟铭烨有什么关系？

汪铮禹说，凑巧的是，您的养子左铭烨以上海沪通银行执行董事的身份给国府送来了一封求援信，声称沪通银行计划在南京设立分行，因时局动荡，匪盗横行，恳请国府出兵护送，将存储在沪通银行金库中的十万两黄金运至南京。

说着，汪铮禹起身，从抽屉里拿出一封信，双手递交左世章。

汪铮禹说，老师请看，这是左铭烨写给国府的求援信副本。

左世章看信，脸色越发凝重，他打开摆在汪铮禹办公桌的烟盒，拿出一支雪茄烟。汪铮禹上前，一边擦亮火柴帮左世章点烟，一边试探地问道，都是十万两黄金，这难道是巧合吗？

左世章说，说说你的看法。

汪铮禹说，老师，如果仅是巧合，您的养子左铭烨可以排除共党嫌疑，我自然也会帮沪通银行完成黄金的转运。但是，如果左铭烨就是代号"牡蛎"的共党特工，恐怕我也只能痛下杀手，到时候老师可不能让我为难。

左世章说，愚蠢！

汪铮禹一愣，有些不知所措。

左世章说，铮禹，你身为南京国民政府军事委员会的成员，国民党特工总部的实际掌控者，却把如此重要的情报毫无保留地告诉我，情报工作的保密原则你都忘记了吗？我甚至担心，特工总部会因此葬送在你的手里！

汪铮禹笑嘻嘻地说，当年我们调查科扩编为特工总部，是老师您亲手筹办的，如果学生连您都信不过，就不配坐在这个位置上。

左世章说，可我毕竟已是解甲归田、告老还乡之人。

汪铮禹说，可是在学生眼里，您永远是老师。

汪铮禹的马屁拍的恰到好处，左世章很受用地抽着雪茄，露出欣慰的笑容。他说，铮禹，难得你有这份心，我左世章没有选错人。

汪铮禹说，此案毕竟涉及您的养子，所以还需老师明示，到底该如何应对。

左世章琢磨一会儿，拐杖猛地杵了一下地板，他说，如果铭烨真是"牡蛎"，一个字：杀！

14

病床上的左铭烨头痛欲裂，抱着脑袋痛苦地呻吟着。林红颜摸着他的脸说着安慰的话。几名医生、护士忙碌着，有的给注射镇静剂，有的查看吊瓶。左铭烨头痛略减的时候，已是浑身大汗淋漓。

林红颜说，大夫，铭烨这样太痛苦了，要不还是做手术把脑袋里的弹片取出来吧！

医生说，左太太，我已经跟你解释过多次了，虽然残留在脑部的弹片会给左先生带来常人难以忍受的痛苦，但是如果取出弹片，他必死无疑。

林红颜说，就没有别的办法吗？

医生摊摊手，为难地说，左先生能保住一条命已经是个奇迹了，你最好不要奢望他能回到以前的样子。

几名医生和护士陆续离去，房门没有关，只是虚掩着。

秦北飞拎着餐盒径直来到特护12号病房门前，推门就要进屋。柳墨轩正巧拄着拐从旁边特护13号病房出来，一眼看到秦北飞，急忙招呼他说，哎，秦组长，我在这里，已经换到13号病房了，是个单间。

柳墨轩边说边朝秦北飞走了过来。

病房内的左铭烨听到柳墨轩的声音异常紧张，一把抓住林红颜的手，把她往自己怀里拉。林红颜大惑不解，本能地抗拒着。

左铭烨只好低声说，有情况，抱着我，别回头！

林红颜意识到危险逼近，只好照办，但她在抱左铭烨的同时，已经悄悄拔枪，隔着床边下垂的床单，枪口对准病房门口。

秦北飞和柳墨轩站在特护12号病房门口，朝里边瞧，看到左铭烨和一个女子抱在一起。因林红颜背对着房门，他们误以为她是阮梦蝶。

柳墨轩低声调侃道，你瞧瞧，这对小夫妻终日卿卿我我，我们就别打扰人家的雅兴啦！秦组长，这边请。

秦北飞跟着柳墨轩走了两步，突然返回。柳墨轩拦了一下便放弃了。秦北飞来到特护12号病房门口，轻轻地将房门替他们关好。

柳墨轩低声说，秦组长，你这是干什么？

秦北飞说，他们把这里当成自己家了，有伤风化呀！

柳墨轩说，对，有伤风化，有伤风化。

秦北飞与柳墨轩说笑着，走进特护13号病房。

左铭烨神情紧张，支撑着身子仔细听走廊上的动静。待确认秦北飞、柳墨轩已经离开后，低声对林红颜说，快，把门插上。

林红颜松开抱着左铭烨的手，跑过去插上房门。左铭烨虚弱地靠在床头，额头渗出大颗汗珠。

林红颜返回来说，铭烨，刚才怎么回事？是国民党特务？

左铭烨说，你猜对了，其中一个特务你认识，他叫柳墨轩。

林红颜思索着说，柳墨轩？

左铭烨说，红六团的，参加过龙岩青干班，你的同学。

林红颜大吃一惊，她说，柳墨轩叛变革命啦？

左铭烨说，这是肯定的。柳墨轩和南京特工总部的国民党特务秦北飞专程来到上海，目的是抓捕"牡蛎"并截获我们存储在沪通银行的巨额组织经费。不久前，一〇四号联络站被破坏，"西湖"夫妇牺牲，都与柳墨轩有关。

林红颜气得咬牙切齿，说了句，这个可恨的叛徒！林红颜忽然有些疑惑，她打量着左铭烨，皱眉思索着。

左铭烨说，你怎么啦？

林红颜说，不对呀，柳墨轩认识我，也肯定认出了你，可是他为什么没有把你抓起来？

左铭烨一乐，他说，他认识你不假，可是对我的印象就比较模糊了，毕竟我和他只是一面之交。现在的关键是，你不能与他见面，否则你我就都暴露了。

林红颜心情复杂地说，那我是不是就不能在医院守着你啦？

左铭烨说，恐怕不只是医院，为了你的安全，你应该尽快离开上海。

林红颜斩钉截铁地说，不，我不走，我不能离开你。铭烨，你都这样了，我必须留下来照顾你。

左铭烨说，红颜，你不要意气用事。

林红颜眼珠一转，有了主意，她说，如果我能让柳墨轩消失呢？

左铭烨说，你是说，锄奸？！

林红颜说，没错，恐怕只有这一条路。叛徒不除，后患无穷！

左铭烨想了想，说，不行，柳墨轩一旦出事，如同打草惊蛇，国民党特务不会善罢甘休的，也许因此影响我们的秘密任务。

林红颜掏出手枪晃了晃，自信地说，铭烨，你放心吧，我会让这件事神不知鬼不觉，就这么定了。

左铭烨说，如果非要这么做，你也不要露面，我这里倒是有个合适的人选。

15

阮梦蝶决定留在左铭烨的公寓不走了，把衣裙一件件从皮箱里拿出来，摆在大床上。崔新轲心里着急，说话便有些不客气。

他说，阮梦蝶小姐，你能要点儿脸面吗？林红颜已经回来了，她才是左铭烨的妻子，你留在铭烨家里算怎么回事？

阮梦蝶说，我是他的房客呀，房钱一分不少，我是按月交的，他凭什么赶我走啊？我不走。

崔新轲说，林红颜的火爆脾气，我是知道的，她这个人什么事情都能做得出来，你肯定不是她的对手。一旦让林红颜知道你和铭烨的特殊关系，后果不堪设想啊。

阮梦蝶不以为然，她说，不做亏心事，不怕鬼敲门，我和铭烨是清白的，不怕林红颜胡搅蛮缠。

见阮梦蝶铁了心要留下，崔新轲也无可奈何。临走时，他不死心地说，好吧，看来也只能如此了。梦蝶小姐，如果林红颜给你气受，就搬到我那里去住，我随时欢迎。

阮梦蝶说，谢谢崔先生好意，我都记下了。

崔新轲一步三叹，恋恋不舍地离开了。阮梦蝶坐在大床上，失神地望着窗外，她不知道接下来会发生什么事情，自己和左铭烨到底能不能走到一起。

16

吴淞口码头位于黄浦江与长江交汇处，是当时上海船运集散地之一。数艘破旧的小木船穿行在挂着万国旗的邮轮们中间，熙熙攘攘，繁而不乱。

林红颜边走边问，终于找到了"蒋老三"的小渔船。正搬运海货的蒋金刚看到林红颜，磨磨蹭蹭地上了岸。

蒋金刚说，你找我？

林红颜说，是"牡蛎"同志让我来的。

蒋金刚一愣，朝江边一指，低声说，到那边说话。

林红颜跟着蒋金刚来到江边，先自我介绍，她说，我叫林红颜，是左铭烨同志的妻子，你就是蒋金刚同志吧？

蒋金刚怀疑地说，左铭烨的妻子？他还有老婆？老子一直以为他是个花花公子。哎，你是组织内的人吗？

林红颜说，当然了，我是共产党员，刚从延安回来，任务就是协助左铭烨同志完成黄金转运计划。

听到"延安"两个字，蒋金刚眼前一亮，迅速堆起笑脸，简直要对林红颜肃然起敬了。

蒋金刚说，原来你是延安来的上级领导啊，可把你给盼来了。

林红颜纠正他说，我不是什么领导，只是协助铭烨的工作，严格意义上说，我必须得服从他。

蒋金刚说，你找我有什么任务？

林红颜说，关于柳墨轩的任务，我们要锄奸。

蒋金刚兴奋地说，老子早就想干掉那个叛徒，可是左铭烨瞻前顾后，死活不让老子动手，还是延安来的同志有魄力，说吧，我们怎么干？

林红颜不放心地问道，蒋金刚同志，我对你的情况不太熟悉，冒昧问一句，你以前打过枪吗？

蒋金刚哈哈大笑，他指了指不远处的吴淞炮台，问林红颜说，知道那是什么地方吗？

林红颜说，我是老上海，吴淞炮台谁不知道。吴淞炮台，俗称老炮台，沿岸布局，扼守长江门户。历史上，吴淞炮台因抗英名将陈化成的事迹扬名万里。道光二十二年四月，英国侵略者大小船只百余艘，陆军万余人，进攻吴淞要塞。六十七岁的老将陈化成亲临前沿指挥，誓死抵抗，所部孤军奋战至一兵一卒，最终陈化成身中七弹，英勇牺牲，以死捍卫"与阵地共存亡"的誓言。

林红颜停顿了一下，又说，民国二十一年，"一二·八"淞沪抗战，十九路军翁照垣旅一部驻守吴淞炮台，以血肉之躯奋勇抗击日军，炮台虽遭日本舰炮和飞机轮番轰炸全部被毁，但寸步不让，寸土必争，最终重创敌军，打出了近代中国军队少有的士气，十九路军也因淞沪抗战扬名海外，备受敬仰。

蒋金刚说，说的好，老子为什么住在这个地方，就是想提醒自己，不能忘掉"一二·八"淞沪抗战那场并不遥远的战争。

林红颜忽然明白了，她说，你是一个老兵？

蒋金刚望着远处的江面，深情地说，十九路军的老兵，如今又站在了淞沪战场上。

17

左公馆一派肃穆。院子里高搭的凉棚是左家临时设立的灵堂，花圈、挽联簇拥着大太太的遗像，各色鲜花迎风摇曳。左铭熠和林红颜胸前佩戴着白花，神情悲伤地站在灵堂内，负责接待来宾。不时有亲朋好友前来吊唁，进了灵堂，先是三鞠躬，左铭熠和林红颜还礼，来人再将鲜花奉上，之后与左铭熠、林红颜握手，说些安慰的话。

二太太走进灵堂，来到林红颜面前，关心地说，红颜，你进屋休息一会儿吧，注意身体，不要太悲伤。

林红颜说，我没问题，就想在这里多陪一会儿大妈。

二太太叹气说，唉，怎么会这样啊？我这个老姐姐，平日里烧香拜佛，一心向善，没想到，没想到她走得这么快。那些日本人真是太可恨了，他们都不得好死！

说着，二太太忍不住伤心落泪。

林红颜安慰她说，二妈，你别伤心了，事情已经发生了。警察局不是正在调查嘛。

二太太压低了声音说，你懂什么？警察局还不是听上边的。我和老爷去南京一趟，都打听过了，基本定论为民事纠纷引发的斗殴，责任是双方的，也就是说互不追究了。

停顿了一下，二太太又说，铭烨这次大难不死必有后福啊。对了，红颜，上次去医院，我跟铭烨说让他搬回家养伤，他考虑得怎么样了？

林红颜说，他不想麻烦您，出院也是回我们那边。

二太太说，麻烦什么呀？都是自家的孩子。铭熠，抽时间去医院一趟，跟你大哥再商量商量。

左铭熠说，我没时间。你跟爸商量去吧！

二太太说，好了，好了，我看看你爸去，他这心里啊堵得慌，好几天没睡个安稳觉了。

说完，二太太便离开了灵堂。左铭熠见四下无人，悄悄伸手，抚摸林红颜的屁股。林红颜身体上虽然没有反抗，但嘴上并不客气。

她说，左铭熠，你真下得了手啊。你大妈，你大哥，可都是你的亲人！

左铭熠的脸色变得难看，慢慢收回手，悻悻地说，我说过了，有些情况不是我能把控的。红颜，你也应该知道，为了帝国的利益，有时候必须做出些牺牲。

左铭熠这句话提醒了林红颜，她心情复杂地说，对不起，铭熠，也许是回中国太久了，我差点儿忘记了自己的身份，尤其容易被亲情干扰。

左铭熠感慨地说，是啊，我们留学时加入了日本国籍，加入了"青柳社"，向天皇陛下宣誓效忠。所以你要搞清楚，大日本帝国才是我们的祖国，我们应该时刻谨记社长教诲，并为帝国的荣誉，为帝国的前途命运，努力奋斗。

左世章的卧室里，聚集了几位长者，其中一个叫黎本昌，五十多岁，穿着合体的西装，一脸的正气凛然。黎本昌在租界经营一家书店，曾因公开出售《共产党宣言》一书，被国民党特务威胁，要求关店。还有一位，就是前面曾经提到过但从未出场的人物——郭副市长。

左世章用拐杖接连杵了几下地板，生气地说，卢沟桥一战，北平丢了，日本人把北平改叫北京，接下来中国就有可能要改成"中日国"了！窝囊的南京政府不敢惹日本人，我左家死了十几口人，他们不去抓捕行凶的日本暴徒，反而劝我忍气吞声，说什么退一步海阔天空。我就想问问了，还能往哪里退？老黎你说，这口气我忍得下吗？

黎本昌说，日军持续增兵，瞎子也能看得出来，上海也要打仗了。日本侨民在上海惹是生非，不是偶然现象，而是另有所图。

一位长者说，是啊，他们在给日军找一个发动上海战争的借口，居心叵测呀！

左世章说，南京方面对战争的态度是能躲就躲，能拖就拖。老郭，周恩来这次来上海，有什么新动向吗？

郭副市长说，周恩来率领的中共代表团是在赴庐山会议途中，在上海短暂停留的，期间他特别会见了中共上海办事处主任潘汉年，以及延安来沪重建党组织的相关同志，对上海开展抗日救亡运动、贯彻统一战线政策做出了具体指示。

众人认真地听着。

郭副市长说，共产党方面一直强调抗日民族统一战线，积极推进国共合作。周恩来特别关心上海各界救国会的情况，倡导改组为公开、合法、具有统一战线性质的各界救亡协会，进而实现共产党对群众抗日运动的领导。

在座各位频频点头称是。

左世章说，你瞧瞧，人家共产党都在发动群众，积极抗日了，而我们国民党呢，还在做着侥幸能躲过战争的美梦。

另一位长者说，世章兄，你最近的火气越来越大了，我还是想劝你一句，有些话，公开的场合不要说。

左世章说，正巧郭副市长今天也在，他堂堂国民政府的副市长都敢把话摆在桌面上，都敢替共产党说话，我一个解甲归田、告老还乡的老国民党党员反而不敢发声啦？

郭副市长说，世章兄，你我都是胸怀天下之人。我同意你的看法，党内的矛盾无须遮掩，我最看不惯那些重提"攘外必先安内"的老调，企图把党内矛盾转嫁到共产党身上，给人家泼脏水的做法必须唾弃。

左世章说，党内有些人看我不顺眼，我是知道的，如果有一天我被特务暗杀，也不是什么奇怪的事情，对此我有心理准备。

黎本昌说，世章兄，你这还有一家子人呢，我也劝你不要意气用事。

左世章说，老黎，我正想拜托你一件事情，如果哪天我死于非命，就劳烦你把铭烨、铭熠和一家老小送到延安去。

黎本昌为难地说，我？我恐怕没这个本事，我跟延安也没什么联系。

左世章说，老黎，这里没有外人，你就不要推辞了。我是认真的，我知道你是共产党，否则也不会跟你说这样的话。

黎本昌察言观色地说，是的，我曾经加入过共产党，不过那都是很久以前的事情了，现在我跟他们也没什么联系。

左世章说，好吧，如果你有什么难处，我也不强求，但是我说的话，你要记在心里。拜托了。

黎本昌不再多言，众人各怀心事，气氛忽然变得沉闷了起来。

阮梦蝶和崔新轲来到左公馆，捧着鲜花走进了灵堂。林红颜看到阮梦蝶气不打一处来，可是在这样的场合，在众目睽睽之下，她忍住了。阮梦蝶和崔新轲朝大太太的遗像鞠躬，献花之后，来到左铭熠和林红颜的面前。

左铭熠和林红颜朝阮梦蝶、崔新轲鞠躬回礼。

崔新轲说，铭熠，红颜，节哀顺变。

左铭熠说，谢谢崔先生，您屋里请吧！

崔新轲说，不去了，阮梦蝶小姐还要拍戏，她是在百忙之中抽空前来吊唁的。待一会儿，我还得送她回片场。

阮梦蝶抹着眼泪，扭头看着大太太的遗像。

林红颜说，阮梦蝶小姐，铭烨这两天就出院了，他打算住我们的房间，你收拾一下，尽快搬走吧！

阮梦蝶说，没问题，今天我就收拾东西，住到客房去。

林红颜说，对了，我忘了说了，我已经请了护工，客房要留给她，不好意思了。

阮梦蝶有些不高兴，她说，铭烨的公寓有四间客房，请个护工，还能都住满啦？如果是铭烨想赶我走，让他亲口跟我说。

林红颜正想说什么，看到几名日本浪人气势汹汹地闯了进来。左铭熠上前问话，被一名日本浪人推到了一旁。左铭熠见势不妙，一手拉着林红颜，一手拉着阮梦蝶，慌慌张张地跑出了灵堂。

日本浪人闯入灵堂，疯狂打砸。崔新轲阻拦，结果被围殴。前来吊唁的亲朋好友看到这一幕目瞪口呆，有左公馆的佣人跑进屋喊人。一名日本浪人挥舞武士刀猛砍凉棚的柱子，临时搭起的灵堂轰然崩塌。院子里一片狼藉。

　　左世章、二太太等人从屋里出来的时候，孙警长已经带着几名警察赶到了，可惜打砸灵堂的日本浪人已扬长而去。

　　左世章气愤地说，孙警长，我问你，这里是中国的上海还是日本的上海？

　　孙警长说，对不起，属下没能尽心尽职，让您老受惊了。

　　左世章说，在中国的地盘上，决不允许日本人撒野！

　　孙警长说，对，您老说的对，即日起，我的人将日夜守在左公馆外边，确保您家人的安全。

　　二太太说，不瞒孙警长说，这两天总有日本人来左公馆附近转悠，我们很担心的。

　　孙警长说，夫人请放心，孙某保证不会再出类似的事情。

　　左世章心情复杂地看向灵堂方向，左铭熠正指挥几个佣人收拾残局，围观的宾客正在陆续散去。左世章一声长叹，拄着拐杖，扭头回屋。

　　孙警长殷勤地搀扶着左世章，边走边说，属下有句话，想跟您老说。

　　左世章说，说吧！

　　孙警长说，不是属下推卸责任，实在是警局人手有限，临时守卫没有问题，但并非长久之计啊。日本人既然已经盯住了左公馆，接下来还不知道会发生什么事情。

　　左世章说，你的意思是？

　　孙警长说，换个住处，一劳永逸。

　　左世章有些窝火，提高了声音说，你说得轻巧，我这一家子人能搬到哪里去？

　　孙警长尴尬不已，这时林红颜走了过来。

　　林红颜说，爸，要不您和二妈先搬到我们那里去？留您二老在左公馆，我们也不放心啊！

　　左世章思索着，没有答复她。

18

秦北飞接柳墨轩出院的时候，顺便看望了隔壁病房的左铭烨。左铭烨躺在病床上装睡，不想理睬他，被秦北飞一眼识破。

回去的路上，秦北飞一边开车，一边自嘲地说，左先生不给面子，我去看他，真是多此一举。

坐在副驾驶位置上的柳墨轩说，左铭烨一定记恨你，对你态度冷淡可以理解。不过，秦组长这段时间的表现也很反常啊，你不是怀疑左铭烨是共产党吗？干吗对他那么客气？

一辆黄包车突然从路边冲了出来。秦北飞眼疾手快，猛踩刹车，仍险些撞到那个车夫。秦北飞正想发火，车夫突然举枪射击。原来是蒋金刚。纷飞的子弹将轿车挡风玻璃击碎，秦北飞和柳墨轩伏着身子，朝车外胡乱地开着枪。

枪声停止。秦北飞率先跳下车，柳墨轩仍心有余悸，探出头左右张望。

回到国民党特工总部上海行动处的办公室，秦北飞分析，共产党的刺杀目标应该是柳墨轩，因为杀手射出的第一颗子弹飞向了副驾驶的位置。

柳墨轩说，他们杀我是应该的，因为我是共产党的叛徒嘛。秦组长，我最近这段时间就不要轻易出门了，一来避避风头，再有就是好好养伤，我大腿上的枪伤还没有好利索。

秦北飞说，恐怕你休息不成了，上峰来了命令，我们有了新任务。

柳墨轩问道，什么任务？

秦北飞说，保护左铭烨。

柳墨轩疑惑地说，为什么要保护他？

秦北飞说，左铭烨以沪通银行执行董事的身份给南京政府写了一封求援信，请求国府派兵协助沪通银行转运巨额黄金到南京。日前，南京国民政府已经批准了他的求援申请，并承诺派出国军精英保护左铭烨及其家人的安全。

柳墨轩说，这个任务最终落在了你我头上？

秦北飞说，是我主动争取的。这个任务给了我们一次接近左铭烨及其家人的机会，或许还有意外发现。

柳墨轩说，明白了，我们现在就研究一下具体方案。

19

南京国民政府给左铭烨的批复，以公函的形式发到了沪通银行。

林红颜拿着这份批复，一时疑惑，问一位银行职员说，铭烨要把沪通银行的储备金运往南京？我怎么不知道这件事情？

银行职员说，左董没跟您说吗？沪通银行南京分行即将成立，他这么做是为了保全我们银行的资产。

林红颜又说，就算是往南京分行转运，为什么还要政府介入？

银行职员说，是为了安全起见。上海如今的局势混乱，左董可不想出意外。

林红颜想了想，说，好了，我知道了，你先出去吧！

这名银行职员刚刚走出房间，林红颜便紧急拨通了东亚株式会社的电话。那边接电话的是日本驻沪公使馆的大岛川介。

大岛川介举着话筒说，喂，哪里？

林红颜说，我找左铭熠。

大岛川介一愣，对着话筒说，这位女士，你打错电话了吧？我这里没有一个叫左铭熠的人。

林红颜思索了一下，用日语说道，对不起，我找山田会长。

大岛川介说，噢，您怎么称呼？

林红颜依旧用日语说，我是村上幸友子，有紧急情况找山田会长。

大岛川介说，好的，您稍等一下。

大岛川介将电话听筒摆在桌上，出了门左拐，来到隔壁的房间。这是一个日式练功房。左铭熠穿着柔道服，正与几名同样装扮的日本职员对打，拳脚利落，身手不凡。大岛川介不敢轻易打扰，毕恭毕敬地站在旁边等候，直到左铭熠将对手一一打翻在地，才拿着一条毛巾上前，递给了左铭熠。

左铭熠说，有什么事情吗？

大岛川介说，山田会长，有个叫村上幸友子的女人打电话找你，说有紧急的事情。

左铭熠说，知道了。

左铭熠拿毛巾擦着汗，快步走出了练功房，大岛川介跟了上去。出门右拐，两人来到会长的办公室，左铭熠拿起桌上的电话听筒喂了一声。

林红颜说，山田君，出问题了，铭烨向南京国民政府请援，希望国军协助转运一批黄金到南京。南京方面已经正式批复了，这批黄金不日即将起运，我们怎么办？

左铭熠说，意料之中的事情。我想你应该有办法阻止，否则我就没有必要让你回上海了。

林红颜说，如果我阻止不了呢？

左铭熠冷笑说，别忘了我们背后，还有帝国强大的海军陆战队，沪通银行这批黄金出不了上海。

林红颜说，好吧，我这就去找铭烨。

左铭熠放下电话，思索着。

大岛川介说，山田会长，沪通银行那边有动作了？

左铭熠说，是的，他们要转运一批黄金到南京。大岛君，其他银行有什么动静？

大岛川介说，从监控的情况看，大多数银行都在做转移资金的准备，有的计划转运南京或重庆，有的动议是转运海外，截至目前，真正付诸行动的，一家也没有，似乎都在观望。

左铭熠说，你们驻沪公使馆也可以做做这方面的工作。

大岛川介一脸尴尬，他说，山田会长，这恐怕不合适吧，毕竟我们"青柳社"的行动都是保密的。

左铭熠说，为了帝国的利益，不必分那么清楚嘛。你可以驻沪公使馆的名义与上海各大银行主动接洽，承诺日本军队会为他们的资产提供保护，把他们都留在上海。

大岛川介说，山田会长有所不知啊，日本驻沪公使馆如今被陆军把持，我们的话被当成了耳旁风。如果我"青柳社"的身份泄露，恐怕也将被迫从公使馆离开。

左铭熠说，好吧，大岛君，你量力而行。

大岛川介说，谢谢山田会长的理解。

左铭烨这个人一旦决定做什么便会义无反顾，林红颜知道他的倔脾气，担心说服不了他，于是临时拉来了蒋金刚。蒋金刚正为刺杀柳墨轩失败一事懊悔，听说有了"新任务"，积极性很高，多少有些将功补过的意思。

来到教会医院特护12号病房，林红颜将南京国民政府的批复交给左铭烨，她说，我不同意这个方案，太冒险了。

左铭烨说，是啊，这是一步险棋，但是恐怕也只有这一条路可走了。沪通银行如今已经被国民党特务盯得死死的，一举一动都在他们的监控之中。

蒋金刚耐不住性子，气愤地说，你别忘了上线"西湖"夫妇是怎么死的！国民党特务正在肆意抓捕、杀害我们的同志，你却提出与国民党合作，一旦共产党员的身份暴露，你知道后果。

左铭烨说，此一时彼一时，随着上海战事的临近，国内形势发生了巨大的变化。以周恩来同志为首的中共代表团赴庐山会议，再次明确提出抗日统一战线的思路。国民党和共产党就要实现第二次合作了，我们也没有必要对国民党充满敌意。当然，我们的任务必须保密，我与国民党的合作也是有限度的合作。

蒋金刚说，你说的这些，老子听不懂，但是你要知道，国民党特务就是一群饿狼，说不定什么时候就会咬你一口。

林红颜说，铭烨，与国民党合作还是暂缓吧，我们再研究一下其他方案。

左铭烨说，所有可行的方案，我都考虑过了，只有借国民党之手将黄金运出上海才是最安全的方案。

林红颜说，这样吧，把这个方案跟上级汇报一下。

左铭烨感慨地说，我何尝不想跟上级汇报，听取他们的意见，可是我们的上级在哪里？"西湖"夫妇牺牲之后，我们便与上级失去了联系。直到现在，也没谁来联系我，似乎我们已经被组织忘记了。

林红颜说，一定不是这样的。

左铭烨说，红颜，你从延安回来，组织上就没有特别交代什么吗？

林红颜说，王处说，关于你的任务，他也不是十分清楚，还说我回上海之后，不要干扰你的工作。

蒋金刚说，也许是哪里出了差错，但是上级肯定会想办法与我们联系的。既然如此，那你就给老子等一等，不准自作主张。

对于蒋金刚说的这些话，左铭烨完全不在意，他记得十分清楚，接任务的时候，老周明确强调，由自己担任此次黄金转运任务的总指挥，他有权确定行动方案，上海地下组织全员必须无条件地配合。如今面对蒋金刚的执拗，左铭烨不想再解释什么，或者说他无须跟蒋金刚解释。做什么，怎么做，都与他无关。

左铭烨想到这里，说道，好吧，那就等一等。

林红颜看出左铭烨的敷衍，却也无法反驳，停顿了一会儿，她说，你爸和二妈他们要搬到我们那里去住，至少能安全一些。

左铭烨说，你看着安排吧！对了，梦蝶搬走了吗？

林红颜酸溜溜地说，心里惦记着你，她才不会轻易离开呢！这件事啊，还得你亲自跟她说。

20

当天深夜，一队荷枪实弹的国军士兵来到上海教会医院，领头的是一名上校军官，他径直进入特护12号病房，将左铭烨叫醒。

国军上校说，打扰了，左先生。兄弟是八十七师的，奉陈长官之命，请您过去议事。

左铭烨不明对方底细，故作为难地说，我重病卧床，恐怕难以成行。

国军上校说，没关系的，我们早有准备。

说着，这名国军上校朝门口摆摆手，几名国军士兵跑进来，麻利地将一副担架展开，接着七手八脚地将左铭烨抬下床，放到了担架上。左铭烨连一点反抗的机会也没有，就这样稀里糊涂地被国军带走了。

第三章 |

1

　　左铭烨的公寓是一栋豪华别墅，除主卧外，还有四间客房，一楼一间，二楼两间，顶楼还有一间。林红颜是这样安排住宿的，左世章和二太太住二楼客房，这间客房就在主卧的隔壁，方便他们夫妻随时照顾；阮梦蝶也住二楼，不过房间稍远，阳光也晒不到；左铭熠自己选了顶楼的客房，说是图个清静；楼下的那间客房暂时空闲，没有安排住人，毕竟这间客房紧挨着佣人房，没人愿意和张嫂做邻居。

　　左家老小聚在一起吃晚饭，这顿饭吃的不咸不淡，每个人心里都藏着心事，餐桌上话不多。左世章和二太太率先离席，说年纪大了，想早点儿休息。左铭熠见林红颜去厨房端菜，过去帮忙，趁屋里没人，对她动手动脚。这一幕恰巧被阮梦蝶无意中撞见。林红颜尴尬不已，左铭熠倒不以为然，说了句"我吃饱了"，便大摇大摆地上了楼。

林红颜装作又羞又愤的样子，低声对阮梦蝶说，要不是爸和二妈住在这里，我早跟他翻脸了！

阮梦蝶早看出他们的暧昧关系，嘲笑说，要想人不知，除非己莫为。

左铭烨刚刚出院，身体还比较虚弱，咽喉部位还缠着绷带，吃起东西来就慢多了。林红颜返回，照顾左铭烨吃饭。阮梦蝶冷眼旁观。

左铭烨说，红颜，你不用照顾我，我自己来。

林红颜说，现在我不照顾你，什么时候照顾你？我是你老婆，还不是希望你快点儿好起来，你现在这个样子真让人心疼。

左铭烨说，吃完饭，我们出去走走吧！

林红颜说，好，我再给你盛碗粥去。

左铭烨说，不吃了，吃饱了。我们走吧！

阮梦蝶说，铭烨，我也想出去走走。你们带上我方便吗？

左铭烨说，有什么不方便的？饭后百步走，能活九十九嘛。走吧，一起去。

林红颜说，梦蝶，你就别去了，帮张嫂把桌子收拾收拾。

站在旁边的张嫂急忙说，不用，不用，怎么能让阮梦蝶小姐干这种事情呢，这几年都是我一个人收拾，没问题的，你们忙去吧！

听张嫂这么说，林红颜也就不再坚持。两个女人一左一右搀扶着左铭烨朝院外走去。

秦北飞和柳墨轩来到左铭烨的公寓时，左铭烨他们还没有回来。张嫂只把院门打开一条缝，透过门缝小心地询问对方来意。

秦北飞说，我们奉上峰命令，前来保护左铭烨先生及其家人，从今天开始，我们就住在这里，对左先生进行贴身保护。

张嫂说，要不你们先进来吧，大少爷和他太太一会儿就回来。

秦北飞和柳墨轩进门，来到客厅。张嫂上茶时，特别提醒秦北飞和柳墨轩说，左老爷和二奶奶已经休息了，就在楼上，尽量不要打扰二老。

柳墨轩说，左老先生夫妇也搬到这里来啦？

张嫂说，还不是为了躲日本人。左公馆发生的事情，你们应该也听说了。大少爷让他们过来住，真是孝顺。

秦北飞正想说什么，看到左铭熠噔噔噔地从楼上跑下来，脚步声很有节奏，如同跳舞。秦北飞和柳墨轩见状，都客气地站起身来。左铭熠视而不见，从他们身前经过，对张嫂说，我有事出去一趟，晚上就不回来了。

张嫂说，二少爷慢走。

秦北飞看着左铭熠轻快的背影消失在门外，扭头问张嫂说，你家二少爷做什么差事？

张嫂说，说不好，好像啥也干，又好像啥也不干，反正是挺能花钱的。

樱花居酒屋在一条狭窄的巷子里。门前两盏纸灯发出昏黄的光亮，隐隐能听到醉酒的日本人唔哩哇啦地说着什么。左铭熠走过来，正要进居酒屋，两名日本浪人醉醺醺地出来了。左铭熠闪到一旁，让他们先走。两名日本浪人挡在门口，乜斜着眼睛盯着左铭熠，其中一人手指戳了戳左铭熠的胸口，说，你，中国人？

左铭熠用日语回答道，日本人。

两名日本浪人上下打量着左铭熠，一脸的怀疑。

左铭熠又用日语说，请让一下。

两名日本浪人犹豫着，让开门口。左铭熠鞠躬致谢，快步走进樱花居酒屋。

大岛川介正搂着一位穿和服的日本女人灌酒，左铭熠走了进来。大岛川介见到左铭熠，立即从榻榻米上爬起来，毕恭毕敬地说，山田会长，您怎么来啦？

左铭熠摆摆手，示意日本女人出去。日本女人照办。

左铭熠落座，大岛川介给他倒酒。

大岛川介说，山田会长，这么晚了，你有什么事情？

左铭熠说，南京国民政府派人来保护左铭烨，说明沪通银行往南京转运黄金的计划即将实施，你务必盯紧了。

大岛川介说，明白。我会特别关注的。

左铭熠说，大本营的命令是，不惜代价，将沪通银行这批黄金留在上海，必要的时候可以动用武力。

大岛川介说，山田会长，村上幸友子不是在沪通银行任职嘛，她应该能为我们提供更及时准确的情报。

左铭熠说，村上幸友子虽然是沪通银行的董事，但是我怀疑有些事情左铭烨是背着她做的，所以不能完全指望。

大岛川介说，明白了，我会尽力的。

左铭烨、林红颜和阮梦蝶散步回来时，柳墨轩凑巧去了洗手间。客厅里，只有喝茶的秦北飞和收拾家务的张嫂。听到左铭烨等人进门的声音，张嫂快步迎了上去。

张嫂说，大少爷，家里来人了。

左铭烨说，谁呀？

秦北飞走了过来，他说，左先生，是我。

左铭烨看到秦北飞，皱了皱眉头，问他，秦北飞，你又来做什么？

秦北飞说，奉上峰命令，秦某前来保护左先生及其家人。即日起，由鄙人负责你的安全。

左铭烨说，用不着，你还是请回吧！

秦北飞说，左先生不要让我为难，上峰命令，我们敢不执行？

左铭烨没搭理他，对林红颜说，扶我上楼，我要睡觉了。

林红颜和阮梦蝶一左一右搀扶着左铭烨往楼梯处走，柳墨轩正巧从洗手间出来了。左铭烨见到柳墨轩心中一惊，下意识地把林红颜藏在自己身后。林红颜也认出了柳墨轩，转身想跑，发现秦北飞挡住了她的去路，甚至还有一个摸枪的动作。在前有堵截后有追兵的情况下，走投无路的林红颜急出一身冷汗。柳墨轩这个叛徒是她龙岩青干班的同学，一见面她就已经暴露了。林红颜心急如焚，如果身上有枪，她早毫不犹豫地拔枪朝柳墨轩射击了，可是枪不在身边，就算她想与敌人拼个鱼死网破也是不可能了。

柳墨轩似乎没有注意到林红颜，对左铭烨说，左先生，你不要生气嘛，以前的事情都是误会，前次我们已经专程上门赔罪了。你若还揪着那件事情不放，就显得小家子气了。

是福不是祸，是祸躲不过。想到这里，左铭烨迅速冷静下来，一边尽量用身体遮挡柳墨轩的视线，一边用平和的语气说，秦北飞刚才跟我说过了，你们是来保护我的，我先谢谢你们了。正好楼下还空着一间客房，张嫂，你给他们收拾一下。

张嫂答应着，是，大少爷。

左铭烨说，我的身体还没有康复，需要多休息，失陪了。

说着，左铭烨一手搂着阮梦蝶的肩膀，一手在背后拉着林红颜就要上楼。秦北飞疑心顿生，他说，且慢。左先生，你还没有介绍这位女士。

听秦北飞这么一说，柳墨轩才注意到左铭烨身后的女人，他夸张地伸长了脖子，绕过左铭烨，来到林红颜面前。左铭烨心中一颤，面如死灰般盯着柳墨轩，做好了与之殊死搏斗的准备。林红颜见躲不过去，索性抬起头来直面柳墨轩，甚至还朝他笑了笑。

柳墨轩一时恍惚，努力地回忆着，他说，这位女士看上去很眼熟啊，我们是不是在哪里见过？

林红颜冷冷地说，我不认识你。

柳墨轩说，对不起，我太失礼了。左先生，她是您的朋友，还是您太太的朋友？

柳墨轩这句话让左铭烨一头雾水。难道柳墨轩真的没有认出林红颜吗？他们是龙岩青干班的同学啊，没有认不出的道理，除非柳墨轩是在故意做戏。可是他做戏给谁看？给秦北飞？没有必要。那就只有一种可能了，柳墨轩也许是在戏耍他们，如同猫捉老鼠的游戏，在杀死他们之前，柳墨轩很享受这个戏耍的过程。

想到这里，左铭烨心里反而坦然了，他说，正式介绍一下，她是我的妻子，叫林红颜。

柳墨轩哑然失笑，他说，原来除了阮梦蝶小姐，你还有一位妻子啊？你到底娶了几房太太？

左铭烨说，这有什么奇怪吗？我娶几个老婆好像不需要向你们汇报吧！

柳墨轩与左铭烨对话时，秦北飞始终在察言观色。听到这里，他插话了。秦北飞说，左先生，你看上去很紧张啊。你在紧张什么？

左铭烨说，我有什么好紧张的？她们两个都是我的合法妻子，有政府颁发的结婚文书，你要不要看？

秦北飞说，如果方便的话，左先生不妨拿出来，让我欣赏一下。

左铭烨冷冷地说，无聊！

林红颜灵机一动，一边偷偷给左铭烨使眼色，一边说，铭烨，就拿出来给他们看看嘛！我们的结婚文书放哪儿啦？

左铭烨知道，林红颜借故脱身，是去拿枪，于是他对阮梦蝶说，梦蝶，你跟红颜一起到楼上找找，好像是放在衣柜最左边的抽屉里。

阮梦蝶说，知道了。红颜，我们走。

柳墨轩见状，急忙阻拦，他说，哎，秦组长跟你们开玩笑呢，还当真啊。我们又不是民政局，查你们的结婚文书干什么？左先生，你不要在意啊！

一场始料未及的遭遇战就这样有惊无险地结束了。回到房间，关好房门，左铭烨和林红颜不约而同地扑向对方，紧紧地抱在一起，低声说着安慰的话。

左铭烨说，红颜，你还好吗？

林红颜说，我没事，就是心跳得厉害。

左铭烨说，刚才太危险了，还好，我们都还活着。

林红颜说，你很镇定，而我的手脚已经不听使唤了。

左铭烨说，叛徒柳墨轩居然没有认出你，这怎么可能呢？你们是同学呀，他为什么这么做？

林红颜说，我也觉得奇怪，难道柳墨轩还有更大的阴谋？

左铭烨说，到了这一步，基本上已经是打明牌了。柳墨轩一定认出了你，也知道了我的隐蔽身份，所以，红颜，你走吧，离开上海。

林红颜说，我不会离开的，我走了你更危险。

与此同时，秦北飞和柳墨轩也在低声谈论之前的一幕。秦北飞敏感地意识到林红颜这个女人有问题，可是他并没有直接说出来。

秦北飞说，墨轩，对这件事情你怎么看？

柳墨轩大大咧咧地说，左家是有钱人，左铭烨娶个三妻四妾有什么奇怪？不过，他很明显在跟我们撒谎。

秦北飞说，你是说……

柳墨轩说，阮梦蝶小姐，她应该不是明媒正娶的。从左铭烨在林红颜面前对她的态度就能看出来。红遍大江南北的电影明星居然肯为左铭烨做小，实在是匪夷所思啊！

秦北飞说，我可不关心什么大老婆小老婆，我说的是林红颜。

柳墨轩说，林红颜应该是左铭烨的原配夫人，她主动提出拿结婚文书给我们看，说明一定有这个东西。

秦北飞说，我记得当时你跟林红颜说了一句，这位女士看上去很眼熟啊，真的很眼熟吗？

柳墨轩说，我那是客套话，漂亮女人在我眼里都是一个样子。

秦北飞忽然严肃起来，他说，墨轩，我没有跟你开玩笑，你曾经说过，在共党苏区工农银行有一位叫"江华"的干部很像是左铭烨，后来我的情报也佐证了这一点。左铭烨是不是江华，你不敢肯定，但是你说过，你对江华的老婆林延安印象深刻。这个林红颜是不是林延安？

柳墨轩感受到了秦北飞对自己的怀疑，知道必须认真看待这件事情了，他思索着说，如果是林延安站在我面前，我怎么能不认识她呢？不过，说实话，我很难把灰头土脸的林延安，和这位时髦的左太太联系在一起。

秦北飞说，真的不是？

柳墨轩说，肯定不是，我敢拿脑袋担保。哎，对了，秦组长，你不是说有江华的照片吗？左铭烨是不是江华，是不是共产党，一看照片，一目了然。

秦北飞说，是的，我已经给南京发电报催促了，让他们把江华的照片尽快寄过来。

柳墨轩说，好吧，我们就耐着性子老老实实地给左铭烨当几天保镖吧！

秦北飞说，我还是觉得林红颜这个女人不简单，找机会潜入他们的房间，好好地搜一搜。

这个夜晚，阮梦蝶心情不错，她先是洗了个热水澡，接着又往身上洒了些香水，这才抱着一本书靠在床头上翻看。

左铭烨与国民党特务暗战的刀光剑影，阮梦蝶一点也没有感觉到，因为她普通人的脑子里没有特务的思维，有的只是对左铭烨的一往情深。无意中发现了林红颜与左铭熠的暧昧关系，让阮梦蝶觉得自己有机可乘。在她看来，出轨的林红颜根本配不上左铭烨，左铭烨一旦知道叔嫂偷情的丑事，必然会一纸休书将林红颜扫地出门。这么一想，阮梦蝶感到庆幸，如果之前自己赌气离开了左铭烨的公寓，就不会有这个重大发现，这个发现也许将改变自己的人生，最终与心仪许久的左铭烨走到一起。

阮梦蝶捧着一本书胡思乱想着，至于这本书说了什么，已经不重要了。甚至有那么一瞬间，她看到了左铭烨向自己求婚的一幕，害羞地拿书本挡住自己的脸，嘿嘿地笑起来。

2

延安刚下了一场不大不小的雨，泥水顺着山坡流淌，政保局所在的那排窑洞便成了水帘洞。政保局，当时已经改称西北政府保卫局，但是很多人仍习惯性地称他为政保局。中华苏维埃国家银行西北分行的王处长深一脚浅一脚地穿过烂泥地，走向其中的一孔窑洞。

这是政保局代局长周兴的办公室，除了他，还有两位政保局的干部。

见王处长到场，周兴开门见山说道，老王，今天找你来，是想简单了解一下你们西北分行林延安同志的情况，她这次去上海是你批准的吗？

王处长说，是我批准的，有什么问题吗？

周兴说，你不要多心，外出人员，例行抽查，这是老规矩了。你配合一下，有些问题还是需要搞搞清楚。

一名干部说，王处长，请跟我们来吧！到隔壁去谈。

王处长说，好。周局长，那我就去了。

周兴面带微笑说，去吧。

王处长跟随两名政保局的干部离开。周兴的笑容渐渐消失了，最终变成了一脸的凝重。他打开抽屉，拿出一份电报翻看，皱眉思索着。

电文不长，只有几个字：内奸待查，林延安有疑点。署名是"端砚"。

3

柳墨轩的腿伤还没有好利索，虽然不用拄拐了，但走起路来仍是一瘸一拐。秦北飞因此笑称他是"柳瘸子"，柳墨轩不急不恼，他说，腿伤不影响行动，党国应该能看到我柳墨轩这份忠心。果然，在秦北飞和柳墨轩联手追捕蒋金刚的时候，柳墨轩就像变了一个人，闪电出击，速度之快俨然一头猎豹。秦北飞看到这一幕，差点儿惊掉了下巴。

　　蒋金刚是在冯记洋装店附近被国民党特务发现的，因为他是重点追捕的对象，加上距离左铭烨的公寓不远，于是国民党特务一边监视蒋金刚，一边向秦北飞和柳墨轩报信。秦北飞和柳墨轩赶到的时候，蒋金刚已经意识到自己被特务跟踪了，撒腿就跑。

　　结果忙中出错，蒋金刚钻进了一条死胡同，回头再看，柳墨轩已持枪挡住了他的去路。蒋金刚观察周围的环境，判断着形势。

　　柳墨轩说，你跑不了了，乖乖束手就擒吧。

　　蒋金刚说，除非你一枪打死老子，否则老子有机会就先干掉你！

　　说着，蒋金刚从怀里摸出一把匕首。柳墨轩冷笑，持枪步步逼近。蒋金刚握紧了匕首，严阵以待。突然旁边的院门打开了，柳墨轩下意识地朝院子里举枪瞄准，吓得开门的老者仰面倒地。

　　与此同时，蒋金刚突然朝柳墨轩冲了过来，他纵身飞跃，借助墙壁攀缘腾挪，一个鹞子翻身落在柳墨轩的背后。柳墨轩大惊，正要转身，一把锋利的匕首已经抵住了他的脖子。

　　柳墨轩情急之下大喊道，蒋百城，别误会！

　　蒋金刚愣住了，蒋百城这个名字对他来说简直是一种羞辱，但是知道这个名字的人，一定是自己人。蒋金刚犹豫着，慢慢将柳墨轩松开。

　　蒋金刚问他，你到底是什么人？

　　柳墨轩说，这里不方便，我们换个地方说话。

　　宝山路四十三弄十六号是一家看似普通的陕西面馆，此时食客只有柳墨轩和蒋金刚二人。陕西面馆房门紧闭，门口挂着"歇业"的牌子。柳墨轩坐在对面，看着蒋金刚将一大碗牛肉面吃了个精光。

　　柳墨轩说，蒋百城，不，蒋金刚同志，现在我来解释你的疑惑。

　　蒋金刚擦擦嘴，竖起耳朵听着。

　　柳墨轩说，由于内奸告密，"西湖"夫妇暴露了，组织上派我来接替"西湖"夫妇的工作，我的代号是"端砚"。

蒋金刚说，内奸？你不就是那个内奸吗？

柳墨轩心情沉重，他说，我是在得知内奸告密的情况下，才假装脱离组织的，这也是没有办法的办法。

蒋金刚说，"牡蛎"知道你的身份吗？

柳墨轩说，江华同志并不知情，我也暂时没有与他联系。江华同志的任务是转运那批黄金，我的当务之急是找出内奸。

蒋金刚说，有眉目吗？

柳墨轩说，现在我怀疑林红颜，已经电报延安请求协查了。

蒋金刚说，林红颜是内奸？这不可能吧？

柳墨轩说，还是小心谨慎为妙，在揪出内奸之前，我的身份需要保密。蒋金刚同志，你明白吗？

蒋金刚说，明白，内奸害死了"西湖"夫妇，找出内奸，老子要活劈了他。停顿了一下，蒋金刚又说，领导，我的任务是什么？

柳墨轩说，因为我和江华同志暂时不能联系，这段时间呢，你就来充当中间人。

与"端砚"会面之后，蒋金刚神情恍惚地划着小渔船回到了吴淞口码头，走向江边自己那栋小破屋。刚上岸，便有熟识的码头苦力喊他，蒋老三，今天又没出工啊！蒋金刚生气地捡起一张破渔网，朝他们丢了过去。苦力们嘻嘻哈哈地取笑他。有的说，蒋老三不做苦力，天天在大街上溜达，想捡个媳妇回来。有的说，穷得叮当响，还想娶媳妇，做梦去吧！

屋内破破烂烂，设施异常简陋。蒋金刚翻箱倒柜，找出一只旧皮箱。皮箱摆在地板上，打开，里边是一套叠放得整整齐齐的国民党军装，以及各种身份证件，其中一个证件封面上的国民党党徽已经褪色了。蒋金刚看着这件军装，思绪回到了两年前的国民党南京特工总部。

民国二十四年，一批青年男女被秘密选拔进入国民党特工总部的培训班，除必修的国文、算术等课程之外，特别强化进行射击、骑术、潜水、驾驶以及发报等训练，为期一年。高大俊朗的蒋百城是培训班的教官，上校军衔。他是学员们心目中的一座高峰，尤其深得女学员们的青睐，明里暗里跟他抛媚眼、套近乎，在那段岁月里，蒋百城颇有些集万千宠爱于一身的意思。

顺理成章的，他与一位叫夏雨的漂亮女学员恋爱了。毕业前夕，他和夏雨已经到了谈婚论嫁的地步。一次偶然的机会，蒋百城发现夏雨居然与共产党有所联系，甚至暗中鼓动学员投奔延安。为此，两人发生了激烈的争吵，夏雨表示，她是铁了心要跟着共产党走了。就在那一天，蒋百城强行与夏雨发生了关系，试图以这样的方式将生米做成熟饭，留住夏雨的人，也留住她的心。

事与愿违。在一个凄冷的雨夜，包括夏雨在内，国民党南京特工总部培训班的二十几名青年男女集体出逃。半个月后，蒋百城从内部得到消息，夏雨等人已经抵达延安，成为西北抗日红军大学的学员。西北抗日红军大学就是后来鼎鼎大名的"抗大"的前身。蒋百城从此便与夏雨失去了联系。

因为学员出逃事件，教官蒋百城被开除公职，接受审查，他的人生瞬间坠入了低谷，终日以酒浇愁，大吵大骂，终于变成了现在这副邋遢样子。当时培训班里的女学员黎茉莉一直暗恋蒋百城，在一次探望中，忍不住说，我堂哥分析了这件事情，认为国民党一定会找个人出来，承担这一严重事故的责任，蒋百城或许就要变成这只替罪羊，建议他立即出逃。

后来，黎茉莉介绍蒋百城与他的堂哥见面。堂哥是一名地下党，他的隐蔽身份连黎茉莉都不知道。在堂哥的劝导下，蒋百城最终改名换姓，秘密加入了共产党。再后来，他就成了"西湖"夫妇的下线。

往事如烟，蒋百城想起这些唯有苦笑，抄起酒瓶往嘴里灌酒，对着窗外骂了一句，这都是命，老子命该如此！

4

秦北飞对左铭烨以及林红颜的调查从未停止，他与柳墨轩商量之后，决定从"自愿做小"的阮梦蝶那里打开突破口。

阮梦蝶这天恰巧与左铭烨发生了一些不愉快。起因是她趁林红颜出差的机会，来到左铭烨的房间，一边给他喂饭，一边有意无意地提起了林红颜和左铭熠的暧昧关系。

阮梦蝶说，铭烨，有件事情我不知道怎么跟你说。

左铭烨说，我们是好朋友，还有什么话不能说的。你有话直说，不必吞吞吐吐。

阮梦蝶说，林红颜和你弟弟左铭熠，他们两个很熟吗？

左铭烨说，一家人，你说熟不熟？

阮梦蝶说，熟到没大没小，可以随便开玩笑的地步吗？

左铭烨说，那不可能。林红颜毕竟是他的嫂子，我觉得左铭熠对红颜还是很敬重的。哎，梦蝶，你到底想说什么？

阮梦蝶说，那我说了，你可不能生气。

左铭烨说，你不说我才生气呢！

阮梦蝶犹豫着，字斟句酌地说，是这样的，那天吃饭的时候，我去厨房盛汤，不小心看到左铭熠和林红颜……

左铭烨说，看到他们怎么啦？

阮梦蝶说，铭烨，我实在说不出口，他们居然……居然在亲吻。

左铭烨一愣，脸色变得难看，但不是因为他知道了妻子林红颜与左铭熠的暧昧关系，而是对阮梦蝶有些生气了。左铭烨不相信自己的妻子会做出这种丑事，反而误以为阮梦蝶是在挑拨离间。

左铭烨说，这不可能！梦蝶，我知道你心里怎么想的，但是为了自己的目的，你居然编造出这种谎言，恶意中伤他人，说实话，我对你真的很失望。

阮梦蝶说，铭烨，请相信我，请相信我的直觉。林红颜和左铭熠一定是不清不楚的。

左铭烨说，你说他们在亲吻，有别人看到吗？

阮梦蝶着急地说，铭烨，非要将他们两个捉奸在床，你才相信我的话吗？

左铭烨说，没错，这种事情是需要捉奸在床的！没有证据就不要乱讲。

阮梦蝶说，铭烨，我怎么说你才肯相信呢？我不希望你受到伤害。

左铭烨说，你今天这些话已经伤害了我，伤害了我们之间的友情，我一直拿你当好朋友。梦蝶，不要再惹是生非了，好不好？我没有时间，也没有精力跟你玩这一套，我真的很累啊。这一次，我原谅你，再敢有下次，抱歉，我真的不能再留你了。

阮梦蝶的好心被当成驴肝肺，心里便有些不痛快。正想出去透透气，秦北飞和柳墨轩主动邀请她喝咖啡。

露易丝咖啡馆是典型的法式装修，侍者都是清一色的法国美女，不过阮梦蝶现身咖啡馆，所有人的目光都被吸引过去了。阮梦蝶是那种绝世少有的美女，不仅身材相貌一流，气质更是超凡脱俗，虽然她平日里没有刻意装扮，但依然光彩照人，尤其是一双清澈如水的眼睛，更是摄人魂魄。

刚煮好的咖啡有些烫嘴，阮梦蝶小口喂着，想着心事。秦北飞与柳墨轩对视，交换了眼神。

柳墨轩说，大家只看到阮梦蝶小姐风光的一面，却不知道你心里也有苦衷啊。

阮梦蝶倒不避讳，悠悠地说，我深爱着左铭烨，你们爱怎么想怎么想。

秦北飞说，阮梦蝶小姐一片痴情，真让人感动啊，不过我还是不明白，你这段感情会有结果吗？

阮梦蝶说，我没想那么多，听天由命吧。

柳墨轩说，有件事情很奇怪，林红颜对你的态度忽冷忽热，这是为什么呢？

阮梦蝶冷笑说，她心虚呗。

秦北飞疑惑地说，林红颜是左先生明媒正娶的妻子，她有什么可心虚的？难不成你手里掌握着她的短处？

阮梦蝶想了想，说，没有。她能有什么见不得人的事情？反正我说了也没人信。

为了从阮梦蝶嘴里套出话来，柳墨轩故意装腔作势地说，你不说，我们也知道，大家对此心知肚明嘛，阮梦蝶小姐还是过于单纯了，有些话该说，有些话不该说；有些话能跟他说，有些话却不能说。

柳墨轩这番话就如同街头算命先生说出来的"谶语"，你怎么理解都可以，怎么理解都对。阮梦蝶听了这话，似乎一下子找到了知音。

她说，没错，我不该傻乎乎地去找铭烨，告诉他林红颜和左铭熠做的那些丑事。铭烨生我的气，我能理解他。家丑不可外扬嘛，我一个外人本来就不该说三道四的，我真是太傻了。

秦北飞吃惊地说，林红颜和左铭熠？我还真没看出来。

阮梦蝶说，是被我无意中撞见的，我当时就蒙了，他们怎么能这样的？对铭烨也太残忍了。

柳墨轩说，左铭烨变成了龟公，偷吃的妻子给他戴了绿帽子，可他不相信你，反而怪你多事。阮梦蝶小姐，你受委屈了。

阮梦蝶说，反正该说的我都说了，不管铭烨怎么看我，我都是为他好。如果哪一天铭烨发现了真相，他会感激我的。

柳墨轩说，阮梦蝶小姐，你就这么没名没分地跟着左铭烨，哪一天才能熬出头啊！

阮梦蝶说，纸里包不住火，林红颜和左铭熠的丑事早晚要见光。

秦北飞思索着，问道，林红颜去法国经商，是什么时候的事情？

阮梦蝶说，三年多了。铭烨介绍我们认识的时候，林红颜可不是这样随便的女人，跟别的男人多说句话都会脸红。

秦北飞说，一走就是三年多，中间没有回来过？

阮梦蝶说，没有啊。也许就因为这个出的问题。林红颜是精明能干，但她孤身一人在法国开展业务，时间一长，能耐得住寂寞吗？背着铭烨，还不知道结识了多少男人。

秦北飞说，她跟左铭烨结婚是哪一年？

阮梦蝶不假思索地说，民国二十一年，我记得很清楚，当时我主演的第一部影片上映，左铭烨和新婚妻子林红颜还去虹口捧场呢！那时候，我们还不太熟。

秦北飞分析说，林红颜和左铭烨新婚不久就去了法国。墨轩，这个情况，你觉得正常吗？

柳墨轩装糊涂说，我觉得很正常啊，林红颜是个女人，而且正值壮年，俗话说三十饿狼，四十猛虎……

秦北飞说，别打岔，你知道我说的是什么意思。林红颜一走就是三年多，哪一对新婚夫妇能够做到？除非她肩负秘密使命，不得不留在那里。

柳墨轩说，秦组长分析的有道理，可是林红颜到法国能执行什么任务呢？

秦北飞看向阮梦蝶，眼神征询意见。阮梦蝶想了想，说，我也不知道林红颜在法国具体做什么，你们可以去问问铭烨。

秦北飞说，林红颜这些年真的是在法国经商吗？

阮梦蝶不悦，她说，不是法国，还能是去日本国啊？你们这些特务也太多疑了。

柳墨轩笑着说，嗨，管那么多干吗，今天我们两个是陪阮梦蝶小姐出来散心的，不说不高兴的事。阮梦蝶小姐，您最近又在拍什么大作呀？

电影公司正在租界拍戏，秦北飞和柳墨轩驾车将阮梦蝶送到了片场。见阮梦蝶到场，导演赶紧张罗着给她换上戏装，改换发型。片场紧张而有序，秦北飞和柳墨轩无所事事，便跟阮梦蝶告辞。

回去的路上，柳墨轩分析说，林红颜不可能是共产党。共产党对男女关系看得很慎重，讲究从一而终，林红颜与自己的小叔子做出这等遭人唾弃的苟且事，与一个共产党人的差距实在太大。

秦北飞也是一头雾水，如果林红颜不是共产党，那么想通过她来证明左铭烨的隐蔽身份，将会竹篮打水一场空。但是，即便林红颜不是共产党，也不能轻易排除左铭烨的共产党嫌疑，毕竟左铭烨有太多可疑之处。左铭烨这个名字，就像有人拿刀子刻在了秦北飞的心头，每每想起便隐隐作痛。

5

酷热，加剧了左铭烨的烦躁，握着相框的手竟微微有些发抖。在两人的合影中，穿着红军军装的林红颜笑得那么甜蜜，可是自从阮梦蝶捅破了那层窗户纸，左铭烨的心头就像压上了一块大石头，没有一点笑模样。

左铭烨轻叹一声，将自己与林红颜的合影放进抽屉，认真地上了锁。

从书房出来，左铭烨只顾想着心事，没注意到父亲左世章和二太太正在客厅里等他。

左世章说，铭烨，你过来，我有话说。

左铭烨答应着，来到左世章面前，按照父亲拐杖的指示，坐到了旁边的沙发上。他不知道父亲要跟他谈什么，但是从左世章夫妇严肃的表情来看，这件事情应该非同小可。

果然，左世章开门见山说道，听红颜说，你想把沪通银行的储备金运到南京去。

左铭烨说，爸，这件事情我之前跟您简单提过。这批储备金是万千储户的命根子，储户信任我们沪通银行，我们就要给储户最有力的保障，另外日本人就要进攻上海了，我这么做也是为了保护民间财富。

左世章压着火气说，可是你没有告诉我，会让国军部队插手这件事。

二太太说，铭烨，求人不如求己，如今的世道谁也信不过，你呀，还是太年轻了。

左铭烨说，爸、二妈，你们说的我都懂，可是沪通银行十万两黄金就要好几吨重，卡车需要好几辆。不管是用卡车，还是轮船走水路，这个运输过程都想当繁杂，涉及诸多环节，哪一环出了问题，都是我们难以承受的损失啊！所以，请国军部队协助应该是最稳妥的方案。

左世章说，稳妥个屁！铭烨，你糊涂啊！

二太太说，老爷，有话慢慢说，别吓着孩子。

左世章强忍怒火说，铭烨，你看不出来吗？南京国民政府腐败昏聩，四分五裂。蒋中正仇视共产党，攘外必先安内的政治余毒仍在党内肆意泛滥，汪兆铭之流更是提出曲线救国的汉奸理论，此肮脏政府不值得信任，你与这样的政府合作无疑是肉包子打狗，到时候鸡飞蛋打，谈何保护民间财富？

左铭烨想说什么，又咽了回去。

左世章长长地叹了一口气，他说，中国唯一的希望在延安！

听到父亲的这番话，左铭烨惊呆了，但是由于组织纪律，他必须在父亲面前保密自己的共产党员身份。

左铭烨婉转地说，爸，你说的这些我都记下了。我知道您二老是担心南京政府言而无信，或者是运送黄金的国军部队途中暗做手脚。这个请您放心，我早有准备。货品数量价值，我都已清单列出明细，不管到了哪个环节，负责人都要签字作保。

左世章说，你太冒险了。国民党里鱼龙混杂，国军部队更是良莠不齐，万一出点什么事情，沪通银行如何跟储户交代？

左铭烨说，爸，不会有事的。

左世章说，但愿吧，不过还是不能掉以轻心。

左铭烨说，还有，爸，我再提醒你一次，那些同情共产党的话不要再说了，去延安这种事也不要讲。家里住着国民党特务，别引起误会，惹祸上身。

左世章不屑地说，笑话。我是参加过辛亥革命的老国民党，还怕几个小特务不成？铭烨，我是认真的，如果能活着去一趟延安，此生无憾啊！

左铭烨无奈地苦笑，摇了摇头，他说，去延安的事情先放一放，爸，我想把十万两黄金的货运清单全部交给您保管，哪一个环节签了字，最终都要送到你这里。

左世章说，好，这就是证据，这批储备金他们要是给弄丢了，我就拿着清单去找南京政府！

左铭烨说，爸，这下您放心了吧？

二太太抢先说，铭烨啊，还是你懂你爸的心思，让他吃了定心丸，这件事情准保能成。

6

走进久违的办公室，左铭烨的心情有些激动，他来回踱着步子，不时瞅一眼桌上的电话。秦北飞和柳墨轩也在场，他们知道今天是个特殊的日子，存储在沪通银行的十万两黄金将由国军部队护送至南京。林红颜已与日前抵达沪通银行南京分行，此时她就守在南京分行的金库里。

电话铃响了，左铭烨抄起电话听筒，电话里传来林红颜的声音。

林红颜说，铭烨，南京分行的金库我都检查过了，安保没有问题。那批货起运了没有？

左铭烨说，我也在等电话，应该快了。红颜，这次出差辛苦你了。我最信任的人就是你。

林红颜说，放心吧，货到清点，完事之后我就回上海。

左铭烨说了声"好"，便放下了电话，他之所以迅速结束与林红颜的对话，是在等沪通银行金库的消息。秦北飞和柳墨轩有些百无聊赖，秦北飞借口买烟下了楼，柳墨轩没话找话。

柳墨轩说，左先生不必紧张，国军部队押运，保证万无一失啊。

左铭烨说，这批黄金是万千储户对沪通银行的信任，一点差错也不能出，说实话，昨晚整宿我都没睡好。

柳墨轩说，可以理解。

左铭烨犹豫之后，问柳墨轩说，共产党抓到了没有？

柳墨轩说，什么共产党？

左铭烨说，你们不是在找一个叫"牡蛎"的共产党吗？秦北飞之前还怀疑我是"牡蛎"。

柳墨轩说，共产党都是过街老鼠，见不得天日，藏在不为人知的角落，哪儿那么好抓？

左铭烨说，报纸上都说了，共产党倡导国共合作，寻求政党合法地位，怎么就成过街老鼠啦？说不定明天国共就在一个锅里舀饭了。

柳墨轩说，有道理。哎，左先生，你为什么忽然说起这个？

左铭烨说，你和秦北飞整天跟着我，还不是怀疑我是共产党，不要欲盖弥彰，你们就是来监视我的。

柳墨轩说，误会啊误会，之前那些都是误会，秦组长已经赔罪了，现在我和他的任务就是保护左先生。

左铭烨正想说什么，桌上的电话又响了起来。

左铭烨拿起听筒，他说，国军运输部队到金库啦？好，记住，先让带队军官签字接收，再出货。有什么问题，让他来找我。

数辆军用卡车停在沪通银行金库外，荷枪实弹的国军官兵严加警备。围观的上海市民都被轰赶到警戒线之外。混在人群中的日本间谍大岛川介正举着相机，咔咔拍照。

从沪通银行出来，秦北飞没有去买烟，而是驱车回到了左铭烨的公寓。公寓里静悄悄的，佣人张嫂也不见了踪影。秦北飞心中暗喜，这是个搜集证据的好机会。

秦北飞迅速行动起来，先来到左铭烨的卧室翻箱倒柜，结果一无所获。接着他又潜入左铭烨的书房，先从书架开始，一本本地翻看，不漏过任何可疑之处。

一个上锁的抽屉忽然引起了秦北飞的注意。他先是谨慎地来到书房门口，隔着房门听一下外边的动静，待确认安全后，迅速返回，掏出手枪猛砸抽屉上的锁。咔吧一声，锁断开了。秦北飞迫不及待地打开抽屉，他一定是发现了什么，惊喜地瞪大了眼睛，之后小心翼翼地将抽屉中的物品一件件拿出来，摆在桌面上。

一本中华民国护照，是林红颜的；一张法航的机票，是巴黎直飞广州的；两张从广州到上海的船票都是头等舱；一份皱巴巴的《费加罗报》里藏着两百一十五法郎；另外，还有一张民国二十一年的结婚文书，是左铭烨和林红颜的；几份沪通银行的现金存单，合计一万五千元；一张民国十八年颁发的私立复旦大学法律系的学位证书，是左铭烨的；一张昭和五年颁发的日本爱知医科大学的学位证书，贴着林红颜的照片；另有房契一份，股票交易证若干，期货认购券等等。

这些物品对于普通人来说都是非常重要的东西，但是在秦北飞眼里，它们没有任何价值，他要找左铭烨是共产党的直接证据，而不是想了解林红颜的历史。林红颜的历史？想到这句话，秦北飞忽然眼前一亮，将护照、机票、船票和那张《费加罗报》单独拿了出来，并摆排在桌面上。

秦北飞似乎明白了，左铭烨一定猜到了特务会进入这个房间，所以提前进行了一番准备，试图让秦北飞之流"蒋干盗书，自取其辱"。然而，秦北飞不是愚蠢的蒋干，他发现了一些蛛丝马迹。林红颜的机票、船票、护照都是真实的，这一点毋庸置疑，但是谁会把作废的机票、船票和那些有价证券、房契等重要物品一起保存？很显然，左铭烨这叫欲盖弥彰，他极力想证明林红颜的历史清白，反而说明他心中有鬼。秦北飞思索着，无声地笑了起来，他一边将桌上的物品放回抽屉，一边自言自语地说，左铭烨，你这叫聪明反被聪明误。

秦北飞将房间恢复原状，正要出门，忽然听到客厅里有动静。他将房门打开一条缝，偷偷观察。只见张嫂拎着一篮子蔬菜穿过客厅，走向厨房。左世章的身影出现在楼梯上。

张嫂说，老爷。

左世章说，张嫂，正忙着呢？

张嫂说，不忙，您有什么吩咐？

左世章抱歉地说，我这段时间一直很忙，忙得都把你给冷落了。

张嫂抿着嘴唇，哀怨地看着左世章。左世章不紧不慢地下了楼，来到张嫂面前，深情地望着她说，若想天长地久，就要学会忍耐。

张嫂说，我懂，您是大人物，我不能轻易打扰你。

左世章凑近张嫂，捧起她的脸亲吻。张嫂像触电一样，全身都酥软了，菜篮子脱手掉在地上，她下意识地抱住了左世章。

张嫂说，老爷，二太太不在家吗？

左世章说，二太太？噢，她今天给大太太上坟去了。

张嫂说，在这里不行，到我房间去吧！

左世章说，家里没有别人，在哪里都一样。

张嫂的脸上露出少女般的羞涩，左世章熟练地一一解开她的衣扣。张嫂扭捏着，一副半推半就的样子，渐渐裸露的身体贴得左世章更紧了。

秦北飞不忍目睹，他悄悄关上书房的房门，无声地骂了一句。

秦北飞驱车赶回沪通银行的时候，柳墨轩正在楼下等他。两人守在轿车旁，互相递烟。

柳墨轩说，有什么发现没有？

秦北飞苦笑说，左铭烨太狡猾，各个房间都搜遍了，我没有找到我们需要的东西，反而看到了不该看的。

柳墨轩一乐，他说，秦组长这话实在令人费解。

秦北飞说，我是说左世章。

柳墨轩说，左世章？他有什么问题吗？

秦北飞说，这个老混蛋看上去德高望重，没想到他居然会跟一个粗手大脚的家佣胡搞，若不是亲眼所见，打死我都不信。

柳墨轩感慨地说，这有钱人家的男女，不管老小都这么开放吗？

秦北飞说，上梁不正下梁歪！有什么样的老子就有什么样的儿子。左世章和佣人胡搞，左铭熠与林红颜偷情，这个左家简直是一池污水，腥臊恶臭，臭不可闻。

柳墨轩说，还有左铭烨，他和阮梦蝶的暧昧关系，嘿嘿，不说了。秦组长，我觉得我们可能盯错了目标，左铭烨并非共产党"牡蛎"。

秦北飞说，没错，有这个可能，如果左铭烨不是共产党，那么"牡蛎"到底藏在哪块石头底下？

透过沪通银行执行董事办公室的窗户，左铭烨清晰地看到，秦北飞和柳墨轩倚靠着一辆黑色轿车正在交谈。左铭烨心情复杂，他认真回忆了一遍细节，机票、船票、护照以及《费加罗报》都放进了书房的抽屉，上了锁，不出意外的话，秦北飞应该都看到了。这些物品当然能证明林红颜的清白，但是秦北飞会上当吗？左铭烨这么一想，不禁多了一丝忧虑，表情变得更加凝重了。

电话铃声将左铭烨拉回现实。

他快步来到办公桌前，抄起电话听筒说，喂，说。

电话里传来一名银行职员的声音，他说，左董，那批货已经顺利装船了，国军部队派出两艘军舰护航。

左铭烨说，好，我知道了。你们忙完，就撤回来吧！

左铭烨放下电话，将目光投向窗外。远处的黄浦江缓缓流淌，夕阳西下，晚霞映红了天际。

大岛川介急匆匆地来到东亚株式会社，左铭熠正在房间里等他。大岛川介进门后，掏出一沓照片，一一摆在左铭熠面前。左铭熠翻看照片，有军用卡车在街上行驶，有吴淞口的货轮和军舰。

大岛川介说，山田会长，五辆满载的军用卡车从沪通银行的金库出发，开往吴淞口码头，随后装船，货轮编号是江阴四十九号。至少有两艘国民党的军舰护航出港，起锚时间是晚上七点一刻。

左铭熠说，村上幸友子也证实了这一点。大岛君，辛苦了。

大岛川介说，为山田会长效力，为帝国尽忠，大岛不胜荣幸。

左铭熠拿起纸笔，快速拟定一封电文，接着朝旁边的一名日本职员招手，这名日本职员上前，接过左铭熠递给他的电报。

左铭熠说，给大本营发报，猎鹰可以出动。

一艘巨大的航空母舰静悄悄地停泊在公海上，在灰黑的夜色中若隐若现，只有几盏船头船尾的示廓灯发出昏黄的光亮。

战斗警报突然拉响，航母甲板上顿时灯火通明，有日军飞行员迅速跑向停机坪的飞机，也有日军挥舞着小旗子指挥飞机进入跑道。伴随着一阵阵震耳欲聋的轰鸣，日军飞机接二连三地起飞，很快就消失在夜色中。

江阴四十九号货轮在两艘国军军舰的护卫下，逆流而上，正全速开往南京。从两名货轮船员的聊天内容可以知道，此时船队已经到达了江阴地界，忽然传来一阵奇怪的嗡鸣，像是从江底传来的。江水随之震颤，船员疑惑地盯着江面，可是茫茫夜色，他们什么也看不见。

两架日军飞机突然穿破薄雾，超低空地掠过了船舷，把船舷上的船员们吓了一跳。不等他们回头神来，一枚炸弹已经落在了货轮的船头上。轰隆一声巨响，爆炸的火光映亮了狭窄的航道。

更多的日军飞机接踵而至，轮番俯冲投弹，炸弹或砸到货轮，或落在江中，爆炸声此起彼伏。国军军舰随即对空开火，炮声隆隆，机枪声阵阵。江面瞬间变成了战场。日军飞机又发起一轮进攻，攻击范围扩大到国军军舰。炸弹雨点般从天而降，江阴四十九号货轮和国军军舰先后被击中，起火燃烧。货轮船员和国军官兵纷纷弃船自救，之后众人泡在江水中，眼睁睁地看着冒烟的货轮和军舰歪斜着身子，渐渐沉没于江中。

这个夜晚，左铭烨一直坚守在沪通银行的办公室里，没有焦灼地坐立不安，倒像是在等待，等待一个预料中的结果。柳墨轩早已酣然入梦，不时发出有节奏的鼾声。秦北飞从外边进来，疑惑地看着左铭烨。

秦北飞说，左先生，你就打算这样一直坐到天亮吗？

左铭烨说，我睡不着，你是知道的，这批沪通银行储备金不是个小数目，安全抵达南京，我才能睡个安稳觉。

秦北飞说，国军部队护送，你还有什么可担心的。

秦北飞话音未落，桌上的电话已经急促地响了起来。左铭烨一把抓起听筒，对那边说，什么情况？

对方说了什么，秦北飞没有听到，但他从左铭烨渐渐铁青的脸色中读懂了什么。一定是出大事了。秦北飞猜测着，来到左铭烨身前，看着他无力地放下了电话听筒。

柳墨轩凑了过来，问道，左先生，出什么事啦？

左铭烨有气无力地说，日军飞机在江阴段轰炸了黄金运输船队，货轮沉江，两艘国军护卫舰也遭到重创。

秦北飞大吃一惊，他欲言又止，真不知该如何安慰左铭烨。柳墨轩却一反常态，突然对左铭烨发火，与平日里温文尔雅的做派截然不同。看得出来，柳墨轩这次是真着急了，他瞪大了眼睛，脖子上青筋暴出，两只眼珠子险些都要蹦出来了。啪的一声，柳墨轩一巴掌拍在桌面上，指着左铭烨的鼻子开了腔。

柳墨轩生气地说，左铭烨，这就是你干的好事！十万两黄金就这么被日本人炸没了，你倒是真沉得住气，不急不恼，不慌不忙，柳某真是佩服之至啊！

左铭烨说，船已经被炸沉了，我着急有什么用？

柳墨轩加重了语气说道，好啊，那我们就走着瞧！看你如何跟沪通银行万千储户交代！什么狗屁沪通银行，你就等着破产吧！破产了，这件事情也不能算完，你左铭烨必须承担法律责任，你会因此坐牢的，知道吗？左铭烨，你辜负了大家的信任，让成千上万人的希冀成为泡影！你有什么颜面活在这个世界上，你应该去死，现在就给我去死！

秦北飞不明白柳墨轩为什么突然发火，但出于对同事的关心，还是上前劝解道，墨轩，你不要着急，左先生也不希望发生这样的事情。

柳墨轩说，你不要替他说话。出了这么大的事情，左铭烨他难辞其咎，死有余辜，但是临死前他必须给大家一个交代！

说完，柳墨轩气呼呼地离开了。

左铭烨一头雾水，他说，这个柳墨轩今天是怎么啦？就好像他也在我们沪通银行存了钱。沪通银行的储备金被日本飞机炸沉了，他看上去比我这个银行的执行董事还要着急。

秦北飞说，是啊，墨轩今天确实比较奇怪，他平时不是这样的，很少跟谁发脾气。

蒋金刚来到陕西面馆的时候，柳墨轩已经在等他了。小伙计见蒋金刚进门，马上跑了出去，在面馆门口挂上"歇业"的牌子。另一个小伙计给他们端来两碗牛肉面，一碗摆在柳墨轩面前，一碗给蒋金刚。蒋金刚说了声"谢谢"，便捧起大碗，开始狼吞虎咽。

柳墨轩心里窝火，拿起的筷子又扔在桌上。

蒋金刚看出柳墨轩的不快，试探着说，今天来是不是有新任务？

柳墨轩说，你看报纸了没有？

蒋金刚说，老子从不看报。

柳墨轩说，组织上存储在沪通银行的巨额组织经费连夜运往南京，结果遭到日军飞机轰炸，运送黄金的货轮被炸沉了。

蒋金刚腾地一下站起来，着急地说，你说什么？黄金没了？

柳墨轩说，出了这么大事故，左铭烨要负主要责任！当然，作为他的直接领导，我也要进行检讨。

蒋金刚说，不是，那批黄金怎么办？赶紧打捞啊！

柳墨轩说，国民党的动作比我们要快，此时已经派部队封锁了江阴段航道，打捞工作即将展开。不过，正值汛期，难度很大。

蒋金刚愤愤地说，这个左铭烨做事向来顾头不顾腚，之前老子就提醒过他，不要跟国民党合作，可他不听啊！怎么样？出事了吧？这下我看他如何跟组织交代！

柳墨轩说，是啊，之前我对他过于信任了，对他的执行能力过于乐观，现在说什么也没用，要想办法补救。蒋金刚同志，你马上去联系左铭烨，就说已经跟组织建立了联系，他今后的任何行动都要及时向组织汇报。

蒋金刚说，你的身份还要继续保密吗？

柳墨轩说，是的，在找出真正的内奸之前，我的身份需要保密。如果左铭烨问你怎么跟组织联系上的，你就说，是通过苏北抗日游击队。

7

洋河镇位于河网纵横的苏北平原，京杭大运河穿镇而过，构成了一幅鱼米之乡的风情画。镇上有家丰盛号米店，开店的是一对姐妹花。姐姐是位年轻的寡妇，叫夏雨；妹妹，叫黎茉莉。姐妹俩还有另外一个特殊的身份，那就是苏北抗日义勇军的正副大队长。

夏雨年纪不大，但是绝对要算得上老革命了。当年她们几十个学生从南京跑到陕北，成了西北抗日红军大学的学员。"抗大"毕业不久，又被派往了东三省的吉林。一年多的时间里，夏雨和她的游击队活跃在敦化、延吉、东宁一线，并最终与被称为"老帮子"的大队长喜结连理。

夏雨和"老帮子"新婚那天夜里，国民党特工黎茉莉被日伪军追击，慌不择路，误闯游击队驻地。遭遇战中，"老帮子"为掩护夏雨、黎茉莉等人脱身，故意暴露行踪，结果牺牲了。

黎茉莉愧对夏雨，决定留下来加入游击队。为给"老帮子"报仇，夏雨、黎茉莉和游击队的弟兄们频频伏击日军物资运输车队，不料有一次却搞错了目标，车上装的不是物资，而是整整一个中队的鬼子。那场仗打得昏天黑地，侥幸活下来的除了夏雨和黎茉莉，就没有几个人了。

队伍打散了，组织上的调令也到了。夏雨不得不在"老帮子"的坟前哭了几声，之后背着行李便来到了苏北洋河镇，摇身一变，成了丰盛号米店的老板娘。组织上交给她的任务是，发展队伍，储备粮食。夏雨与黎茉莉商量，两人做了具体分工，夏雨主要负责发展武装，黎茉莉的任务是经商赚粮食。之后，黎茉莉经常往返于苏北、沪宁之间，生意做得风生水起。夏雨也是成绩斐然，她领导的苏北抗日义勇军改名叫"苏北抗日游击队"的那天，队伍已经有了上百号人。

这一天，是黎茉莉按老规矩报账的日子，可是夏雨溜溜地等了一整天，也没看到她的身影。天黑了，夏雨有些坐不住，她对指导员说，情况有些不对劲啊，明天我想去趟上海，看看黎茉莉那边出了什么事情。

8

黎茉莉和堂哥黎本昌赶到左铭烨公寓的时候，左铭烨、林红颜、左世章、崔新轲等人都在。这些沪通银行的董事们，一个个愁眉苦脸，客厅里的气氛异常沉闷。

左世章说，老黎，就等你了。

黎本昌也是沪通银行的董事，银行发生这么大的事情，没有不到场的道理。他歉意地笑了笑，找了个靠边的位置落座。黎茉莉和林红颜坐在一起，低声说着什么。

左铭烨说，好了，既然各位董事都到齐了，我先简单说一下情况。沪通银行南京分行的设立，是为了转移银行储备金，在战时最大限度地保护民间财富。之前我以沪通银行执行董事的身份，写信向南京国民政府求援，希望他们派国军部队协助我们转运黄金。南京答应了，也派出了部队护送，可是万万没想到，日本人居然也得到了这个消息，派出飞机将我们运送储备金的货轮炸沉了。南京方面已经致电表示，将全力打捞，但是很不巧，正值汛期，江水猛涨，打捞工作只能暂时中止。我不想回避问题，我愿意承担全部责任。

左世章说，铭烨，你先别忙着检讨，要说责任，那都是日本人造成的！

黎本昌说，日本人固然可恨，可是铭烨大张旗鼓地转运储备金，是否过于高调？铭烨，你到底是怎么想的？难道有国军部队护送，就一定是万无一失吗？

崔新轲说，黎董说的有道理，财不外露嘛，我复兴银行已经悄悄将部分资金转移至海外，化整为零，蚂蚁搬家。从目前来看，虽然动作慢了一点，时间长了一点，但是尚未出过差错。

林红颜生气地说，崔新轲，你说这话什么意思？你在指责铭烨吗？事情已经发生了，现在我们应该想一想如何封锁消息，以免引起储户恐慌。

崔新轲说，黄金沉江的消息已经见报，连躲在下水道里的老鼠都知道，如果不出意外，明天一早沪通银行将迎来一波挤兑潮。林董，你说怎么办？

林红颜说，我要知道该怎么办，还找你来干什么？

黎茉莉轻拍林红颜的手背，安抚她的情绪。

黎本昌说，要不这样，发一纸公告，对外声称"对账"，沪通银行各网点临时歇业三天，你们说怎么样？

左世章说，你这不是不打自招吗？储户资金，存取自由，这是银行业的老规矩，我们不能破。银行正常营业，都想一想有没有办法临时拆借资金。

崔新轲说，上海战事一触即发，在这个节骨眼儿上谁愿意往外拆借资金啊，我看这个方案也行不通。

谁也不说话了，客厅里突然安静下来，只听到钟摆啪啪作响。诸位董事各怀心事，一个个愁眉不展。

院子里传来了敲门声，张嫂迅速从厨房出来，小跑着去开门。不一会儿，张嫂引一名国军上校进门，身后还跟着两名荷枪实弹的国军士兵。

张嫂说，大少爷，找你的。

左铭烨起身相迎。

国军少校说，左先生，我们又见面了，您的身体康复了吗？

左铭烨说，已经好多了。

国军少校开玩笑说，那兄弟这次就不用担架抬您了。请吧，车在外边，我们长官正在等您。

左铭烨离开之后，其余的人议论纷纷。

左世章问林红颜说，国军的人找铭烨做什么？

林红颜说，我也不清楚，可能是因为沉船的事情。

崔新轲说，左伯，我在报社有熟人，不如我们先在报纸上发一条假消息，就说国军部队已经完成黄金打捞工作，沪通银行储备金完好无损。

黎本昌愤愤地说，崔董，经商以诚信为本，你欺瞒储户，会遭报应的。这个方案，我不同意。

崔新轲无奈地说，好好好，该说的不该说的，我都说了，你们自己看着办吧。

说完，崔新轲扬长而去。

左家召开临时董事会的时候，秦北飞就在隔壁的房间。所有人的谈话内容，他都听得一清二楚。看来左家真的遇到了大麻烦，而左铭烨首当其冲，应该承担所有的责任。但是让秦北飞感到意外的是，左铭烨的情绪在沪通银行几位董事中最为平静，显得非常反常。

秦北飞不禁怀疑，这一切都是左铭烨的障眼法，可是运送黄金的货轮已经被日军飞机炸沉了，这是铁一般的事实。左铭烨到底在耍什么花招？秦北飞的思路出现了短暂障碍，他百思不得其解，仰躺在大床上，睁着眼睛盯着天花板发呆。

客厅里，左世章、林红颜、黎本昌和黎茉莉各怀心事。林红颜显得尤为着急，她说，爸，沉江的黄金一定能如数打捞上来吗？

左世章说，不好说。如果打捞工作不能及时展开，或许这批黄金就永无出头之日了。

林红颜心情复杂地说，看来我们左家真的要大祸临头了。

左世章说，是啊，也许该考虑后路了。

说着，左世章看向黎本昌，给了他一个充满深意的眼神。黎本昌知道左世章的意思，左顾右盼，确认没有旁人，这才低声说，世章兄，你瞧，今天我把茉莉带来了，就是为了你上次跟我说的那件事。

虽然黎本昌声音很小，十分谨慎，但是左世章仍抬手制止了他，显得比他还小心。

左世章压低了声音，拐杖指了指某个房间，他说，隔墙有耳，我们到楼上去谈。

左世章拄着拐杖起身，这对老兄弟相互搀扶着上了楼。客厅里只剩下林红颜和黎茉莉两人。召开董事会时，黎茉莉没有发言的权利，只能旁观，此时似乎只对林红颜的新款旗袍感兴趣。

黎茉莉说，红颜姐，你这身旗袍真好看，哪里做的?

因为黄金沉江的事情，林红颜心里压着大石头，她没有搭腔，一直看着左世章和黎本昌的身影消失在楼上，才转向黎茉莉。

林红颜说，茉莉，你堂哥今天把你带来是何用意?

黎茉莉装糊涂说，我也不知道，堂哥他没说。

林红颜说，他们好像有事瞒着我。

黎茉莉说，管那么多干吗? 他们这些老人心事重，我们有我们的生活，赚钱过好日子，要学会享受。不过上海眼下的情形，恐怕你也要想想后路了。

林红颜说，你打算离开上海?

黎茉莉说，那是肯定的嘛，这两天我丰盛号米店加紧清仓出货，完事我就到南京去。

林红颜轻叹一声，皱眉思索着。

黎茉莉说，红颜姐，你发什么愁嘛。

　　林红颜说，我好像有些累了，想上楼躺会儿，你陪我吧！

　　见左世章和黎本昌进门，二太太从抽屉里拿出一个精致的小木匣，来到黎本昌面前，打开，小木匣里装着十根金条。

　　黎本昌说，世章兄，你这是干什么？你我的关系，不必如此。

　　左世章说，老黎，这是我们一点心意，你务必收下。朋友归朋友，交情是交情，但是决不能让你白忙活。这只是定金而已，我一家老小平安到了陕北，还有重谢。

　　二太太说，其实我原本想去南京的，毕竟我舅爷在南京国民政府任职，多少有些照应……

　　左世章生气地说，别在我面前提你舅爷，那个小瘪三得志便猖狂，实在令人作呕。

　　二太太说，对对对，不说他。老黎啊，我们老爷他认准了要去延安。我转念一想啊，我们老爷说的也有道理。南京离上海实在是太近了，城门失火殃及池鱼嘛，还是躲得远一点好。要是去延安不好安排，我们就去重庆。很多当官的都在重庆买房置地，还不是提前给自己安排后路。

　　左世章心里有些窝火，他说，能不能少说两句？你偏要跟我对着干吗？

　　二太太说，好，我不说话，我旁边听着。

　　黎本昌说，世章兄，我觉得二太太说的有道理，重庆也是不错的选择，或者直接举家迁往海外，为什么非要去延安呢？

　　左世章说，因为中国唯一的希望在延安。老黎啊，我是老了，可我不愿意装聋作哑，浑浑噩噩地过日子。我认为，只有离开国民党这污浊的泥潭，才能敞亮地活着。去延安，不光是为了我自己，也是为了铭烨、铭熠和这一家老小，孩子们更应该有个光明的未来，老黎，你明白吗？

　　黎本昌无奈地说，好吧，世章兄，既然你主意已定，我也不再劝解了。不过丑话说在前头，我现在毕竟不是共产党，帮你牵线搭桥可以，但是能否实现你去延安的愿望，我可不能打包票……

　　左世章忽然意识到门外有人，朝二太太使了个眼色，拐杖指一下房门。二太太会意，轻手轻脚地走过去，突然拉开房门。门外没有人。二太太快步出门，左右查看，发现秦北飞的身影消失在楼梯口。

　　二太太回屋，鄙夷地说，是那个特务，叫秦北飞的。

　　黎本昌紧张地说，世章兄，他该不会听到了我们的谈话内容吧？

　　左世章说，我不知道，也许听到了。

　　黎本昌说，这下可麻烦了。世章兄，你要小心了。

　　左世章说，我小心？他们这些狗特务才应该小心！我不怕他们。有什么大不了的？不就是个死嘛，我左世章早就活够了！老黎，如果我出了意外，你更得抓紧安排，我这一家老小，就拜托你了。

　　黎本昌说，世章兄，既然如此，我也不再瞒您了，我推荐我的堂妹茉莉，她跟共产党有联系。前两年，她在国民党南京特工总部受训的时候，有的同学投奔了共产党，据我所知，她们至今仍有来往。

　　送走了黎本昌和黎茉莉兄妹，左世章气呼呼地要找秦北飞讨个说法。二太太拦阻不住，赶紧去喊林红颜。秦北飞正躺在大床上假寐，左世章闯了进来。秦北飞赶紧下床，毕恭毕敬地说，左老爷找我有事？

　　左世章二话不说，举起拐杖打向秦北飞。秦北飞下意识地躲闪，拐杖仍砸在了他的肩膀上。

　　左世章生气地说，狗东西，居然监视到我的头上来了！

　　秦北飞被打懵了，清醒过来之后就要拔枪，这时二太太和林红颜赶到了。秦北飞犹豫了一下，松开握枪的手，强压怒火说，左老爷，你是不是太过分了？

　　左世章生气地说，是你们这些特务太无耻！名曰保护左家，实为暗中监视。秦北飞，你们明一套，暗一套，以为我看不出来！我们左家这是引狼入室啊，给我滚，现在就给我滚出去！

　　秦北飞说，秦某任职特工总部，肩负监察民众舆论之责。左老爷那些亲共言论，秦某是会如实上报的。

左世章说，你去告发吧！就说我这个老国民党员对党国已经彻底失望了，他要去延安。秦北飞，我明确告诉你，延安，我一定要去，除非你现在就杀死我。来呀，把枪拿出来，朝这里打！

左世章生气地拍着自己的胸口，二太太和林红颜劝解。

二太太说，老爷，你少说两句吧！

林红颜说，爸，你这是干什么？有话好好说嘛。

左世章拿拐杖指着秦北飞，差点儿捅到他的鼻子上。左世章说，跟他们这些狗特务没有必要客气！秦北飞，你要是不搬出去，我就到南京找你的上司，撤你的职！

说完，左世章气呼呼地离开了。二太太和林红颜跟了出去。

秦北飞有火没处撒，恶狠狠地盯着左世章离去的背影，心说，左世章，我看你这个老东西是活到头了！

9

国军八十七师师部会议室正召开秘密军事会议，数名国军将校军官在座。会议由南京国民政府军事委员会特派员汪铮禹主持。

汪铮禹说，诸位，日本海军陆战队持续增兵上海，战事已不可避免，我们的应对策略是，先下手为强。不瞒各位，相关作战计划已经开始付诸实施了，那就是江阴沉船计划。目的是以沉船为由，将沿长江溯流而上的日本舰队围堵于中国内河，瓮中捉鳖，聚而歼之！

在座众人低声议论起来。

汪铮禹说，你们谁也想不到，江阴沉船作战计划竟然是一位上海的银行家率先提出来的，今天我特别邀请他来参加此次军事会议。现在请他进来。

执勤的国军上校打开会议室的房门，左铭烨进门。会议室里响起了掌声。

汪铮禹说，左先生，请坐。

在执勤国军上校的指引下，左铭烨落座。

汪铮禹说，我给诸位介绍一下，这位就是赤诚为国的银行家左铭烨先生。左先生，你是如何想到沉船这个作战方案的？

左铭烨谦虚地说，属于歪打正着吧！对于军事，我是一窍不通，但是我知道，淞沪战事一触即发，上海暗藏大批日本间谍是不争的事实。战争必然涉及利益，因此，包括我上海沪通银行在内的所有金融机构都在日本间谍的监控之中。如果不是我提前做出防范，仓促转运银行储备金，巨额民间财富早被日军的轰炸而沉江，最终变成侵略者的战利品。所以，我就想到了狸猫换太子方法。

汪铮禹说，日军不知是计，派飞机轰炸。货轮沉江，阻碍航道，其实是日本人给自己设置了障碍。诸位，我们接下来的任务是，调集更多的民船沉江，彻底将航道封死，防止深入中国内河的日本舰队出逃。八十七、八十八师各部迅速向江岸集结，准备关门打狗！

会后，汪铮禹与左铭烨密谈，商讨何时正式启运那批黄金。

汪铮禹说，左先生请放心，既然南京国民政府已经答应协助你沪通银行转运储备金，我们必然言而有信。

左铭烨说，对南京国民政府的无私援助，沪通银行感激不尽。这十万两黄金是万千储户的命根子，必须有最稳妥的转运方案。

汪铮禹说，你不要着急，我的意见是，在江阴段航道彻底封死之前，将黄金送出去。

左铭烨说，倘若货轮再遭轰炸，如何是好？

汪铮禹自己也含糊了，他说，左先生的担心不是没有道理。这样吧，我们回去都好好想一想，看有没有更好的方案。

汪铮禹回到住处的时候，秦北飞和柳墨轩已经恭候多时了。汪铮禹一边给他们沏茶，一边问道，"牡蛎"追查的怎么样啦？

秦北飞说，手头有几个重点怀疑对象，我们正在抓紧搜集证据，一一进行核实。

汪铮禹说，你们的动作太慢了。

柳墨轩说，将军，我们那个内线既然举报了"西湖"夫妇，难道他不认识"牡蛎"吗？这不可能吧？！

汪铮禹说，他确实不认识"牡蛎"，否则就不用你们这么辛苦了。喝茶。

秦北飞说，老师，其实我觉得有个人的嫌疑最大，他叫左铭烨，是沪通银行的董事。可是他太狡猾了，至今还没有找到他是共党的直接证据。不过越是找不到，我越是怀疑他。

汪铮禹说，是啊，我也注意到了左铭烨这个人。据我们的内线讲，潜藏在上海的中共特工"牡蛎"奉命转运一批黄金到延安，而左铭烨的沪通银行也要转运一批黄金，更巧合的是，都是十万两。

秦北飞说，对啊，左铭烨也许就是"牡蛎"，我的意见是，宁可错杀三千，不可放过一个。不管有没有证据，都应该把他干掉。

柳墨轩说，杀左铭烨，我没有意见，但是时机是否合适？沪通银行请求南京国民政府协助转运储备金，国府表示同意，并派国军部队押运，我们两个负责左铭烨及其家人的安全，倘若此时左铭烨出事，你我恐怕难脱干系。

汪铮禹说，墨轩说的有道理。十万两黄金国人瞩目，政府高层也有人关注，所以选对下手的时机很重要。况且这批黄金目前还在沪通银行的金库里，不能节外生枝。

秦北飞吃惊地说，什么？那批黄金没有沉到江底？

柳墨轩也觉得意外，他说，这不可能啊，货轮明明已经被日军飞机炸沉了。

汪铮禹哈哈大笑，他说，原来你们也被骗了，看来左铭烨这个狸猫换太子的主意确实高明。

秦北飞说，老师，到底怎么回事？

汪铮禹说，沪通银行这批黄金根本没有登船，几辆军用卡车兜了一圈之后，又回到了沪通银行的金库。日军炸沉的只是一艘破船。由此可见，左铭烨确实不是一般人啊！

秦北飞说，我明白了，老师的意思是，等这批黄金安全运抵南京之后，我们再对左铭烨动手？

汪铮禹说，不用到南京，这批黄金一旦运出上海，你们即可采取行动。

柳墨轩高兴地说，太好了，苦日子终于要熬出头了，我们再也不用给左铭烨当保镖了！

10

一辆军用吉普车将左铭烨送回公寓，林红颜正焦急地在院门处守候。不等吉普车停稳，林红颜已经快步走了过来。

林红颜说，铭烨，有你一封信。

说着，林红颜将手里的信递了过去。左铭烨扫了信封一眼，心跳突然加速，他清晰地看到，在信封右上角有一颗醒目的红五星，这是上级联络他的信号。左铭烨努力抑制着激动的心情，面带微笑朝吉普车挥手致谢。

吉普车远去。

林红颜迫不及待地问道，组织在试图联络你？

左铭烨高兴地说，是啊，"西湖"夫妇牺牲之后，我便与组织失去了联系，现在好了，我又有上级了。

左铭烨边说边打开信封，抽出信纸，上面只有几个字：壹陆零肆叁。

宝山路四十三弄十六号，左铭烨在核对门牌之后，携林红颜步入这家陕西面馆。食客不多，左铭烨和林红颜落座，一名小伙计上前打招呼。

小伙计说，二位，吃点什么？

左铭烨说，我是来找人的。

小伙计说，是吗？我先给你们上壶茶？

左铭烨点点头，和林红颜坐下来，打量着旁桌的食客。两名食客饭毕，起身离去，没有任何异样。

林红颜低声地说，铭烨，不会搞错吧？

左铭烨说，再等等看。

小伙计上茶之后，便跑了出去，在面馆门口挂上"歇业"的牌子，随之关闭店门。林红颜左顾右盼，发现蒋金刚从后厨走了出来。

林红颜说，是你？

蒋金刚没有搭腔，铁青着脸落座，先倒了满满一大碗茶水，一口气喝了个精光。左铭烨左右看看，除了蒋金刚再没有别人。

左铭烨说，蒋金刚同志，是你在联络我？

蒋金刚的语气很不客气，他说，是老子又怎么样？

左铭烨严肃地说，蒋金刚同志，你是我的下线，没有权利随便动用联络暗号，你这么做是违反组织纪律的！

蒋金刚说，左铭烨，你给老子闭嘴，十万两黄金的组织经费都被你弄丢了，你还好意思在这里教训老子？先想想自己的问题吧！

左铭烨说，这是两码事。如果没别的事情，我先走了。

左铭烨和林红颜起身要走，蒋金刚重重的一拳砸在了桌面上，把两人吓了一跳。

蒋金刚说，你给老子坐下，今天老子是代表组织跟你谈话的！

左铭烨疑惑地盯着蒋金刚，拉着林红颜坐回原处。

左铭烨说，你？代表组织？

蒋金刚说，是的。代替"西湖"夫妇的上线已经抵达上海，他的代号是"端砚"，是你我的直接领导。左铭烨，今后你的任何行动都要及时向组织汇报，不得有任何隐瞒，明白吗？

左铭烨说，"端砚"？他没来吗？

蒋金刚说，因为内奸出卖，"西湖"夫妇牺牲了，"端砚"同志正就此事进行秘密调查，暂时无法与你见面。你有什么话，老子可以代为转达。

林红颜有些紧张，端起的茶碗又放下了。

左铭烨说，内奸不就是柳墨轩嘛，这是显而易见的事情，还用得着调查？

蒋金刚说，上级的意图，老子从不揣摩。

林红颜怀疑地说，蒋金刚同志，你是怎么跟上级联系上的？按理说，铭烨是你的上线，组织上不应该绕过铭烨，直接联络你。

蒋金刚说，是通过苏北抗日游击队。"西湖"夫妇牺牲之后，左铭烨与上级失去了联系。这段时间组织上一点消息也没有，所以老子就坐不住了，擅作主张跑了一趟苏北。没想到歪打正着，遇到了"端砚"同志。

左铭烨说，他在苏北？

蒋金刚说，他暂时无法来上海与你见面，所以就委托老子作为传递情报的中间人。你们有什么话要跟他说吗？

左铭烨想了想，他说，三句话，请你转达给"端砚"同志。第一，十万两黄金的组织经费没有遗失，目前仍安全存放在沪通银行的金库之中。

听到这句话，蒋金刚和林红颜都很意外。尤其是林红颜，吃惊地差点儿从凳子上跳起来。

林红颜说，运送黄金的货轮明明已经被日军飞机炸沉了呀！

左铭烨没有接林红颜的话茬，继续说道，第二，由本人提议，国军部队具体实施的江阴沉船作战计划的目的是，围堵深入中国内河的日军舰队，将其聚而歼之。

得知日军舰队正面临全军覆没的风险，林红颜脸色惨白，紧张地瑟瑟发抖。左铭烨和蒋金刚都没有注意到她。

蒋金刚说，还有呢？

左铭烨说，第三，我需要苏北抗日游击队协助，转运这批黄金。因为数额巨大，货轮运输目标明显，躲不过日军的飞机，所以我就想到了化整为零，上百游击队员随身携带，每人五十两，分期分批完成黄金转运计划。

11

获悉国军部队的江阴沉船计划，林红颜第一时间报告了左铭熠，同时告知那批黄金并没有沉江，而是存储在沪通银行的金库。这一切都是左铭烨的计谋。左铭熠担心被大本营问责，与林红颜商量之后，决定暂时保密此事，只将国军部队的"江阴沉船作战计划"急电大本营。

深入中国腹地的日本舰队收到紧急通知，迅速回撤，连夜冲出江阴段沉船地域，终于逃出生天。大本营就此致电表彰左铭熠和林红颜，同时命令他们：做好准备，协助占领军打捞黄金。

林红颜和左铭熠愁眉不展，因为那批黄金还在左铭烨的手里，他们必须想办法尽快搞到手，否则无法跟大本营交代。在得知左铭烨化整为零的黄金转运计划后，左铭熠要求林红颜必须设法阻止，他说，这个计划一旦实施，即便帝国海军陆战队出动也无济于事，总不能把进出上海的所有人都搜身检查吧？这不现实。所以唯一的办法，就是让这批黄金老老实实地待在金库里，直到日本占领军控制上海。

12

蒋金刚将左铭烨的"化整为零"的黄金转运计划转告柳墨轩。柳墨轩分析之后，同意左铭烨这一方案，当即开具介绍信，派蒋金刚前往洋河镇，与苏北抗日游击队接洽，游击队准备进城，执行秘密任务。

蒋金刚走进丰盛号米店，正看到一个女人扯着大嗓门训斥搬运粮食的伙计们，她说，搬不完，谁也别吃饭！你们这些废物，出工不出力，一上午连一船粮食也没卸完。逼急了，都给老娘滚蛋！

女人一转身，看到了蒋金刚。蒋金刚发现米店老板居然是夏雨，思绪一下子飞到了南京特工总部的训练班。

夏雨装作不认识他的样子，客气地说，这位先生，买米？

蒋金刚清醒过来，说，买米。

夏雨说，要多少？

蒋金刚掏出介绍信递过去，他说，这是购货清单。

夏雨扫了一眼介绍信，狐疑地看着蒋金刚。蒋金刚被她盯得发毛，躲开她的目光，心情复杂地说，没想到我们在这里见面了。

夏雨说，什么时候加入组织的？

蒋金刚说，你走之后不久。

夏雨冷笑，她说，跟我有什么关系？你不是铁杆的国民党嘛，当时就差去告密了。说实话，我现在怀疑你加入组织的动机到底是什么！你这个人两面三刀，心狠手毒，别人不了解，我最了解。有些事情，你蒋百城瞒得了别人，可瞒不了我！

蒋金刚心虚地说，说那些干什么？都是过去的事情了，我们现在是同志。

夏雨公事公办地说，好吧，蒋百城同志，你可以走了。但是关于你的某些特殊情况，我会如实向上级汇报的。

蒋金刚冷汗直冒，欲言又止，逃命般离开了丰盛号米店。

阮梦蝶主演的又一部电影杀青，崔新轲出资办酒会庆祝。左铭烨、林红颜到场，秦北飞和柳墨轩也跟着来了。酒会上，人来人往，秦北飞和柳墨轩目不暇接，试图找出可疑之人，但最终一无所获。

崔新轲提出带阮梦蝶离开上海，到南京避祸，他说，上海要打仗了，留在这里凶多吉少。我们全家都要走了，三十六计，走为上策嘛。阮梦蝶小姐，现在我最放心不下的就是你了，要不你跟我一起走？

阮梦蝶很感谢崔新轲的好意，但是婉言谢绝了，她说，你有妻儿老小，我跟着你算怎么回事？

崔新轲半开玩笑半认真地说，你若答应嫁给我，我回去就休妻。

阮梦蝶哭笑不得，对左铭烨说，铭烨，你瞧瞧你交的都是些什么朋友啊！

左铭烨说，梦蝶，新轲这个人啊，有嘴无心，但他对你真的是一片深情，你也应该认真考虑一下你俩的关系。

阮梦蝶说，我不要考虑，你在哪里我就在哪里。

说着，阮梦蝶还故意挑衅地看了林红颜一眼。林红颜对此不以为然，她一手挽着左铭烨的胳膊，一手品着香槟，似乎根本没把阮梦蝶放在眼里。

林红颜说，是你的就是你的，不是你的，想也没用。

阮梦蝶微微一笑，她说，我还就想了，气死你。

两个女人在自己眼前毫不掩饰地争风吃醋，让左铭烨哭笑不得。最尴尬的是崔新轲，他花钱办酒会，想买阮梦蝶的一丝欢心，没想到热脸贴了冷屁股，人家根本没把他放在眼里。

崔新轲对阮梦蝶有些失望，于是语气也变得不客气了，他说，阮梦蝶小姐，我不知道你为什么死活瞧不上我，但我不会跟你斤斤计较的。就要离开上海了，咱们山不转水转，将来如果你遇到什么难处来求我，我崔新轲保证还是阮梦蝶小姐的朋友。

崔新轲将杯中酒一饮而尽，落寞地离开了。

阮梦蝶的情绪似乎没有受崔新轲的影响，她说，铭烨，你有没有时间？我下一部电影是现代戏，可是到现在还没有合适的服装。

左铭烨说，哎，你算是找对人了，我认识一家服装店的老板，就在附近，他们家专门订制新款时装，包你满意。

林红颜说，铭烨，我也没衣服穿了。

左铭烨说，那就一起去，顺便给你也订几套。

鑫罗兰时装店的店面不大，但装修考究，衣架上挂着各式各样的新款女装，琳琅满目。左铭烨、林红颜和阮梦蝶进门，一名女店员迎上前。

女店员说，先生，两位太太，来选衣服？

左铭烨说，蒋老板蒋金刚在不在？

女店员一愣，随即说，抱歉啊，蒋老板不在，但是老板娘在，你们有什么事情吗？

话音未落，夏雨从里屋出来。

夏雨说，谁找我？

左铭烨说，老板娘是吧？我是蒋老板的朋友左铭烨。今天恰巧路过，给我的朋友和夫人选两套衣服。

夏雨上下打量着左铭烨，又看向林红颜和阮梦蝶。林红颜是认识夏雨的，两人在延安的时候见过面。

林红颜说，哎，你不就是……

夏雨说，没错，是我。

夏雨担心林红颜说漏嘴，主动上前拉着她的手，热情地说，左先生、左太太，早听我们家老蒋提过你们，今天终于有幸见面了。我家的时装，你们随便选，我给你们打个折。

街上，秦北飞和柳墨轩掐灭了烟头，快步走进鑫罗兰时装店，里里外外查看一番，没有发现什么特别之处。在这一刻，左铭烨和林红颜都很紧张，担心夏雨暴露身份。而阮梦蝶则熟视无睹，找把椅子坐下。众人就这样看着秦北飞和柳墨轩完成了"搜查"工作。

夏雨心里窝火，见秦北飞和柳墨轩要出门，一把掐住了秦北飞的手腕。秦北飞下意识地摸枪。

夏雨问道，哎，先生，你们是干什么的？

秦北飞说，我们是左先生的保镖，有什么问题吗？

夏雨疑惑地看向左铭烨，等待他的答复。左铭烨无可奈何地笑了笑，但没有说话。夏雨明白了，这才松开秦北飞，看着他俩走出门外。

阮梦蝶提醒左铭烨说，铭烨，反正有的是时间，你们聊你们的，我买衣服不着急。

左铭烨恍然大悟，对夏雨说，对不起，我这位朋友急需几套时装，麻烦您给她推荐一下。

夏雨说，阮梦蝶小姐是大明星，她的衣服可不好选。

阮梦蝶说，没关系，你这里没有合适的，我就换一家呗。

阮梦蝶起身，作势要走，被夏雨赔着笑脸拦住，将她拉回椅子。

夏雨神秘兮兮地说，我的意思是，阮梦蝶小姐来我们店里选衣服算是来对了。您可能不知道，周璇、胡蝶、张织云、上官云珠，这些上海的电影明星经常光顾我们鑫罗兰，阮玲玉小姐生前在我们店里也是有订制的。

阮梦蝶说，哦，她们几个，你也认识？

夏雨说，岂止是认识，我们还有合作呢？不瞒梦蝶小姐您，我先生还经营一家电影公司，有机会我们也可以合作嘛。来，我陪您选衣服吧！

在夏雨的引导下，阮梦蝶开始挑选衣服。林红颜和左铭烨躲到稍远一点儿的地方，低声交谈。

林红颜说，这位老板娘也是我们的人？

左铭烨说，是的，待会儿我进去结账，你陪梦蝶再随便看看，拖延时间。

夏雨引左铭烨进里屋"结账"，打开一扇暗门，走进隔间。蒋金刚正在这里等他们，见左铭烨进屋，站起身来。

蒋金刚说，我来介绍一下，这位就是苏北抗日游击队的大队长夏雨同志。夏雨，他就是"牡蛎"。

左铭烨与夏雨握手，他说，时间紧迫，我长话短说。夏雨同志，组织存储在沪通银行的战备资金需要立即转运出去，但是因为日本间谍紧盯着我沪通银行，货轮运送风险太大，所以我就想到了"化整为零"。具体行动方案是，这批黄金由游击队员随身携带，每人五十两，秘密进出上海。现在我想知道，你们苏北抗日游击队有多少人可以动用？

夏雨为难地说，你这个方案本身没有问题，只是我不能执行。

左铭烨说，为什么呢？

夏雨说，俗话说，家丑不可外扬，可有些话我不得不说，我苏北抗日游击队在短短不到一年的时间里发展壮大到了一百多人，但是仓促扩军的后果就是兵员良莠不齐，不光有些二流子和懒汉混进了革命队伍，甚至还有暗藏的国民党特务。

说着，夏雨特意看了旁边的蒋金刚一眼。

夏雨接着说，这段时间我和指导员按照上级指示，正在进行一系列整顿，包括甄别可疑人员。所以您这个"化整为零"的运送方案，我不能冒险执行，如果谁揣着黄金开了小差，没法跟您交代。

左铭烨点点头，陷入了沉思。

蒋金刚说，夏雨同志说的有道理，绝对不能冒险。既然此路不通，那就再商量一下，看有没有别的办法。

左铭烨忽然想起什么，问夏雨说，你刚才说，你有一家电影公司？

夏雨尴尬地说，没有什么电影公司，我说那些话是为了稳住阮梦蝶小姐。

左铭烨说，电影公司，你可以有。我们就以拍电影的名义，把这批黄金运出上海。

此时，秦北飞和柳墨轩正在店外抽烟、闲聊。秦北飞不时打量着鑫罗兰的门脸，说出了心中的疑惑。

秦北飞说，墨轩，你发现什么问题没有？

柳墨轩一边揣摩秦北飞的心思，一边试探着说，什么问题？左铭烨给阮梦蝶买衣服，不该带着他太太来？

秦北飞说，我说的是这家店的老板娘。

柳墨轩嘿嘿一乐，舔了舔嘴唇，色眯眯地说，老板娘？是啊，虽说比不上阮梦蝶小姐光彩夺目，不过也是别有一番韵味。

秦北飞严肃地说，就在刚才，她拦住我们的时候，一把掐住了我的手腕。她的手劲很大，像是一只常年握枪的手。

柳墨轩说，是吗？我倒是没有特别注意。

秦北飞说，我们应该试探一下她。

柳墨轩说，怎么试探？

秦北飞左顾右盼，突然扯住柳墨轩的长衫，刺啦一声，撕开了一道口子。柳墨轩措手不及，着急地说，你干什么？

秦北飞说，衣服脱下来，我有用处。

夏雨陪左铭烨从里屋出来，当着阮梦蝶和林红颜的面，装模作样地与左铭烨握手告别，悄悄将什么东西塞到了他的手里。

夏雨说，左先生，欢迎下次光临。

左铭烨不动声色地说，这要看梦蝶喜不喜欢你帮她选的服装。

女店员将打包好的衣服递过来，左铭烨拿在手里。左铭烨、林红颜和阮梦蝶正要出门，秦北飞和柳墨轩走了进来。

秦北飞朝夏雨展示撕破的长衫，他说，不好意思，我这位同事的衣服不小心扯坏了，烦请你帮忙缝补一下。

夏雨看上去有些犹豫。旁边的女店员见状，抢着说，好的，给我吧！

秦北飞说，我希望老板娘亲自动手，没问题吧？

左铭烨和林红颜都很紧张，柳墨轩察言观色。夏雨犹豫着，接过那件撕破的长衫查看，谦虚地说，好久没有踩缝纫机了，也不知道能不能给你补好。

秦北飞说，时装店的老板娘不会缝补，这有点说不过去吧？

夏雨不再多言，来到缝纫机旁。只见她熟练地穿针引线，接着轻快地转动缝纫机，眨眼之间就将长衫补好了。

柳墨轩满意地点点头，与秦北飞交换了眼神。

夏雨将长衫递给秦北飞，她说，本来是要收费的，不过看左先生的面子，这次免了，欢迎下次光临。

夏雨偷偷塞给左铭烨的是一张纸条，纸条上只有一句话：蒋疑点太多，历史不清，建议组织进行调查。左铭烨就此事询问林红颜的看法，林红颜说，我也觉得蒋金刚这个人有问题，他表面上大大咧咧，言行举止异常粗鲁，可我总觉得他是在故意隐藏什么。

左铭烨笑说，蒋金刚不会有问题，这一点我心里有数。

林红颜说，铭烨，你太容易相信人了。

左铭烨说，我判断蒋金刚不是国民党特务的方法很简单，因为他知道我就是"牡蛎"，如果他给国民党通风报信，我左铭烨还能活到现在吗？

林红颜恍然大悟，她说，有道理。既然蒋金刚没有问题，你有什么可犯愁的？

左铭烨说，我怀疑的人是夏雨，这个女人是否可靠，不得而知。红颜，我们与夏雨见面的时候，你好像认识她。

林红颜说，没错，我和夏雨在延安见过，当时她还是一名西北抗日红军大学的学员。在一次联谊会上，夏雨当众发言，讲述了他们几十个学生从国民党南京特工总部培训班逃离的曲折经过，非常感人。

左铭烨思索着说，国民党特工总部？

林红颜说，是啊，他们这批年轻人被选拔进入特工总部，本来是会成为国民党特务的，不过后来他们幡然醒悟，集体投奔了延安。怎么？你怀疑她？

左铭烨说，非常时期，不得不防啊！红颜，现在我信任的人，除了蒋金刚，只有你了。

林红颜说，铭烨，我能为你做什么？

左铭烨说，你去联系一家电影公司，就说我们沪通银行有意拍一部电影。

13

数日后，夏雨摇身一变成为某电影公司的老板，邀请当红影星阮梦蝶到南京拍电影。阮梦蝶见片酬可观，爽快地答应了。

电影摄制组出发这天，左铭烨亲自驾车送阮梦蝶来到剧组，只见几辆满载沉重木箱的卡车已经整装待发。夏雨正带人做最后的检查。

阮梦蝶说，铭烨，等着我，我很快就回来。

左铭烨开玩笑说，梦蝶，我倒是希望你不要太快回来，毕竟南京比上海要安全得多。

接着，左铭烨又一语双关地叮嘱夏雨说，夏老板，梦蝶就麻烦你多照顾了。时局不稳，这一路上，你们也要注意安全。

恰巧两名电影公司的职员扛着两捆长枪路过，夏雨指着他们，对左铭烨说，放心吧，左先生。我们手里有枪，倘若遇到土匪劫财害命，那就试试看喽。

阮梦蝶扑哧一声笑了，她说，道具枪也能派上用场，那土匪也太傻了。

电影摄制组的车队刚刚离开上海不久，夏雨就发现有可疑之人驱车跟踪，她当机立断，命令化装成电影公司职员的游击队员们做好战斗准备，在昆山除掉跟踪他们的尾巴。

就在夏雨等人即将动手之际，一支国军稽查队突然出现。带队军官以查缉走私为名，将夏雨、阮梦蝶等人滞留。夏雨心急如焚，剧组卡车上装载的这批黄金是宝贵的组织经费，决不能落入敌手。当着夏雨等人的面，国军稽查队登上卡车，当场开箱查验。大木箱里装满了拍电影的道具，没有特别之处。请示上级之后，车队予以放行。

夏雨百思不得其解，到南京之后，第一件事就是给左铭烨打电话报告此事。左铭烨在电话中给她解释，因担心国民党特务查缉，那批黄金并没有装车，才侥幸躲过一劫。

左铭烨说，事实证明，我的担心不是多余的，夏雨同志，看来此路不通，只能另想办法。

夏瑜分析说，我们的秘密行动，国民党怎么会知晓？因此我认为，我们之中有内奸，而蒋金刚是内奸的可能性极大。

第四章

1

上海的雨季说来就来，淅淅沥沥地下了好几天，炎热被迅速驱散了，代之以遮天蔽日的阴霾。外滩沿岸的西式建筑群终日裹在薄雾里，宛若仙境，似梦似幻。湿漉漉的海鸟无精打采地站在栏杆上，几乎要窒息而死了。

因转运黄金的计划接连受挫，左铭烨的心情沉重到了极点。这天，左铭烨和林红颜撑着伞，穿过雨水漫灌的街道，来到鑫罗兰时装店。蒋金刚和夏雨已经在等他了。

落座之后，左铭烨首先进行了自我检讨，他说，我辜负了组织上的信任，那批黄金至今没有启运，多耽搁一天，就多一份风险。日本海军陆战队的枪口已经顶到上海的脑门上了，可我依然束手无策。

夏雨说，前次我们假扮电影摄制组前往南京，蹊跷的是，消息居然泄露了。途中，我们遭到国民党稽查队的武装拦截，险些出了差错。我分析，告密的内奸就在我们之中。

说着，夏雨将怀疑的目光投向蒋金刚。

蒋金刚不悦，他说，夏雨同志，你不要胡乱猜疑。如果你怀疑老子是内奸，请拿出证据来！

夏雨一拍桌子，嚷道，在老娘面前称老子，你没有资格！不是内奸，你慌什么？蒋百城，你在国民党特工总部的龌龊历史，老娘还没给你曝光呢！

听到蒋百城这个名字，蒋金刚就像遭到当头一棒，刚才的嚣张气焰一下子偃旗息鼓了，只见他耷拉着脑袋，像条濒死的狗一样艰难地喘息着。左铭烨和林红颜不知道发生了什么，疑惑地看着夏雨。

夏雨说，你们可能不知道，这个人曾是国民党特工总部训练班的教员，心狠手辣的国民党特务。十年前，国民党南京调查科汪铮禹科长手下有几个臭名昭著的鹰犬，杀人不眨眼，俗称"三城四虎"，其中一个叫蒋百城。他现在看上去人模狗样，其实是禽兽不如的畜生！

林红颜说，夏雨，到底怎么回事啊？

夏雨说，蒋百城手上沾满了共产党人的鲜血，让他自己交代，在"四一二"政变中，在上海宝山路，死在他手上的共产党人究竟有多少！

蒋金刚面如死灰，无奈地苦笑。

林红颜疑惑地问道，蒋金刚，到底怎么回事啊？你曾经跟我说过，你是一名十九路军的老兵啊！

夏雨愤愤地说，别给英勇抗敌的十九路军抹黑了，他的话没有一句是真的！

蒋金刚的语气已经近乎哀求了，他说，夏雨，我们是有感情的，你非要把老子置于死地吗？

夏雨冷笑说，你这个屠夫刽子手还敢跟老娘谈感情？当年在国民党南京特工总部训练班，你倚仗教官的身份糟蹋了多少女学员！老娘清白的身子也被你玷污了，到现在想起来都恨得压根儿痒痒！

夏雨越说越来气，拔出手枪，拍在桌面上。

蒋金刚有气无力地说，夏雨，你说的没错，老子是该死，你开枪吧，一了百了。

夏雨说，你以为老娘不敢杀你？

说着，夏雨就要拿枪。左铭烨眼疾手快，一把将夏雨的枪夺走，交给旁边的林红颜。

左铭烨说，夏雨同志，你不要激动。蒋金刚的问题，组织上一定会有所考虑的。如果你觉得必要，可以当面跟"端砚"同志汇报他的情况。

夏雨说，"端砚"今天会来吗？

左铭烨无法回到这个问题，扭头看向蒋金刚，因为只有蒋金刚才知道上级"端砚"的具体动向。

蒋金刚说，"端砚"同志今天有特殊情况，不能与诸位见面。但是他说，国民党海军舰长吴起准备率部起义，建议我们利用吴起的军舰运输这批黄金。

左铭烨眼前一亮，他说，好啊，这是个好主意。

夏雨恶狠狠地盯着蒋金刚说，我先声明一下，如果他参加这次行动，我只能选择退出！

左铭烨耐心地说，夏雨同志，你的心情我能理解，但是"端砚"同志说了，让你配合我的行动。你不要闹情绪嘛！

夏雨说，什么"端砚"？左铭烨同志，你见过"端砚"本人吗？没有吧？我至今也没有见过。我甚至都怀疑"端砚"是蒋金刚凭空杜撰出来的人物，我们都上当了！

左铭烨一时语塞，不知该跟她如何解释。

2

阴雨天气，柳墨轩借口腿伤复发，没有外出执行任务，而是病恹恹地躺在了左铭烨公寓的客房里。秦北飞离开不久，柳墨轩便乔装打扮一番，随后出门，密会国民党海军舰长吴起。

吴起表示，心向延安许久，盼早日起义，脱离国民党阵营。

柳墨轩在询问了海军这艘军舰的相关参数之后，透露了利用国民党军舰秘密转运黄金至延安的行动计划。吴起拍手叫绝，表态说，随时听命。

3

左世章接了个奇怪的电话，拄着拐杖匆匆外出。来到约定地点，左世章意外发现等他的人竟然是国民党特务秦北飞。

左世章说，怎么是你？汪铮禹呢？让他来见我。

秦北飞说，汪长官没有时间接见你，委托我前来料理后事。

左世章预感到不妙，转身要跑，被秦北飞持枪挡住去路。左世章步步后退，被逼至黄浦江边。

左世章说，你们要杀我？

秦北飞说，那是因为你说了不该说的话，做了不该做的事。其实你心里应该清楚，一位参加过辛亥革命的资深国民党党员，党国怎么可能眼睁睁看着你投奔共产党而无动于衷呢！

左世章说，无耻！

秦北飞抬手一枪，左世章面部中弹，摔进黄浦江，只有拐杖遗留在岸边。秦北飞收枪，左右观察，匆匆离去。

躲在江边破船后的两名渔民战战兢兢地凑过来，朝江里张望。

左世章出门，一夜未归。左家上下乱作一团，二太太寻死觅活，怀疑左世章出了意外。所有能找的地方都找遍了。黄昏时分，左铭烨疲惫地回到家里，等待他的却是一个噩耗，父亲的拐杖孤零零地摆在几案上。

孙警长介绍说，在黄浦江里打捞出一具尸体，从穿着打扮来看，与左老爷有几分相似，请左家前去认尸。当时二太太只看了尸体一眼，登时昏了过去，确认正是遇害的左世章。孙警长说，初步勘察的结果，是左世章被嫌犯近距离开枪击中面部，脸都打烂了，简直惨不忍睹。

黎本昌、郭副市长等人闻讯赶到，安慰二太太。从他们的对话中，左铭烨这才知道，原来左世章之前对黎本昌有所交代，如果他出事，就请黎本昌帮忙将一家老小送到延安去。郭副市长分析，左世章有可能因为亲共言行被国民党特务暗杀。林红颜忽然想起前次左世章与秦北飞的冲突，认为两件事情应该有所关联。一旁的左铭熠闻言怒火中烧，持枪闯入秦北飞的房间逼问。柳墨轩吓得东躲西藏。秦北飞倒是一脸淡定。

他说，我为什么要杀你父亲？难道左世章是共产党？我只杀共产党和日本人。盐泽一郎就是我杀的，而你大哥左铭烨却因此成了上海滩的民族英雄。

得知左世章死讯，张嫂提出辞工，回到了乡下。

4

盐泽一郎并没有死，而是被秘密送回日本治疗，如今终于康复出院，再次回到上海的东亚株式会社，第一时间召见左铭熠和大岛川介。左铭熠考虑之后，把林红颜也带来了。听说要见盐泽会长，林红颜特意换上了一身和服，高高挽起的发髻让这次会面变得正式而庄重。左铭熠和大岛川介进门后，林红颜一直在门外等候召见，紧张得不知所措。

房间内，左铭熠和大岛川介首先向盐泽一郎汇报监控上海各银行资金流向的情况，特别提到了沪通银行的十万两黄金。

左铭熠说，帝国军机及时出动，将沪通银行输送黄金的货轮炸沉。南京政府虽然做好了打捞，但是恰逢汛期，江水猛涨，打捞工作被迫停止。盐泽会长，这批黄金是上天送给我大日本帝国的礼物啊。

盐泽一郎欣慰地说，山田君辛苦了。

左铭熠说，盐泽会长更辛苦，身体刚刚康复不久便回到了上海，我等为之汗颜。

盐泽一郎说，你在上海的工作成绩斐然，功勋卓著，前日助我海军舰队江阴脱困，如今又将沪通银行的巨额黄金紧紧掌握在自己手中，不愧是我"青柳社"的中流砥柱。

左铭熠谦虚地说，山田一人之力难以成事，更不敢贪天之功为己有。大岛君和村上幸友子是我的得力助手，这次也立下大功。

大岛川介奉迎说，都是两位会长的功劳，大岛没有做什么。

盐泽一郎没有理会大岛川介，特意问起村上幸友子的情况，他说，幸友子？她不是被派往延安了嘛，怎么会出现在上海？

左铭熠说，盐泽会长，是我让她回上海的。因为她是沪通银行的董事，监管资金流向，没有谁比她更合适了。

盐泽一郎点点头，他说，山田君考虑得周到，既然幸友子在延安毫无作为，不如让她回上海，你我都需要她。

左铭熠说，村上幸友子已经在外边等候了，盐泽会长如果有时间……

盐泽一郎打断了左铭熠的话，他说，让她稍等一下，现在我先给你们布置任务。帝国海军陆战队已经做好了发动上海战争的准备，或许就在这一两天，我们的任务是，严防上海各银行资金流出。必要的时候，可以请帝国海军陆战队予以协助。江阴的那艘黄金船更要严密监控，并阻止南京政府的打捞，等待帝国军队进驻上海。

左铭熠询问日军上海作战计划，他说，帝国海军陆战队的首要进攻方向是哪里？闸北，还是吴淞口？

盐泽一郎警觉，提醒左铭熠说，做好自己的事情，上海作战计划，你这个级别无权过问。

左铭熠说，对不起，是我的错。

盐泽一郎说，好了，你们可以走了，让幸友子进来。

见左铭熠和大岛川介从办公室出来，林红颜急忙迎上，低声而激动地说，盐泽会长要见我吗？

左铭熠说，是的，他在等你。

林红颜简单整理了一下头发和衣服，低着头走进了办公室。左铭熠识趣地将房门关好，这才和大岛川介一同离开。

盐泽一郎站在那里，严肃地看着林红颜。林红颜不敢与之对视，小心翼翼地走到盐泽一郎面前，鞠躬。

盐泽一郎说，幸友子，我们好久不见啊。

林红颜说，能面见盐泽会长，是我的荣幸。

说着，林红颜努力压抑着内心的激动，开始宽衣解带。盐泽一郎面无表情地看着，直到她赤裸的身体完全呈现在自己面前，盐泽一郎才慢吞吞地脱掉了自己的衬衫……

左铭熠心事重重，下楼的脚步渐渐慢了下来。同行的大岛川介看出异样，问他说，山田会长，你怎么啦？

左铭熠说，盐泽会长回来了，我就不是会长了，他才是。

大岛川介感慨地说，为了完成帝国的使命，盐泽会长和幸友子这对夫妻也很辛苦啊，几年没能见面，天各一方。中国有句俗话，叫久别胜新婚。如今盐泽会长和幸友子这对夫妻终于团聚了，我们应该为他们感到高兴。

左铭熠突然暴怒，揪住大岛川介殴打，重拳接连打在他的脸上。大岛川介猝不及防，差点儿跌倒，他一边踉跄后退躲闪，一边说，山田君，你疯了，你真的是疯了！

5

不知从哪一天开始，秦北飞和柳墨轩突然从左铭烨的公寓消失了，就像他们从来没有来过一样。站在空荡荡的客厅里，左铭烨感到彻骨地寒气，父亲的遇难让他有一丝不祥的预感，留给他完成任务的时间不多了。

左铭烨如约来到上海大世界游乐场，准备与国民党海军舰长吴起见面，可是约定时间已过，吴起并没有露面。左铭烨有些焦急，怀疑哪里出了问题。就在左铭烨准备离开时，蒋金刚和一名身着海军军装的国军上校匆匆赶到。

蒋金刚介绍说，这位就是上次跟你说过的海军舰长吴起。

吴起主动与左铭烨握手，他说，原来你就是"牡蛎"，久仰，久仰。

左铭烨说，吴舰长也是组织的人？

吴起说，我的入党介绍人是"端砚"同志，他说，让我全力配合这次秘密任务。

左铭烨说，你的军舰可以随时动用吗？

吴起说，当然。

左铭烨说，吨位多大？

吴起介绍说，排水量八百六十吨，船长七十米，一千三百五十马力，航速最高十三节。舰艏、舰尾装备有四英寸主力火炮，两舷有四十七毫米炮四座。

左铭烨满意地点点头，他说，我知道了，明天午夜，你把军舰停在吴淞口码头，等待货品装船。

吴起说，好的，目的地是哪里？

左铭烨正要说什么，突然听到飞机的轰鸣由远而近。路人疑惑地抬头张望，数枚炸弹已呼啸而至，在人群中轰轰炸响。街上血流成河，伤者惨叫、哀号，一片混乱。

左铭烨在蒋金刚和吴起的掩护下东躲西藏，清晰地看到数架日军战机掠过屋檐。

隆隆的炮声中，坚守四行仓库的国军士兵与数倍于己的日军展开激战，战况异常惨烈。距此不远的沪通银行金库突然来了一队国军士兵，他们武力驱散银行保安队，炸开金库大门，将存储在这里的巨额黄金哄抢一空。

金库被抢的消息传到左铭烨耳朵里，他一下子傻了眼，和林红颜一起紧急驱车赶往事发地。留守的保安队长引左铭烨、林红颜走进金库，穿过长长的甬道，来到一处洞开的铁门前。断壁残垣，瓦砾遍地，银行金库一副横遭洗劫的模样。

林红颜见状，抱头痛哭，左铭烨上前劝解，被她狠狠打了几拳。

左铭烨说，红颜，你不要着急。

林红颜说，我能不着急吗？这批黄金丢了，我们怎么跟上级交代？都是你自以为是，早听我的，不至于是这样的结果。

说着，林红颜又朝左铭烨挥拳。

保安队长看不过去，替左铭烨辩解说，这件事情也不能怪左董。

林红颜生气地说，你们保安队是干什么吃的？就这么眼睁睁看着沪通银行的黄金被别人抢走？

保安队长委屈地说，林董，拦不住啊，突然来了一大队国军士兵，我们还没有反应过来，已经被全体缴械了。

左铭烨说，看清楚了没有，是哪支部队？

保安队长说，不太清楚，也没机会问。

左铭烨说，金库那么多黄金，他们每个人都拿啦？

保安队长说，是装在几辆军用卡车上运走的。之前带队的国军上校还给我看了一纸命令，说他们是在执行公务。我说，没有我们左董同意，你们不能进去。后来，他们不顾拦阻，直接把金库给炸开了。

左铭烨思索着，他说，执行公务？是汪铮禹派他们来的？如果真是这样，这批黄金丢不了。

蒋金刚不知什么时候藏到了左铭烨和林红颜的轿车里，一直等左铭烨的轿车离开沪通银行金库一段距离，他才从后排位置起身。左铭烨看到蒋金刚，靠边停车。

左铭烨说，蒋金刚？你来干什么？

蒋金刚说，有个紧急情况，来不及跟你联络，只能在金库等你。是关于海军舰长吴起。

左铭烨说，他怎么样？

蒋金刚说，出了些意外状况。吴起收到南京国民政府军事委员会汪铮禹的紧急命令，带队赶往你沪通银行的金库，将黄金运走全部装船。吴起一时无法与你联系，所以就临时通知了老子。

林红颜说，吴起是谁？

左铭烨解释说，也是我们的同志。

蒋金刚说，吴起让老子转告你，那批黄金已经装船，虽然不是我们的计划，但是并不影响我们下一步的行动。他让你放心，黄金一两也少不了，他会妥善保管。

左铭烨思索着，他说，蒋金刚同志，你能联系到吴起吗？

蒋金刚说，当然可以。

左铭烨说，好，那就计划不变，通知吴起，今天午夜军舰起锚，目的地武汉。军舰到达武汉之后，等我下一步的指令。

蒋金刚走后，左铭烨的心情并不轻松，他一边开车，一边思索着。虽说歪打正着，吴起凭借汪铮禹的命令，顺利将那批黄金装船，巨额组织经费目前仍掌握在自己手中，但是汪铮禹为什么会下令明抢？这不符合双方约定的合作事项啊！想到这里，左铭烨忽然有一种不祥的预感，今天汪铮禹公然抢走这批黄金，那么下一步，他很有可能就要对自己下手了。

坐在副驾驶位置的林红颜同样心事重重。左铭熠交给她的任务，是将沪通银行这批黄金留在上海，可是此时那批黄金已经上了国民党的军舰，晚上即将起航去武汉。如此一来，他们的计划就彻底成了泡影。帝国追究责任，她和左铭熠谁也躲不掉。

想到这里，林红颜突然对左铭烨说，吴起这个人信得过吗？如果他是国民党的人，我们不就上当了。

左铭烨说，吴起是"端砚"同志发展的下线，按照组织流程，应该经过了相关审查，我觉得他是可靠的。

林红颜说，万一，我是说万一。

左铭烨说，红颜，我看你是太紧张了。我们都应该相信组织，吴起这个人应该没有问题。好了，别想那么多了，我们先回家。

6

吴淞口码头阴云密布，数艘破旧的渔船靠在岸边，稍远的深水区停泊着几艘国民党的军舰。在秦北飞、柳墨轩等人的陪同下，南京国民政府军事委员会特派员汪铮禹登上其中一艘军舰。国军舰长吴起迎上前来，立正，朝汪铮禹敬礼。

吴起说，汪长官，按照您的命令，沪通银行金库内的黄金已经悉数装船，请您查验。

汪铮禹说，好，吴舰长辛苦了。

吴起说，汪长官请。

吴起引汪铮禹、秦北飞和柳墨轩等人来到船尾甲板，有国军官兵上前打开一处舱盖。吴起顺着扶梯，进入某处船舱，汪铮禹、秦北飞和柳墨轩先后下来。

船舱内灯火通明，地板上整齐摆放着数个特制的铁箱子，铁箱子看上去很厚实，每只箱子上都有一个编号。吴起上前，轻轻打开其中一个箱子，金光灿灿，有些晃眼，铁箱子里装满了金条。

汪铮禹满意地点点头，他说，吴舰长，数目清点过了吗？

吴起说，报告汪长官，属下的人当场清点，共有黄金十一万四千八百两。箱子上都有编号，所列清单稍后交给您。

汪铮禹说，这件事情除了你还有谁知道？

吴起说，汪长官之前有交代，命我亲自带队。我懂您的意思，这件事情必须保密，所以连大副都没告诉。我给舰上的军官放了两天假，这会儿他们应该都在抓紧采购日用品。上海战事激烈，物价飞涨，再不抢购就啥也不剩了。

说着，吴起还故作轻松地笑了笑。

汪铮禹说，很好。吴舰长，你为党国所做的一切，我都看在眼里，回南京之后，我为你请功。

吴起说，谢谢汪长官。

汪铮禹假装欣赏箱子里的金条，偷偷给秦北飞使了个眼色。秦北飞会意，趁吴起不备，突然从背后勒住他的脖子。柳墨轩下意识地上前，被旁边的国军副官拦住了。吴起徒劳地挣扎着，求救的目光投向柳墨轩。柳墨轩心如刀绞，可是他不能有任何动作，只能眼睁睁地看着同志在自己的眼前断了气。秦北飞招呼柳墨轩，柳墨轩只好上前，两人合力将吴起的尸体塞进了一只弹药箱。

汪铮禹交代旁边的副官说，你马上去安排，将这艘军舰上的官兵全部换成我们的人。

副官领命而去。

柳墨轩不禁问道，汪长官，我们为什么要杀了吴舰长？

汪铮禹说，有些事情，不能让太多人知道。好了，沪通银行的这批黄金已经到手了，你们在上海的任务也已经完成。这样吧，墨轩跟我回南京。北飞，你留下来料理后事，那个左铭烨对我们来说已经没有用处了。为追回这批黄金，他可能要闹到南京去，尽早解决这个麻烦。

秦北飞说，明白，我亲自带队执行。

柳墨轩心里着急，建议说，汪长官，共产党"牡蛎"还没有找到，我是不是应该留下来，和秦组长一起继续调查？

汪铮禹不耐烦地说，调查什么？你们在给上边的报告里，特别注明一句话，左铭烨就是"牡蛎"，此案就可以画上一个句号，明白了吗？

柳墨轩欲言又止，无计可施。在这一刻他忽然明白了一个道理：在汪铮禹看来，"牡蛎"是谁，抓不抓"牡蛎"都不重要，这批黄金才是汪铮禹真正的目标。自己和秦北飞之流不过是汪铮禹随手丢下的棋子，来上海抓共产党"牡蛎"的秘密任务简直是可有可无。

7

左铭烨劝二太太收拾行装，准备随他一起去武汉。二太太却说，你的父亲没有死，我要留在这里等他回来。你们都怀疑他是因为亲共的言行，被国民党特务暗杀。可是我知道，你父亲在国民党里根基深厚，不管是左派还是右派，谁也不会轻易动他。这一点我心里非常清楚。

左铭烨说，二妈，如果父亲没事，那就太好了。不过上海真的不能待了，我们先去武汉，再打探他的消息。

二太太说，要走你走，世章会回来接我的。

左铭烨劝说不动二太太，决定去找林红颜帮忙，结果发现刚才还在房间收拾行装的林红颜不见了。

此时，林红颜已经赶到东亚株式会社，将国军炸开沪通银行金库、抢走巨额黄金的事情告诉了左铭熠，让他马上通知盐泽一郎。

左铭熠不为所动，他说，我们之前报告盐泽会长说，沪通银行运送黄金的货轮已经在江阴段沉没，如今这批黄金又奇怪地出现在上海。欺瞒上级，提供虚假情报，按"青柳社"的规矩，你知道后果。

林红颜说，实话实说，我想盐泽会长一定能理解我们的苦衷。

左铭熠说，为什么？就因为他是你的夫君？

林红颜生气地说，你不要说这样的话，我和盐泽一郎结婚的原因，你心里最清楚。虽然我嫁给了他，但我其实深爱着你。

左铭熠说，红颜，既然这样，就跟我在一起。我一定有办法化险为夷，前提是这件事必须保密，只要我们一口咬定那批黄金已经沉江，"青柳社"里谁也不会知道真相。

林红颜糊涂了，她说，可是我们的任务怎么办？

左铭熠说，战争开始了，我们的任务已经结束，接下来我左铭熠要干一件大事，一件能扬眉吐气的大事。至于干什么，怎么干，暂时还不能告诉你。

外边传来一阵枪声，是日军向驻守上海的国军阵地发起了又一次进攻。左铭烨下意识地来到窗口张望，担心林红颜出事。毕竟上海已进入战争状况，如果林红颜在街上遇到日军，后果难料。左铭烨心急如焚，扒着窗台四下张望，忽然发现秦北飞带着几名特务来到公寓门外。特务们没有敲门，而是直接翻墙入室。左铭烨见状，迅速从抽屉里拿出手枪，跑了出去。

二太太正哭哭啼啼，见左铭烨进门，她说，你不要再劝我了，我是死也不会去武汉的。

左铭烨说，二妈，国民党特务秦北飞来了，但是情况不明，我预感到应该是冲我来的。为防万一，你跟我马上走。

二太太说，秦北飞？我正要找他问问呢，他把你父亲怎么样了。

左铭烨耐着性子说，二妈，如果他们是来杀人灭口的呢？你要是出了事，真就见不着我父亲了。快走啊！

二太太犹豫着，跟着左铭烨出了门。楼梯上已经传来了急促的脚步声，特务们上楼了。左铭烨当机立断，将二太太藏进阮梦蝶房间的浴室内，自己打开窗户跳了下去。

这一幕恰巧被秦北飞看到，他指挥特务们围追堵截，开枪射击。左铭烨被迫退入书房，隔着房门与敌人交火。有特务从窗户闯入，左铭烨举枪射击，枪却没响，没子弹了。秦北飞率领众特务破门而入，将左铭烨团团包围。左铭烨苦笑，将打光了子弹的手枪扔在地上，束手就擒。

秦北飞说，左铭烨先生，对不起了，我是在执行上峰的命令。

左铭烨说，谁的命令？汪铮禹？

秦北飞说，这个嘛，无可奉告。

左铭烨说，那就别废话了，动手吧！

秦北飞说，我还有最后一个问题，左铭烨，你到底是不是共产党，是不是"牡蛎"？

左铭烨说，现在谈这个还有意义吗？反正是个死，随你怎么想吧！临死前，我想知道，是不是你杀了我的父亲？

秦北飞犹豫了一下，才说，是，是我杀了你父亲左世章，因为他想带着你们一家人投奔共产党。

左铭烨冷笑，他说，不要再演戏了，我知道我的父亲没有死。

秦北飞吃惊地看着左铭烨，摆手屏退左右。特务们有些不放心，面面相觑，但是没有离开的意思。

秦北飞说，都给我出去。没有我的命令，谁也不要进来。

听到秦北飞明确的命令，特务们才纷纷退出了房间。屋里只剩下左铭烨和秦北飞两个人。

秦北飞说，你父亲没有死，你是怎么知道的？

左铭烨说，因为我父亲的特殊身份，他是参加过辛亥革命的老国民党党员，特工总部就是他一手筹建的，你的顶头上司汪铮禹又是他的门生。秦北飞，借你俩胆，你敢对我父亲下手吗？

秦北飞冷笑说，你说的不错，我确实没有杀你的父亲，但是你也绝对不会想到，我来杀你正是你父亲的命令。

左铭烨说，一派胡言！

秦北飞说，左铭烨，我真替你感到悲哀啊，你一口一个父亲，可是左世章拿你当亲生儿子了吗？养子再孝顺，也比不上亲生的。

左铭烨说，父亲为什么要杀我？

秦北飞说，这个问题我无法回答，等下辈子有机会，你直接去问左世章吧，现在我就送你上路。

说着，秦北飞缓缓举枪，对准了左铭烨。左铭烨闭目等死，脸上是难以言状的苦笑。就要离开这个世界了，左铭烨心情复杂，他并不怕死，但是没能完成组织交付的任务，他心有不甘啊！

一声枪响。

左铭烨没有感到疼痛，他疑惑地睁开眼睛，看到秦北飞胸部中弹，躺在血泊中抽搐着。柳墨轩持枪现身，快步来到左铭烨面前。左铭烨一时恍惚，感到眼前的一幕是那么的不真实。

柳墨轩低声说，"牡蛎"同志，快跟我走。

左铭烨试探地低声说，什么"牡蛎"？谁是"牡蛎"？

柳墨轩低声说，左铭烨同志，我是组织上派来接替"西湖"夫妇的上线，代号"端砚"。

躺在地上的秦北飞奄奄一息，他用最后的力气说，柳墨轩，你这个叛徒！

柳墨轩说，我从未背叛自己的信仰。

说完，柳墨轩便在秦北飞的脑袋上补枪。此情此景让左铭烨对柳墨轩的上级身份笃信不疑，原来公认的叛徒柳墨轩居然就是"端砚"，得知这一切，左铭烨激动地泪花闪烁。同志相见，却来不及握手，左铭烨在柳墨轩的带领下，匆匆撤离。在路口，两人遇到防风的特务，柳墨轩毫不犹豫地将其击毙。

密集的枪炮声不绝于耳。左铭烨和柳墨轩钻进一处狭窄的巷子里，朝远处张望。一栋教堂的塔尖被日军炮火集中，轰然倒塌。

左铭烨说，"端砚"同志，你为什么隐瞒身份至今？那批黄金，我需要组织的力量啊。

柳墨轩说，左铭烨同志，你可能不知道，我们之中有内奸，"西湖"夫妇就是这个内奸出卖的。我隐藏身份的目的，是为了找出这个内奸，可惜截至目前依然是毫无头绪。林红颜，有什么特殊表现吗？

左铭烨说，她？没有异常啊！

柳墨轩说，内奸要查下去，否则会造成难以估量的损失。好了，现在说说那批黄金。

左铭烨说，已经装船了，是海军舰长吴起的军舰，不出意外的话，今天晚上应该能出发去武汉。

柳墨轩痛心地说，吴起同志已经牺牲了，就死在我的面前，我却什么也做不了。

左铭烨大吃一惊，嘴巴张了张，却说不出话来。

柳墨轩接着说，这一切都是特务头子汪铮禹在幕后操控，他侵吞这批黄金的意图已经非常明显了。

左铭烨说，汪铮禹？真是他？

柳墨轩说，南京国民政府确实答应协助你沪通银行转运储备金，可是具体负责这项行动的汪铮禹却不这么想，他胃口不小，胆子更大，甚至连南京国民政府都敢欺瞒。所以，这个人才是我们真正的对手。

左铭烨说，汪铮禹应该还在上海吧？

柳墨轩说，是的，他今天晚上回南京。

左铭烨说，我现在就去找他！哪怕是拿枪逼着他，也要让汪铮禹在黄金接收清单上签字，防止他不认账。

柳墨轩说，左铭烨同志，你不能再露面了，汪铮禹已经命令秦北飞朝你下手，你去找他，不是自投罗网嘛！

左铭烨说，"端砚"同志，除此以外恐怕没有别的办法。为了保护这批组织经费，我自愿拿生命冒险。再说了，汪铮禹毕竟是南京国民政府军事委员会的特派员，是奉命协助我沪通银行转运黄金的，以他的身份应该不会当众跟我翻脸，这是唯一的机会了。现在，我就要他一个签字。

柳墨轩皱眉思索着，没有立即答复他。

8

国民党特工总部上海行动处的院子里一片嘈杂，有的特务正往卡车上搬运行李箱，有的特务抓紧焚烧各种文件。左铭烨的轿车径直开到楼下，竟然没人拦着他。

按照柳墨轩之前的提示，左铭烨穿过走廊，来到最里边的一个房间。房门上没有任何标牌，左铭烨敲了门，屋里传来汪铮禹的声音。

汪铮禹说，进来。

左铭烨循声进门，面带微笑走向汪铮禹。汪铮禹见到左铭烨吃惊不小，他心里非常清楚，秦北飞已然行动失败。汪铮禹先看了一眼放在桌面上的手枪，稳住心神，装作若无其事的样子，朝左铭烨招招手。

汪铮禹说，左先生，我这里实在是太忙了，忙得都没时间跟你告别。

左铭烨说，您这是要回南京？

汪铮禹说，是啊，左先生，你找我什么事情？

左铭烨说，没什么大事，只是简单履行下程序。我沪通银行的储备金不是已经装船了嘛，所以请您受累在接收清单上签个字。

说着，左铭烨将一份清单摆在汪铮禹面前。

汪铮禹装糊涂说，已经装船了吗？我怎么不知道？

左铭烨说，汪长官，是您派国军部队将这批黄金装上卡车运走的嘛，很多人都能证明，现在这批黄金就在国军的一艘军舰上。

汪铮禹说，这不可能啊，我没有下达过这种命令。要不这样吧，左先生你先回去，我仔细查问一下，尽快给你一个答复。如果这批黄金确实在国军手里，你放心，肯定丢不了。

左铭烨正想说什么，几名国民党特务进门。他们是随秦北飞一起到左铭烨公寓执行任务的。虽然他们不知道秦北飞是怎么死的，但是当时房间里只有左铭烨和秦北飞两人，秦北飞的死显而易见要算到左铭烨的头上。

特务们见到左铭烨情绪激动，有人拔枪，有人冲上来就要挥拳。左铭烨且战且退，躲到汪铮禹身后。

汪铮禹一拍桌子，装腔作势地训斥众特务说，放肆！你们怎么能如此对待左先生呢？

一名特务说，汪长官，是他，是他杀了秦组长。我要宰了他，替秦组长报仇！

汪铮禹说，有这种事情？

左铭烨说，汪长官，您听我解释。

汪铮禹拉下脸来说，不必跟我解释。先收押吧，交给审讯科。

众特务正要上前，左铭烨当机立断，一把抢过桌上的手枪，挟持汪铮禹做了人质。众特务有所忌惮，不敢轻举妄动。

汪铮禹大怒，警告左铭烨说，左铭烨，你之前涉嫌谋杀国军精英，如今又劫持南京国民政府军事委员会特派员，罪不容恕。放下武器，我饶你不死！

左铭烨苦笑说，放下枪，我才是死定了。

汪铮禹说，放下枪，我保证放你走。

左铭烨说，你别跟我演戏了，那批黄金就是你汪铮禹抢走的，现在乖乖给我在清单上签字，否则我一枪打死你。

汪铮禹判断着形势，最终一声长叹，无奈地拿起桌上的清单，龙飞凤舞地签下自己的名字。

<h1 style="text-align:center">9</h1>

秦北飞没有死，但是伤势严重，始终处于昏迷之中。汪铮禹询问事情经过，一名特务回忆说，柳墨轩曾在左铭烨公寓门前出现，他当时没有多想，便放他进去了。事实已经很清楚，是柳墨轩救了左铭烨。汪铮禹这才想起来，柳墨轩从他眼前消失有一段时间了，也许已经逃之夭夭。

<h1 style="text-align:center">10</h1>

正在南京拍电影的阮梦蝶得知上海爆发战争的消息，担心左铭烨的安危，着急地要回上海。众人纷纷劝阻，老板说，火车、轮船已经停运，现在

就算是你开出天价，也没有哪个不要命的敢送你去上海。

阮梦蝶无计可施，只好勉强留下，拍戏时触景生情，将夫妻生离死别的一场戏演绎得淋漓尽致，在场所有人无不为之动容。可惜的是，阮梦蝶在戏里一直喊着左铭烨的名字，最终老板只能忍痛割爱，否则中国电影史上将会多出一部经典之作。

11

陕西面馆已经停业，左铭烨与柳墨轩在这里秘密见面，汇报他去找汪铮禹的经过，并将汪铮禹签名的货运清单拿给柳墨轩看。这一看不要紧，柳墨轩发现了大问题。

柳墨轩说，左铭烨同志，你上当了。汪铮禹的本名叫做"王正"，特工总部的人都熟悉那枚刻有"王正"二字的手章。所以，这份清单上应该是"王正"的签名才对。

左铭烨得知此事，懊悔不已。

柳墨轩说，只要有一线希望，我们就不能放弃。好好想一想，一定有别的办法追回这批黄金。

左铭烨忽然想到，柳墨轩的国民党特务身份，有可能接触到汪铮禹那枚手章。

柳墨轩说，我的隐蔽身份应该已经暴露了，所以特工总部我肯定是回不去。再说了，即便拿到汪铮禹的手章，但是没有他的亲笔签名，依然没有法律效力。这个办法行不通。

临别前，左铭烨与柳墨轩约定了在南京的接头时间和地点。

死守四行仓库的国军部队全线撤退，日军一举攻占大半个上海。左铭烨匆匆赶往公寓时，街上突然枪声四起，逃难的上海市民大乱，顾头不顾腚地一齐朝租界涌去。左铭烨被裹挟在洪水般的人流中，如同一片漂浮在激流中的落叶，只能随波逐流。偶尔不经意的一瞥，发现大批日军尾随而至，丧心病狂地朝无辜的上海市民开枪射击。

左铭烨来到黎本昌在租界经营的书店时，黎本昌正为左家老小的安危担心，见到左铭烨激动不已，他说，铭烨啊，听说日本人朝市民开了枪，我真替你们担心啊！茉莉呢？

左铭烨一头雾水，他说，茉莉没有跟你在一起吗？

黎本昌着急地说，茉莉于两个小时前冒险去接二太太和铭熠他们，但是到现在也没有回来。

左铭烨懊悔地说，二妈死活不肯离开，说要等父亲回来，当时我如果态度再坚决一点儿，就不会有今天的事情。

黎本昌感慨地说，你二妈这个人我太了解了，她重感情，对你父亲简直是死心塌地、百依百顺，只是不知道她什么时候才能接受现实，毕竟你的父亲已经走了。

左铭烨说，黎叔，我的父亲还活着。

黎本昌大吃一惊，他说，世章兄活着？他在哪里？

左铭烨犹豫了一下，才说，父亲的事情以后再说。现在我最担心的是二妈、铭熠和红颜他们……

黎茉莉匆匆进门，左铭烨、黎本昌起身迎上前。

左铭烨说，茉莉，我二妈呢？

黎茉莉伤心地说，铭烨，你不要着急。本来伯母她答应得好好的，说要跟我们一起走，可是我和红颜、铭熠收拾好行装再上楼，发现、发现伯母她……

左铭烨着急地问道，她怎么样？

黎茉莉说，她悬梁自尽了。

听到二太太去世的消息，黎本昌突然掩面而泣，这一举动让左铭烨感到意外。虽然黎本昌与他们左家交情匪浅，但是他竟为二太太的死如此悲伤，似乎又不合情理。左铭烨不明原委，出于礼貌，仍上前安慰黎本昌。没想到黎本昌突然发火，情绪激动地大骂左世章。

他说，都是你父亲害了庆云！左世章这个狗东西偷偷地活着，庆云却为他殉情，还有没有天理？铭烨，你去问左世章，庆云自从嫁给他，过过一天好日子没有？！没想到庆云在左家忍气吞声这么多年，竟然是如此凄凉的结局！实在让人难以接受！

左铭烨是第一次听到"庆云"这个名字，他猜测，"庆云"应该是二太太的大名，黎本昌直呼"庆云"这个名字，显然他与二妈的关系并不一般。

黎本昌悲愤地说，左世章害死了"庆云"，这笔账我早晚会跟他清算！

说着，黎本昌跌跌撞撞地上了楼。左铭烨疑惑地看着他的背影消失在楼梯拐角，转而问黎茉莉说，黎叔怎么突然说了这些稀奇古怪的话？

黎茉莉欲言又止，她说，他们的事情，我不该多嘴。

左铭烨说，到底怎么回事啊？

黎茉莉说，当年你二妈被富家公子欺负后抛弃，带着遗腹子左铭熠嫁给了你的父亲，这件事情你听说过吗？

左铭烨说，略有耳闻。

黎茉莉说，你们都误会了，事实是你二妈嫌贫爱富，离开了我堂哥，这件事情连你父亲都不知道。我堂哥这些年一直没有结婚，是因为他惦记着你二妈。他心里的痛苦没有人知道。

左铭烨说，原来是这样，铭熠知道黎叔是他的亲生父亲吗？

黎茉莉说，肯定不知道啊，没有人会跟他说这些。

左铭烨心情复杂，沉默了许久，才说，对了，铭熠和红颜没有跟你一起回来吗？

黎茉莉说，回来的路上，遇到日军乱开枪，我们不小心走散了。也许他们很快就到，我出去迎一下。

黎本昌呆坐在窗前，嘴里念叨着"庆云"的种种过往，忽然凄然一笑，擦掉脸上的泪水，抄起桌上的电话说，给我接日本驻沪公使馆。

电话通了，黎本昌用日语说道，我找大岛川介先生，有重要事情汇报。

大岛川介率日本特务闯进黎本昌的书店，左铭烨一点防备都没有，直接被带走了。黎本昌下楼时，书店里只有大岛川介一人。

大岛川介说，黎叔，谢谢你了。左铭烨这个人对我们很重要。

黎本昌说，我儿子的事情就拜托了，只要能保他平安，让我做什么都可以。你知道的，他是我唯一的希望了。

大岛川介感慨地说，舐犊情深，我当然能够理解。当年左铭熠留学日本，你暗中出资并求助于日本驻沪公使馆，我就猜到你和他的关系不一般。不过为了一个私生子，你出的代价太高了。

黎本昌说，虽然不能父子相认，但他毕竟是我的亲生儿子。铭熠这次出了这么大的事情，大岛川介先生一定要帮帮我。

大岛川介说，只要能顺利打捞装满黄金的江阴沉船，我们会考虑放你儿子一马。

黎本昌说，那我就先谢谢你了。

12

在上海租界内的一处秘密据点，盐泽一郎亲自审讯左铭烨，大岛川介等人在场。盐泽一郎和颜悦色，试图说服左铭烨与他合作，他说，左先生，你我以前的恩怨应该一笔勾销，现在摆在你面前的，只有跟我合作这一条路，否则你会死在这里。

左铭烨冷笑说，落在你们日本人手里，我就没打算活着出去。只可惜，不能替马良报仇，我死不瞑目！

盐泽一郎说，左先生，你还在为马良那件事耿耿于怀，也太小家子气了。上海已被我大日本帝国海军陆战队掌控，接下来将是南京，是武汉，是整个中国!

左铭烨说,你们胃口不小啊。

盐泽一郎说,我希望你我能尽释前嫌,携手合作。

左铭烨说,跟你合作?别做梦了。

盐泽一郎说,左先生是有身份的人,我可不想对左先生采用不文明的审讯方法。这样吧,我先退一步,只要左先生肯指认江阴黄金沉船的具体位置,我就放你走。

左铭烨一愣,忽然明白了日本特务的用意,原来日本人仍然以为那批黄金已经沉江,急需他前去指认。想到这里,左铭烨哈哈大笑。

他说,黄金沉江是天意。天意难违,你们不要做白日梦了。

盐泽一郎变了脸色,他说,我的耐心是有限度的。左先生,你不要敬酒不吃吃罚酒。

左铭烨说,不就是动刑嘛,来吧,别磨蹭了,我都等得不耐烦了!

盐泽一郎说,好吧!也只能如此了。

说完,盐泽一郎退到一旁。大岛川介撸起袖子,恶狠狠地朝左铭烨挥起了皮鞭。

听到隔壁房间传来的皮鞭声以及左铭烨的惨叫,林红颜有些坐不住了,她犹豫着,起身要往外走,被左铭熠一把拉了回来。

左铭熠说,你想干什么?

林红颜甩开左铭熠的拉扯,她说,滚开!你说我想干什么?我要告诉盐泽会长,那批黄金已经被国军的军舰运走了,不用再对铭烨动刑了。

左铭熠说,你不能去,这些话更不能告诉盐泽会长。

林红颜说,我真不知道你是怎么想的,这件事你打算隐瞒到什么时候。按照我们"青柳社"的规矩,传递虚假情报,你会被处死的。山田君,你清醒一点好不好?!

左铭熠感慨地说,我到底是谁?山田还是左铭熠?日本人还是中国人?

林红颜说，加入日本国籍当然是日本人。我们都曾对天皇宣誓效忠，你这是怎么啦？你不要忘记我们加入"青柳社"的理想。

左铭熠突然情绪激动起来，他说，理想？你出去看看，飞机轮番轰炸，坦克横冲直撞，弹痕累累、满目疮痍的建筑，散落在街道上的断臂残肢，难道这就是我们当初加入日本国籍，加入青柳社的理想吗？难道这就是盐泽会长所谓的上海繁荣、亚洲繁荣吗？简直是人间地狱啊！

林红颜说，战争就是这个样子，你不要有什么顾虑。

左铭熠说，我要做回中国人。

林红颜说，你疯了吗？这种话千万不能让盐泽会长听到。

左铭熠压低了声音说，事到如今，我也不想瞒你。其实我已经在替南京国民政府做事了。

林红颜骂了句"八格牙路"，抬手打了左铭熠一耳光，咬牙切齿地说，我会向盐泽会长汇报这件事情。

左铭熠说，红颜，我们是有感情的，我希望你跟我一起走。

林红颜边摇头边后退，刻意与左铭熠保持一段距离，她说，懦夫！你是日本国的耻辱，是"青柳社"的耻辱，我要离你远远的，再也不要见到你！

左铭熠无奈地说，好吧，大路朝天，各走一边，我们后会有期。

说完，左铭熠义无反顾地朝门口走去。林红颜突然从背后冲过来，抱住他苦苦哀求说，山田君，你不要走，不要丢下我一个人。

左铭熠说，跟我一起走。

林红颜说，不行，我做不到，这是对帝国不忠，违背了我们加入"青柳社"的誓言，更对不起盐泽会长的信任。

左铭熠一把将林红颜推开，他说，那你放我走！

林红颜再次扑上来，死死抱住左铭熠说，不行，我离不开你。

左铭熠心情复杂地看着林红颜，突然像发疯了一样撕扯她的衣服，亲吻她的脖颈，随后抱起林红颜，将她放在一张桌子上。桌边的一摞文件受到排挤，噼里啪啦地掉在地上。林红颜满意地笑了，她伸展躯体，仰躺在桌面上，一副任人摆布的模样。

她喃喃地说，山田君，留下来，我今天就是你的新娘。

左铭熠正与林红颜纠缠，门外传来脚步声。两人迅速恢复神智，整理着各自的衣衫，林红颜不忘将掉在地上的文件归位。盐泽一郎和大岛川介进门时，左铭烨和林红颜都是一副若无其事的样子，似乎什么也没有发生。

大岛川介说，盐泽会长，必须想别的办法，左铭烨骨头很硬，受刑时都晕过去了，嘴巴还是撬不开。

盐泽一郎思索着，问林红颜说，幸友子，你有什么意见吗？

林红颜说，盐泽会长，有件事情我必须要向你汇报。

左铭熠一把抓住林红颜的手腕，想制止她。林红颜犹豫了一下，她说，其实沪通银行那批黄金并没有随着货轮沉江，我们都上当了。

盐泽一郎疑惑地把目光投向左铭熠。左铭熠见躲不过去，只好勉强承认说，是的，我和幸友子也是刚刚得到消息，左铭烨欺骗了我们，江阴沉船是一场不折不扣的骗局。

林红颜说，现在那批黄金的去向，只有左铭烨一个人知道。所以，我的意见是，放长线钓大鱼。找个机会，释放左铭烨，之后我和山田君会继续追查那批黄金。

盐泽一郎点点头，他说，我明白了。不过……

见盐泽一郎欲言又止，林红颜问他说，盐泽会长有什么顾虑？

盐泽一郎说，幸友子，你来执行这个任务没有问题，但是山田君，恐怕要被排除在外了。

林红颜疑惑地问道，为什么？

盐泽一郎朝大岛川介伸手。大岛川介会意，从桌上的那摞文件中找出一个档案袋。档案袋上的国民党党徽清晰可见。左铭熠意识到不妙，略一思索，突然朝门口逃跑。盐泽一郎抬手一枪，将左铭熠撂倒。

林红颜见状愣住了，随即崩溃大哭，她扑上前去，摇晃着左铭熠的身体哭喊，山田君，山田君，怎么会这样？到底发生了什么？山田君，山田君……

左铭熠趴在地上一动不动，已经死了，鲜血从身下淌出。

盐泽一郎说，幸友子，你来看看这份档案。档案显示，山田在今天年初背叛帝国，秘密加入了中国国民党。幸亏大岛君及时发现，并采取了相关补救措施，否则这个山田会给我们"青柳社"带来无法估量的损失。接下来，就按你说的办，先找个借口释放左铭烨，我们放长线、钓大鱼，尽快追回那批黄金。

盐泽一郎后来还说了些什么，林红颜没有听到耳朵里，泪水早已模糊了她的双眼，左铭熠的尸体也幻化成一幕幕往事，扑面而来。坐在空荡荡的房间里，守着左铭熠的尸体，林红颜含泪唱起日本民歌"樱花"。

林红颜用日语唱道，樱花啊！樱花啊！暮春三月天空里，万里无云多明净，如同彩霞如白云，芬芳扑鼻多美丽。快来呀！快来呀！同去看樱花。

13

南京汪铮禹的府邸戒备森严，大门外有持枪的国军士兵站岗，院内有国民党特务巡逻警戒。

餐厅内，左世章与汪铮禹举杯庆祝，张嫂和汪太太作陪。

左世章说，这批黄金到手，你我此生吃喝无忧啊。

汪铮禹恭维说，还是老师您高瞻远瞩，关键时刻当机立断，建议我派国军部队从沪通银行金库直接将这批黄金劫走，真的省去了不少麻烦。

左世章说，那艘军舰到南京了没有？

汪铮禹说，为防意外，我已下令将这批黄金直接运往重庆，军舰不在南京停靠。

左世章说，很好，南京也不安全啊。

汪铮禹忍不住说出心中疑虑，他说，老师，属下有一事不明，左铭烨是您的养子，为何您还要对他如此算计？

左世章说，儿子还是亲生的好，养子就是白眼狼。既然铭烨有共党嫌疑，我当然要与他摆脱干系。

汪铮禹说，按照我们之前的约定，老师应得五成，这批黄金运抵重庆之后，先暂存于大佛寺，我会派重兵把守，保证万无一失。

左世章大度地说，不不不，铮禹啊，你我三七开，我只要三成，多出来的部分由你上下打点，封锁消息。

汪铮禹说，那也用不了这么多呀！

左世章说，你懂什么？我们特工总部最快年底就要和力行社特务处合并了，成立国民政府军事委员会调查统计局。特务处的戴雨农是什么人品，你我一清二楚，一只苍蝇掉在他的粥碗里，他都会毫不犹豫地喝下去，何况涉及这么大一笔黄金。世上没有不透风的墙，所以先堵住某些人的嘴。

汪铮禹说，明白了，老师，我一定照办。

左世章掏出一张货运清单，摆在汪铮禹面前。汪铮禹拿起来看看，忽然笑了，他说，老师对属下还是不放心啊！

左世章说，情义归情义，生意是生意。货运清单上有你"王正"的图章，我才能睡个安稳觉。

汪铮禹思索着，对汪太太说，去，把我的手章拿来。

汪太太听话的上了楼，不一会儿带着图章和一支钢笔走过来。汪铮禹接过图章和钢笔，忽然有些犹豫，扭头对左世章说，老师，如果属下不在这份货运清单上签字，您是不是会跟我翻脸？

左世章哈哈大笑，他说，我能让你坐到这个位置上，也能让你滚蛋。你自己掂量吧！

汪铮禹心里非常清楚，退居幕后的左世章在特工总部的影响力已经微乎其微，这句话可以理解为虚张声势，不过左世章毕竟有恩于自己，面子还是要给的。想到这里，汪铮禹便不再多言，先是在货运清单上龙飞凤舞地签下自己的名字"王正"，接着又郑重其事地盖上手章，最后双方将货运清单奉还。

汪铮禹说，老师，这下您放心了吧？

左世章不动声色地说，我从来就没有对你多心。只是想提醒你，这些做生意的规矩，完全不同于官僚和军队的思维，你还得多学着点儿，有朝一日，告老还乡，也许用得上。

汪铮禹说，明白了，老师确实用心良苦啊。属下敬您一杯。

左世章与汪铮禹碰杯饮酒，谈笑风生。

14

黎本昌讲述左铭烨在书店"离奇失踪"一事，林红颜却显得无动于衷，思绪已飞到九霄云外。林红颜这一反常举止让黎茉莉异常担心，拉着她的手，不停地说些安慰她的话。就在这时，逃至租界的蒋金刚进了门。黎本昌担心口无遮掩的蒋金刚泄露组织关系，将他直接带到了楼上。

黎本昌说，蒋金刚同志，你怎么能随便跟我联系呢？我们本来就不是一条线上的。

蒋金刚说，老子也是没办法，你听听，外边在打枪，老子只能先躲到你这里来了。

黎本昌无奈地说，你下一步有什么打算？

蒋金刚垂头丧气地说，不知道。

黎本昌感慨地说，其实我也很着急，"西湖"夫妇牺牲之后，组织上迟迟没有委派新的上级，我们都跟组织失去了联系。

蒋金刚说，"端砚"同志没有跟你联络过吗？

黎本昌说，没有啊。"端砚"是谁？

蒋金刚说，组织派来上海接替"西湖"夫妇工作的人，是你和老子的上线。

黎本昌说，我还是头一次听说。

蒋金刚说，其实"端砚"同志不跟你联系也没什么好奇怪的，你本来就是个组织的外围嘛，可有可无。

黎本昌有些恼火，他说，蒋金刚同志，你说这话我就不爱听了！什么叫组织的外围？我入党也快十年了，我对组织忠心耿耿，我经营的这家书店因为公开销售共产主义学说的书籍被国民党查封过多次。"西湖"夫妇为此还专门口头表扬了我一次。

蒋金刚说，好了好了，老黎，老子说错话了，给你赔礼道歉。哎，林红颜来你这里做什么？

黎本昌说，你也认识林董？

蒋金刚一愣，知道自己说漏了嘴，灵机一动补救说，沪通银行的左铭烨、林红颜夫妇谁不认识？上海滩有名的银行家，实实在在的有钱人啊！听说他们一餐饭的开销就够普通老百姓过一年的。老子要是土匪，专抢他们这种人。

黎本昌察言观色道，红颜她会不会是组织的人？

黎本昌的这个问题直击要害，蒋金刚琢磨了一会儿，才说，老黎，你糊涂啊，你入党十年，比老子早多了，上海地下党组织都有哪些人，你应该一清二楚。林红颜她是不是组织的人，你会不知道？

蒋金刚以退为进，把问题给黎本昌抛了回来。

黎本昌说，我真不知道。再说了，多数情况下，我们都是单线联系，上海地下党组织很多同志我都不认识，比如说"牡蛎"。蒋金刚同志，你见过"牡蛎"同志吗？

蒋金刚说，你问这个干什么？

黎本昌说，不瞒你说，"西湖"夫妇本来打算让我给"牡蛎"同志当下线，执行一项秘密任务。这项任务非常重要，涉及一大批组织经费的转移。当时把我给激动的呀，整宿睡不着觉，因为组织上已经很久没有给我委派任务了。

蒋金刚说，后来呢？

黎本昌说，后来"西湖"夫妇考虑我年纪大了，就让别的同志去配合

"牡蛎"工作了，我又被组织晾到了一边。说实话，我虽然年纪大点儿，但是身手还是不错的。

蒋金刚不耐烦地摆摆手，他说，老黎啊，你就别逞能了，你这身子骨啊，老胳膊老腿的，嘿嘿，老子觉得组织的决定完全正确。

黎本昌说，你还没有回答我的问题。

蒋金刚说，什么问题？

黎本昌说，你见没见过"牡蛎"同志？

蒋金刚警觉，怀疑地盯着黎本昌，上下打量他。黎本昌一头雾水，顺着蒋金刚的目光往自己身上瞧，没发现什么异常。

黎本昌说，你看什么？我衣服脏了？

蒋金刚说，老子现在才明白，本来应该是你的差事，现在成了老子替你去受罪啊，告诉你吧，"牡蛎"正是老子的上线。

黎本昌突然眼睛放光，不由自主地提高了声音说，真的吗？"牡蛎"是谁？他到底是何方神圣？我能见见"牡蛎"吗？

蒋金刚说，老黎，我提醒你注意组织纪律！"牡蛎"是你这条线上的吗？你见他干什么？

黎本昌激动地说，在"西湖"夫妇眼里，"牡蛎"简直是一个传奇，这位守金战士负责看管一批组织经费，多年来神龙见首不见尾。我真的很想见见他，到底是个什么人物。

蒋金刚正想说什么，忽然听到外边一片嘈杂，他迅速起身来到窗边朝街上张望，发现一辆黑色轿车横冲直撞，路人见状纷纷躲避。黑色轿车在黎本昌的书店门前停下，将一个遍体鳞伤的人扔下车。

黎本昌认出是左铭烨，装作吃惊的样子，匆匆朝楼下跑去。

左铭烨稀里糊涂地被日本特务绑架，又稀里糊涂地被放了回来。他向林红颜、黎本昌、黎茉莉和蒋金刚讲述整个事情经过，得出一个很简单的结论：东亚株式会社的盐泽一郎和日本驻沪公使馆的大岛川介都是日本特务，显然他们已经盯上了黎本昌的书店，所以上海租界并不安全，应该尽快转移。

拿到高价购买的日军通行证，黎本昌又雇了一辆马车。左铭烨、林红颜、黎本昌、黎茉莉和蒋金刚便趁着夜色出了城。蒋金刚不愿意和众人一起挤在一辆马车上，一路上大步流星，徒步跋涉。

林红颜始终闷闷不乐，心事重重。左铭熠被盐泽一郎枪杀的一幕一遍遍在她的眼前闪现，林红颜终于再一次崩溃大哭。众人不明就里，怀疑林红颜受了什么刺激。左铭烨安慰她的同时，问起左铭熠的下落。

林红颜说，不知道。

左铭烨说，你们在一起，怎么会不知道？

黎茉莉替林红颜解释说，铭烨，是这样的，我和红颜、铭熠从你的公寓出来不久，就遇到了一大队日军，逃命途中不小心走散了。现在谁也不知道左铭熠是死是活。

黎本昌说，铭熠他不会有事的，你们都放心吧！

短暂的沉默之后，林红颜冷不丁对左铭烨说，我们离婚吧！

左铭烨一时没有反应过来，问她说，你说什么？

林红颜突然暴怒，她说，离婚！我要跟你离婚！这下你听清楚了吗？

俗话说，清官难断家务事。林红颜和左铭烨离婚是他们的家事，黎本昌和黎茉莉都知道不便参与，于是他们都识趣地转过头去，只剩下左铭烨那张写满疑惑的脸面对林红颜。

左铭烨耐心地说，红颜，我不知道你经历了什么，但是你现在的情绪肯定是有问题的。这样吧，离婚的事情先放一放，到南京再说。如果确实是你经过深思熟虑做出的决定，我愿意接受。

林红颜冷笑说，你接受也得接受，不接受也得接受，这婚我是离定了！

第五章

1

　　昏迷多日的秦北飞终于苏醒过来，他向汪铮禹报告说，左铭烨正是代号"牡蛎"的中共特工，柳墨轩是国军叛徒。这两人我谁也不会放过。

　　汪铮禹说，左铭烨必须死，不管他是不是共产党，他的行踪已在我们的掌握之中，据"茉莉"报告，如果不出意外，左铭烨将于今日抵达南京。

　　秦北飞询问柳墨轩的情况，汪铮禹说，他已经暴露了，怎么会轻易露面？估计已经逃到延安去了。

　　得知日军已逼近南京，秦北飞积极请战，要求留在南京执行任务。汪铮禹不假思索地拒绝了，他说，你是对党国忠诚的国军精英，是我的心腹爱将，随我去重庆，有更重要的任务交代。那批黄金需要最可靠的人守护，除了你，我暂时想不到第二个人。

　　汪铮禹走后，秦北飞思前想后，最终复仇的强烈愿望让他做出了违背上级命令的决定，他要留在南京，寻找"牡蛎"和柳墨轩。秦北飞偷偷溜出医院。来接他出院的国军军官发现秦北飞不见了，紧急向汪铮禹汇报。

汪铮禹说，北飞是个不达目的不罢休的人，我断定，"牡蛎"和柳墨轩一定会死在他的手上。

南京雨花台松柏环抱，云雾缭绕。左铭烨按照与柳墨轩的约定来到凤台岗，举目四望，看到不远处的竹林边有一位老者正在独自下棋。左铭烨上前，与之对弈。原来老者是化了装的柳墨轩。

柳墨轩说，我打听过了，运送黄金的那艘国军军舰没有在南京停靠，而是直接开往重庆。

左铭烨说，这是意料之中的事情。上海陷落，南京岌岌可危。汪铮禹怎么可能冒险将这批黄金留在南京呢？

柳墨轩心情复杂地说，我有一种预感，我们这次秘密向延安转运黄金的任务可能要失败了。巨额组织经费落入国民党之手，我们却无计可施，无力追回，我柳墨轩辜负了组织的信任，对于此次任务的失败要负主要责任。

左铭烨说，不，主要责任在我，因为我是整个转运计划的负责人，对突发状况严重估计不足。

柳墨轩说，真的没有希望了吗？

左铭烨说，目前看是这样，不过我还有最后一枚棋子，也许他将是任务成功与否的关键。

柳墨轩没有问左铭烨这枚棋子到底是谁，而是轻描淡写地说，这枚棋子在哪里？因为柳墨轩知道，左铭烨如果想告诉他，不用问他也会说出来；但是如果他有什么顾虑，即便问他也没有答案。

左铭烨说，我不知道，也许在南京，也许在重庆。

柳墨轩点点头，他说，事到如今，只能死马当活马医。左铭烨同志，我完全相信你，放手去做吧。如果能完成任务，你就是当之无愧的功臣；如果任务失败了，我来承担全部责任，毕竟我是你的上级。

左铭烨感动得热泪盈眶，他说，谢谢你的信任与支持，哪怕只有一线希望，我也不会轻易放弃的。

左铭烨离开雨花台时，巧遇正在这里拍电影的阮梦蝶。阮梦蝶不愿意出演歌颂汉奸维新政府的电影，宣布罢演。即将成立的南京维新政府秘书钱焯是这部电影的监制之一，当众斥骂她说，别给脸不要脸，阮梦蝶，你一个臭戏子竟敢在我面前说三道四，真是反了天了！

阮梦蝶说，我说的是实话，你们那个所谓的维新政府，其实就是汉奸政府！

钱焯说，闭嘴，你敢污蔑即将成立的维新政府是汉奸政府，我现在就把你抓起来，投进监狱。

钱焯一摆手，几个手下冲上前拖拽阮梦蝶，欲将她带走。阮梦蝶拼死挣扎，大声呼救，可是剧组所有人只在旁边看着，没人敢阻拦。左铭烨挺身而出，将阮梦蝶救下。

钱焯说，你是什么人？

左铭烨说，我是梦蝶的朋友！刚才的事情我都看到了，梦蝶说的有什么错，你们所谓的维新政府，居然公开雇佣日本特务在各个部门当顾问，没有这些日本顾问的允许，你们什么话也不敢说，什么事情也不敢做。就你们这群对日本人俯首帖耳的狗奴才组成的维新政府，不是汉奸政府，又是什么？！

围观的剧组人员议论纷纷。

有的说，说的对，一群狗汉奸！

有的说，我们不给汉奸政府拍电影，就地散伙，各走各路！

钱焯气急败坏地说，反了，反了天了！

说着，钱焯抬手打了旁边的手下一耳光，大喊：还愣着干什么？抓起来，都给我抓起来！

南京维新银行董事崔新轲挤进人群，匆匆赶到，见到左铭烨大感意外。左铭烨也看到了崔新轲，疑惑地说，新轲，你来这里干什么？

崔新轲说，我是投资这部影片的股东之一啊，铭烨，这、这乱哄哄的，什么情况啊？

左铭烨说，梦蝶被人欺负了，还要被这个人投进监狱。

崔新轲顺着左铭烨的视线望去，看到了钱焯，脸色马上变得难看。他踱着步子，不紧不慢地来到钱焯面前，对他说，钱秘书，过分了啊！你不知道吗？阮梦蝶小姐是我的朋友，你想抓他，连我一起抓走好啦！

钱焯顾忌地看了看左铭烨和阮梦蝶，低声说，崔董，那个人到底什么来头？你为什么要听他的？

崔新轲说，他是什么人，你可以去问郭秘书长。

钱焯疑惑地说，他还认识郭秘书长？

崔新轲说，我现在只关心一件事情，梦蝶在剧组里不能受一点委屈，你能做到吗？

钱焯眼珠一转，马上赔着笑脸说，既然崔董您有交代，我执行便是。说完，钱焯来到阮梦蝶面前，抱歉地说，对不起啊，阮梦蝶小姐。

阮梦蝶没搭理他，转身挎上左铭烨的胳膊。

钱焯说，阮梦蝶小姐，刚才我一时冲动，让您受惊了。既然是崔董的朋友，那就是我钱焯的朋友。不管你演不演这部电影，片酬一分也少不了您的。

南京维新政府郭秘书长，就是原上海的郭副市长。左铭烨一时想不通，印象中的那位郭副市长经常替共产党仗义执言，而且明里暗里与共产党来往，似乎与延安又有着千丝万缕的关系，甚至外界都在谣传他是隐藏身份的共产党。这样一个人怎么会在汉奸维新政府任职呢？怀着这种疑惑，左铭烨在崔新轲、钱焯的陪同下走进了南京维新政府大楼。阮梦蝶一路紧挎着他的胳膊，似乎左铭烨是她唯一的依靠。

左铭烨一行人来到宴会厅的包间，郭秘书长已经在等候了。见左铭烨进门，郭秘书长亲切地拉住他的手，眼圈有些泛红，他说，铭烨，平安就好，平安就好啊！

左铭烨说，郭叔，让您惦记了。

郭秘书长朝左铭烨身后看，没有看到左家其他人，于是关心地问道，怎么就你自己到南京来啦？

左铭烨心情复杂地说，左家从上海逃出来的，只有我和红颜两个人。

郭秘书长说，其他人呢？

左铭烨说，父亲出事以后，二妈就像变了一个人，本来是要带她一起走的，可是二妈她一时想不开，上吊自杀了。铭熠是在出城之前走散的，至今下落不明。

得知二太太的死讯，阮梦蝶忍不住流下眼泪，她说，二太太她多好的人啊，怎么说没就没了呢？她一直拿我当自家孩子一样对待。怎么会这样啊？

郭秘书长长叹一声，他说，都坐吧！这都是命啊。

众人一一落座，秘书钱焯张罗着上菜、倒酒。左铭烨凑近郭秘书长，低声说出自己的疑惑，他说，郭叔，你为什么要在南京维新政府任职呢？这个政府在老百姓眼里不伦不类，甚至被骂作汉奸政府。

郭秘书长无奈地说，日军尚未向南京开进，蒋中正和他的政府机关都逃到重庆去了，给我们留下一个烂摊子。

左铭烨赞同地点头。

郭秘书长继续说，"新民会"的梁鸿志说，如果没有一个名义上的政府掌控沪宁局势，就等于拱手将国土白白送给日本人，适时成立南京维新政府既能有效地行使主权，安民防盗，又能有效杜绝国土流失，一举两得。虽然我不太赞成梁鸿志的说法，但是天将降大任于斯人也，只能硬着头皮赴任了。我希望通过自己的努力，保沪宁一方平安。

虽然郭秘书长一番话说的冠冕堂皇，可是左铭烨还是一眼洞穿了他卖国求荣的汉奸嘴脸，接下来左铭烨的语气便有些公事公办的意思了。

左铭烨说，郭秘书长今天找我来不是为了拉家常吧？

郭秘书长说，铭烨，你我不是外人，那我就有话直说了。南京维新政府即将成立，可是一个政府的运作没有资金的支持是寸步难行的。你和新轲都是上海滩有名的银行家，对于金融形势肯定看得比我清楚。由于上海战事的爆发，宁沪两地的几百家银行的资金大量出逃。南京维新政府要想维持下去，必须设立政府掌控的中央银行。

左铭烨皱眉沉思着。

崔新轲说，铭烨，这件事情郭秘书长之前已经跟我谈过了，我觉得有利可图啊，所以就想拉你入股，我们共同出资成立这家中央银行，发行我们自己的流通货币"维新券"，全权代理南京维新政府"国库"与"公债"事务。你想啊，单是发行"维新券"，我们就有多少利润？

左铭烨说，我明白了，南京维新政府发行"维新券"，蒋中正的重庆政府发行"法币"，你们这是想跟重庆打一场金融战啊！

崔新轲说，不管胜败，反正我们是稳赚不赔啊！

左铭烨冷笑，他说，郭秘书长，你口口声声说南京维新政府不是汉奸政府，可是你维新政府中央银行发行"维新券"的矛头为什么直指重庆？我想知道，是哪个日本顾问提出了这样"釜底抽薪"的好建议？

郭秘书长被左铭烨问住了，脑门上渗出细密的汗珠，他一边掏手绢擦汗，一边解释说，铭烨，你想多了，哪个政府没有中央银行，我们南京维新政府也不能例外吧？

左铭烨说，一个国家同时存在两种独立的货币系统，结果会是什么？经济的大崩溃，国家随之消亡。除非你们想建立国中之国，那就另当别论了。

崔新轲说，国家的事情我们不用操心吧？铭烨，你我是银行家，是生意人，成立维新政府中央银行是稳赚不赔的好买卖，你不要错失良机。

左铭烨说，这种厚颜无耻的钱，我不能赚。我不想让国人在背后指着我的脊梁骨痛骂说，看，这个狗汉奸！

郭秘书长的脸色变得难看，他本想说什么又咽了回去，改换了惯常的平和语气，他说，铭烨，你还是太年轻了，有些事情并不是你想象的那样简单，维新政府是不是汉奸政府，你郭叔是不是汉奸，不要急着下结论。但我想说的是，维新政府即将成立，百废待兴，我需要你的帮助。铭烨，就算是郭叔求你了，行不行啊？

左铭烨没有搭腔，举起了酒杯，一边怀疑地看着郭秘书长，一边轻轻呷了一口红酒。

2

走进南京老城南狭窄的巷子，但见粉墙黛瓦，一草一木都弥漫着浓郁的秦淮风情。在太平街路口左拐，便到了位于城南中正街的日本驻南京总领事馆。城南中正街在一九四九年之后改名为白下路，而日本总领事馆这座巴洛克风格拱门斜顶的两层小楼正位于白下路的中心地段。

林红颜来到日本总领事馆时，这里已经停止办公，一把锈迹斑斑的铁锁挂在大门上。悬挂在门前的日本国旗不知被谁焚烧了大半，破布条一样随风摇晃着。泥巴糊住了镌刻于墙上的"日本国驻南京总领事馆"几个字，已经很难辨识。林红颜心情复杂地退后几步，失神地望着院内的办公楼。这栋小楼显得死气沉沉，似乎没有什么活物会在里边。

林红颜正要离去，旁边的小门打开了，大岛川介探出脑袋。

大岛川介说，幸友子，这边。

林红颜跟着大岛川介走进已经废弃的日本总领事馆，两人深一脚浅一脚地穿过烂泥地，顺着一处侧门的楼梯进入了地下一层。这里灯火通明，几个配枪的日本特务在地下通道中来回巡视，隐隐能够听到某个房间里的电台发出有节奏的"滴滴"声。

盐泽一郎正在自己的房间里翻看文件，大岛川介引林红颜进门。

大岛川介说，盐泽会长，幸友子到了。

盐泽一郎没有抬头，一边在文件上批示着什么，一边问林红颜说，沪通银行那批黄金的下落查到没有？

林红颜说，我不知道。

盐泽一郎不悦，撂下手中的笔，来到林红颜面前，恶狠狠地盯着她说，幸友子，山田死后，你就一直打不起精神来。难道还需要我随时提醒你的任务吗？帝国需要那批黄金，战争需要这批黄金！

林红颜垂头丧气地说，没有任务了，一切都结束了。

盐泽一郎恼怒，一声断喝道，八格牙路！瞧瞧你现在的样子，太给我们"青柳社"丢人了。气愤的盐泽一郎食指戳着林红颜的胸口，大声命令道，幸友子，你给我站好，挺起胸膛，像真正的武士一样！

林红颜突然疯了一样大喊说，你为什么要杀山田君？

盐泽一郎一愣，旋即火冒三丈地朝林红颜挥拳。林红颜猝不及防，被盐泽一郎打倒在地，揪着头发殴打。大岛川介上前劝解，费力地将盐泽一郎拉开。林红颜忍着疼痛，吐掉嘴里的血水，这才慢吞吞地站起来。

林红颜说，盐泽会长，还有别的事情吗？我该回去了。

盐泽一郎生气地又要冲向林红颜，被大岛川介拦住。

盐泽一郎威胁林红颜说，幸友子，如果你背叛帝国，背叛"青柳社"，山田就是你的下场！

林红颜冷笑，义无反顾地朝门外走去。

从日本总领事馆出来，林红颜漫无目的地穿行在巷子里。不知走了多久，她发现脚下没有路了，只有一条秦淮河横亘在她的面前。

林红颜泪流满面，她喃喃低诉说，山田君，你说的对，帝国的梦想和我们的理想都破灭了，上海繁荣、亚洲繁荣都是盐泽会长的一派谎言，他的眼里只有战争，我们都是牺牲品。山田君，不要抛弃我，我要追随你而去。等着我，幸友子这就来找你了。

说着，林红颜撕碎衣衫，先拿布条捆住自己的双脚，接着又捆住自己的手腕，最后用牙齿在绳头打了个死结。林红颜的怪异举止，引来南京市民围观。路人纷纷停下脚步，疑惑地观望。

秦淮河缓缓流淌，站在河边的林红颜万念俱灰，流泪哼唱着日本民歌"樱花"。

林红颜用日语唱道，樱花啊！樱花啊！暮春三月天空里，万里无云多明净，如同彩霞如白云，芬芳扑鼻多美丽。快来呀！快来呀！同去看樱花。

扑通一声，林红颜一头栽进河里，激起朵朵浪花。路人见状，纷纷涌到河边观察，指指点点地议论着。一个矫健的身影纵身跃入水中，这是前来寻找林红颜的左铭烨。在水中一番摸索之后，没有发现林红颜，左铭烨浮出水面，深吸一口气，再一次潜入水中。

3

南京维新政府郭秘书长正与崔新轲讨论成立维新政府中央银行的事情，钱焯引盐泽一郎进门。郭秘书长假装没看到盐泽一郎，继续跟崔新轲说，维新政府中央银行的股份必须掌握在我们几个发起人手里，今后不管什么人加入，不管他出多少钱，都不能稀释我们的股份。

钱焯小声提醒说，郭秘书长，盐泽一郎先生有事情找你。

郭秘书长装作刚看到盐泽一郎的样子，赔着笑脸迎上前说，哎哟，盐泽顾问大驾光临，有失远迎。恕罪，恕罪啊！

盐泽一郎说，郭秘书长，打扰你了。但是维新政府中央银行必须抓紧成立，不能再耽搁了。

郭秘书长说，是啊，你来之前，我们正在商讨这件事情。新轲也是你我的老朋友。他有些建议还是很不错的。

崔新轲说，政治，我不懂，但是在金融方面，我还是有发言权的。盐泽一郎先生尽管放心，这几天我和郭秘书长紧锣密鼓地进行筹备，维新政府中央银行的成立指日可待。您需要的话，我们会将所有的进展情况向您随时通报。

盐泽一郎说，崔先生客气了，我只是南京维新政府的顾问，中央银行的事情还是郭秘书长你们做主。我今天来只是传达日本国驻华公使馆原田熊吉将军关于设立维新银行的一条建议。

郭秘书长说，原田熊吉将军是我南京维新政府礼聘的政府总顾问，他的建议，我们一定认真执行。

盐泽一郎说，南京维新政府中央银行成立后，立即在市面上发行"维新券"，原田将军建议，"维新券"与日元挂钩，以保持汇率稳定。

崔新轲说，这个保证没问题。

盐泽一郎说，崔先生别着急表态，我的话还没有说完。原田将军还说，维新政府中央银行的储备金不一定按照老传统存储黄金，也可以用等价值的日元代替……

崔新轲闻言目瞪口呆，他说，日元代替黄金做储备金？这恐怕不太合适吧？

盐泽一郎说，我只是转述原田熊吉将军的建议，具体该怎么做，你们可以找他商讨嘛。

郭秘书长与崔新轲面面相觑，不知所措。

盐泽一郎走后，郭秘书长和崔新轲均无力地瘫倒在沙发上，愣愣地对着天花板喘气。

郭秘书长说，日本人真是太狠了。

崔新轲忍无可忍，破口大骂道，盐泽一郎这个混蛋把我们维新政府中央银行当成自家的小金库了！日元代替黄金做储备金，这种事情他都能想得出来，这跟明抢有什么区别，不折不扣地强盗行径啊！郭秘书长，你可千万不能听日本人的！

郭秘书长说，这些日本人是维新政府的顾问啊，不听他们的听谁的？新轲，想想办法，帮我渡过难关啊！

崔新轲说，我没有办法。郭秘书长，维新政府中央银行我也不打算入股了，眼睁睁看着自己的黄金变成一堆白纸，我又不是傻子，能干这种傻事吗？

郭秘书长说，你不能丢下我不管啊，维新政府中央银行成立不了，日本人会拿我开刀的。新轲，你我不是外人，有福同享有难同当啊！

崔新轲思索着，他说，郭秘书长，我实话实说吧！维新政府中央银行的设立没有储备金是不行的。已经确定的股东，除了你我，还有梁先生和汪先生，他们实出股本可以忽略不计；听了盐泽刚才的建议，你我也不可能再拿出真金白银入股。那么储备金怎么办？现在只有一个办法既能让日本人满意，又能让我们赚到钱。

郭秘书长说，什么办法？

崔新轲说，左铭烨。郭秘书长有所不知，铭烨之前与国民党南京政府有一项协议，请求国军协助转运沪通银行数十万两黄金的储备金。可是国军在没有征得左铭烨的同意下，擅自将这批黄金运走了。铭烨正为这件事情发愁，如果我们以民间的名义运作，很有可能将这批黄金找回，并用于维新政府中央银行的设立。

郭秘书长说，铭烨会同意吗？他对于维新政府的态度……似乎有些抵触。

崔新轲说，郭秘书长，我可以再跟铭烨谈一谈。

郭秘书长说，好，你找他谈一谈，记住日元做储备金的事情不要跟他提一个字。

崔新轲无奈地说，这个当然了，必须隐瞒呀。铭烨和我是多年的朋友，说实话，我真不想欺骗他。但愿南京维新政府中央银行成立之后，日本人少来参与。不过，这是不可能的。

4

林红颜为什么要自杀，左铭烨百思不得其解，问她，她又一声不吭。左铭烨无奈之下，只好决定先带她回去，可是林红颜却拒绝跟他走。

左铭烨说，红颜，到底出了什么事情？你这段时间就像变了一个人。

林红颜像是对左铭烨说，又像是自言自语，她说，我一直是那个人，幸友子，村上幸友子。

左铭烨疑惑地说，你在乱讲什么？

林红颜说，铭烨，你了解我吗？

左铭烨犹豫着，他说，之前我自以为了解你，因为你是我的妻子，是我的爱人，可是现在我却不敢说这样的话。真相是什么？愿不愿意告诉我？

林红颜苦笑说，其实我骗了你。我的父母和哥哥没有死在国民党特务手里，此时他们一定在伊势湾海边的那栋小木屋里，喝着妈妈做的鳗鱼茶。

左铭烨说，你是说位于日本本州岛的伊势湾吗？

林红颜的思绪回到了过去，她说，二十多年前，父亲还很年轻，他的名字叫林长工。那一年，父亲带着妈妈、哥哥和我漂洋过海到日本求学、谋生，之后父亲改名叫"村上祯雄"，再后来就留在日本爱知医科大学任教了。

左铭烨认真地听着，没有打断她。

林红颜说，我在爱知医科大学读书时，加入了日本爱国学生运动组织"青柳社"，也是在那里认识了聪明的中国留学生左铭熠，后来我们相爱了。这件事情传到"青柳社"盐泽会长的耳朵里，他威胁我说，高贵的日本女人怎么能嫁给一头支那猪呢？你要么嫁给我，要么我去杀死左铭熠！

林红颜叹了口气，继续说，最终我屈服了，为了保住左铭熠的命，我决定嫁给自己不喜欢的人。我跟左铭熠提出分手，他问我原因，我说，因为左铭熠是中国人，我不可能嫁给一个中国人。和盐泽会长举行婚礼的当天，左铭熠拿着入籍证明来找我，恳求我说，幸友子，我加入日本国籍了，我们可以结婚啦。我不知道该怎么跟他解释，那一天左铭熠成了婚礼上的大笑话。

左铭烨心情复杂地听着，点燃一支雪茄烟。

林红颜说，此后很长一段时间，左铭熠与我形同陌路。不知从什么时候开始，左铭熠加入了"青柳社"，疯狂追杀逃亡日本的国民党人，因此立下大功，并成为盐泽会长的亲信。一天晚上，左铭熠闯进了我的房间试图强暴我，我的丈夫，也就是盐泽会长他就在外屋，可他装聋作哑，不管不问。后来我才知道，盐泽会长曾经向左铭熠做出承诺，完成那个重要目标的暗杀任务，就让我陪左铭熠一个晚上。

林红颜咬牙切齿地说，得知此事，我非常生气，将盐泽会长威胁我的那些话全告诉了左铭熠。他考虑之后跟我说，幸友子，我们去中国吧，离开这个让人伤心的地方。

左铭烨说，我遇见你的时候，是你和铭熠刚回上海不久。

林红颜说，是的。我和左铭熠编造了父母和哥哥被国民党特务杀害的谎言，博取你的同情，并隐藏自己"青柳社"的身份。

左铭烨说，你说的那个盐泽会长是不是盐泽一郎？

林红颜说，是他，盐泽会长后来也来到了上海，以东亚株式会社为幌子，成立日本远东谍报组，秘密开展特务活动。我和左铭熠都是骨干成员。当你发展我加入共产党组织并邀请我前往红军苏区的时候，我都向盐泽会长做过汇报，他说，中国有两股影响较大的政治势力，国民党和共产党，双方的情报都要掌握。盐泽会长命令我跟你去红军中央苏区工作，我心里很清楚，其实他是想把我和左铭熠拆散。

左铭烨说，后来你就跟我去了红军中央苏区。

林红颜说，我当时没有选择，只能跟你走。铭烨，你以为我是爱你才跟你结婚的吗？我那是为了报复盐泽会长！

左铭烨心情复杂，无话可说。

林红颜说，你现在一定后悔救我了吧？我是一个浑身充满了污点的女人，我是一名日本间谍，我从延安回来是为了替帝国监控沪通银行的资产。你救我干什么？你应该杀了我！我这样的罪人，不应该活在这个世界上！

说着，林红颜情绪激动地跳起来，一头撞向旁边的大树。左铭烨想阻拦，已经来不及了。"嘭"的一声闷响，林红颜跌倒在地，鲜血沿着发际流淌。

左铭烨冲上去，抱起林红颜大喊，红颜，红颜……

林红颜睁开眼睛，用尽全力欲挣脱左铭烨的怀抱，左铭烨没有松手，他说，红颜，你冷静点，其实有些情况我早已知晓，不过我一直在等待，希望你能亲口告诉我。今天你终于说出了真相，我心里的石头也彻底放下了。

林红颜痛苦异常，放弃了挣扎。

左铭烨说，你从延安回来是自作主张，而不是组织派遣，当时我就感到有些蹊跷。但你是我的妻子，我对你还是有着起码的信任。事实证明，你林红颜并非无可救药。因为直到我们离开上海，盐泽一郎仍然认为沪通银行的那批黄金已经沉江，不管出于什么原因，至少你保守了这个秘密。

林红颜说，已经不是秘密了，因为江阴沉船的虚假情报，盐泽会长受到大本营的严厉斥责，如果找不到那批黄金，盐泽会长一定会杀了你！

左铭烨说，谢谢提醒，我的命比起这次秘密任务显得那么微不足道，其实我早做好了牺牲的准备。可是你应该活下去，忘记过去，勇敢地活下去。

林红颜说，活着还有什么意义？

左铭烨说，红颜，不要把所有的罪过都强加到自己身上，有时候你也是身不由己嘛，战争更不是你一个人能够左右的。其实除了死，你还有另一条路可以选择，那就是鼓起勇气跟过去告别，坚强地活下去。我左铭烨以丈夫的名义保证，我会永远陪在你的身边。

林红颜愣愣地望着河边，她说，你知道了我的隐秘身份，知道了我和左铭熠的情侣关系，你还愿意接受我？

左铭烨说，你有轻生之心，必有悔过之意。中国有句俗话，叫"浪子回头金不换"。等到了延安，我陪你一起去见政保局的领导，把自己的问题如实地向组织汇报。至于你我的婚姻，我会尊重你的意见，但是希望你能慎重考虑，而不是在冲动之下做决定。

5

左铭烨、林红颜、蒋金刚、黎本昌和黎茉莉等人在南京城内接连换了两个旅馆，藏身处都蹊跷地被追捕他们的大岛川介发现。一次与日本特务的枪战中，黎茉莉受伤，险些落入敌手。

事后，左铭烨分析，大岛川介为什么每次都能轻易发现他们的行踪，怀疑有内奸。林红颜不可能给日本人通风报信，蒋金刚是自己最信任的人，那么嫌疑人只能是黎本昌和黎茉莉兄妹之一，抑或两者都是。

蒋金刚怀疑黎本昌有问题，因为他在上海租界的书店里，黎本昌曾经打问过关于"牡蛎"的情况，十分可疑。

左铭烨随口说，日本间谍不会关心什么"牡蛎"，国民党特务倒有可能。

说到这里，左铭烨忽然想到了什么，他说，"端砚"同志跟我讲过，他一直在暗中查找出卖"西湖"夫妇的内奸，黎本昌有没有可能是那个内奸？他认不认识"西湖"夫妇？

蒋金刚说，黎本昌的上线正是"西湖"夫妇，但因为黎本昌属于组织的外围成员，并没有太多任务安排。管那么多干吗？老子去把黎本昌抓来打一顿，看他交代不交代！

左铭烨思索着，他说，还是以后再找机会跟黎叔谈吧！现在我们的当务之急是离开南京，去重庆。据可靠消息，那批黄金已经运往重庆了。我们抓紧时间，天亮就出发。从现在开始，任何人都不能单独行动，防止泄露行踪。

6

南京金陵客栈离雨花台不远，扶栏眺望，可以看到大片竹林。自从林红颜说出自己的隐秘身世，便与左铭烨分床睡了。左铭烨尊重林红颜的意见，让她与黎茉莉成了室友。左铭烨在二楼的客房正对着她们的房间，也好有所照应。蒋金刚与黎本昌则住在三楼。

深夜，左铭烨辗转反侧，难以入眠。阮梦蝶早就提醒过他，说林红颜与左铭熠关系暧昧，可是左铭烨并不相信，甚至误解阮梦蝶是无事生非，借机生事。可是事实证明，她是对的，林红颜的确做了对不起他的事情。此刻左铭烨并没有埋怨和指责林红颜的意思，他知道感情不能强求。他犯难的是，如何向上级汇报林红颜的"特殊情况"，党组织又会怎样处理林红颜的问题，一切都不得而知。

左铭烨心烦意乱，越发睡不着，他起身点燃了一支烟卷，深深地吸了一口。皎洁的月光透过纱帘照在左铭烨的身上，把他变成了一座石膏雕像。在这一刻，他忽然感慨道，心如止水，这种境界不是谁都能做到啊。

门锁转动的轻响将左铭烨从睡梦中惊醒，他躺着没动，睡眼惺忪中看到一个穿着睡裙的女人走进来，月光下她的长腿越发显得白嫩。林红颜有左铭烨房间的钥匙，但是深夜至此，不知是何用意。

想到这里，左铭烨闭上了眼睛，装作熟睡的样子。

女人轻手轻脚地上了床，骑在左铭烨的身上。左铭烨突然睁开眼睛，发现一支冰凉的枪口抵住了他的脑门。左铭烨打了个激灵，这下他看清楚了，来人不是林红颜，而是黎茉莉。

左铭烨说，你干什么？

黎茉莉说，"牡蛎"先生，对不起了，奉汪铮禹长官的命令，我要杀了你。

左铭烨说，你是国民党特务？

黎茉莉说，国民党南京特工总部一期训练班的，你还有什么问题？

左铭烨说，汪铮禹想私吞那批黄金，这是要杀人灭口啊！

黎茉莉，抱歉啊，我只是奉命行事。

左铭烨说，"西湖"夫妇的身份也是你泄露的？

黎茉莉，什么西湖南湖的，我不知道你在说什么。"牡蛎"先生，准备好了吗？我这就送你上路。

左铭烨说，我死以后，照顾好红颜。她的情绪很不稳定，可是我希望她能好好活下去。

黎茉莉，林红颜是你老婆，还是你好好照顾她吧。现在有个机会，我可以饶你不死，就看你愿不愿意做。

左铭烨说，什么机会？

黎茉莉说，汪铮禹长官让我转告你，沪通银行那批黄金已经运往重庆，如果你愿意留在南京，并与南京维新政府合作，充当重庆的眼线，十万两黄金如数奉还。否则我只能执行命令，杀了你。

左铭烨冷笑说，请你转告汪铮禹，我左铭烨决不当汉奸！

话音未落，左铭烨突然一把夺走黎茉莉的手枪。两人在床上厮打，最终黎茉莉被左铭烨制服。

黎茉莉说，铭烨，枪里的子弹早打光了，我拿枪只是为了吓唬你。

左铭烨谨慎地检查了一遍枪械，确认弹夹是空的，这才将黎茉莉松开。手枪扔在桌子上。

黎茉莉说，上峰命令，我不得不执行，可是我们两家的关系，我又不可能朝你开枪。铭烨，听我一句劝吧，为了活命，哪怕你假意与南京维新政府合作也可以啊！我也好跟汪铮禹长官复命。

左铭烨说，茉莉，你太单纯了。这是汪铮禹陷害我的又一个圈套。

黎茉莉说，什么圈套？

左铭烨说，一旦我与南京维新政府合作，将变成国人唾弃的汉奸，人人得而诛之。汪铮禹从沪通银行抢走的那批黄金，我还能要的回来吗？老奸巨猾的汪铮禹这一招很高明啊，一下子就把我推入了一种两难的境地。我若听他的建议，留在南京与维新政府合作，我就是汉奸，谁都可以杀了我；我若不跟南京维新政府合作，你现在就可以执行命令杀我。总之，汪铮禹是一心要把我置于死地啊！

黎茉莉说，那你怎么办？

左铭烨说，没办法，走一步看一步吧，沪通银行那批黄金已经运往重庆，那是万千储户的命根子，我必须想办法要回来。

左铭烨正与黎茉莉低声说着什么，房门突然被推开了。蒋金刚押着黎本昌走了进来。对门的林红颜听到动静，也来到左铭烨的房间。蒋金刚朝黎本昌的腿弯处狠狠踹了一脚，黎本昌"扑通"一声跪在地上。

左铭烨说，怎么回事？

蒋金刚说，给日本人通风报信的内奸，老子找出来了，就是他，黎本昌。

黎茉莉着急地说，蒋金刚，你会不会搞错啦？我堂哥是你的入党介绍人，他是有着十年党龄的老地下，怎么可能跟日本人沆瀣一气，你不要血口喷人。

蒋金刚说，你们都被他骗了！就在刚才他偷偷跑到日本驻华公使馆，老子亲眼看见，给他开门的就是那个追杀我们的日本特务大岛川介！

黎茉莉疑惑地问黎本昌说，堂哥，到底怎么回事啊？

黎本昌一言不发，闭目等死。

蒋金刚说，你还敢装死？说话呀！

说着，蒋金刚生气地打了黎本昌一耳光，接着又要挥拳。左铭烨冲上去，将火气冲天的蒋金刚拉到一旁。

左铭烨说，黎叔，真是你暴露了我们的行踪？

黎本昌一声长叹，他说，唉，一步错，步步错，我对不起你们。可是我这么做都是为了我的儿子。

左铭烨说，黎叔，不管出于什么原因，你也不应该帮日本人啊，我们才是你的亲人。

黎本昌突然老泪纵横，哭喊道，可是我没办法呀！我儿子到日本留学，参加了什么"青柳社"，回上海之后一直替日本人搜集情报。前段时间，大岛川介告诉我说，他发现我儿子秘密加入了国民党，按照他们"青柳社"的规矩，如果让会长知道，就要杀了我儿子。我求大岛川介帮忙救救我儿子，他说，"青柳社"急于寻找铭烨你，要求我一旦知道你的行踪马上报告。作为交换条件，他保我儿子的平安。

左铭烨说，黎叔，你儿子就是左铭熠吧？

黎本昌说，事到如今，我也不瞒你们了，就是铭熠，我的亲生儿子呀！

林红颜苦笑，她说，黎叔，你真的是太傻了。左铭熠已经被他们杀了，就死在我的眼前，只有你一直蒙在鼓里，还在替他们做事。

此言一出，众人皆惊。

黎本昌愣愣地起身，来到林红颜面前，近乎哀求地说，不可能，我儿子他没有死，你一定是看错了。

林红颜没有搭腔，裹紧睡裙，走回对面的房间。

黎本昌失魂落魄地转身，祈求的眼神掠过左铭烨、蒋金刚和黎茉莉的脸。左铭烨同情地看着他。黎茉莉忍不住落泪。

她说，堂哥，铭熠没了，日本人居然还在利用你，简直是太无耻了！

左铭烨说，黎叔，节哀吧。

黎本昌突然抢过桌子上的手枪，就要往门外冲，左铭烨、蒋金刚和黎茉莉见状，纷纷上前拦阻。

黎本昌哭喊，别拦着我，你们都别拦着我，我要去找那个狗娘养的日本人，拼上这条老命，也要替我儿子报仇啊！

7

大岛川介带着日本特务赶到南京金陵客栈的时候，左铭烨等人早已消失无踪。找来客栈经理询问，经理也不知道左铭烨去了哪里。大岛川介火冒三丈，朝经理连开三枪，接着又将他的尸体抛下楼，这才悻悻离去。

日军飞机轮番轰炸，南京城内火光冲天，硝烟弥漫。

左铭烨、林红颜、蒋金刚、黎本昌和黎茉莉夹杂在逃难的人流中，正向幕府山方向行进。突然一队日军出现在前方，挡住了众人的去路。左铭烨抬头张望，发现日军没有开枪的意思，他们站在那里闲聊，相互递着烟卷。不知谁喊了一声"跑"，顿时人群大乱，四散奔逃。那些日军不慌不忙，叼着烟卷，端着大枪朝这边搜索过来，就像一群深夜觅食的幽灵恶鬼。

左铭烨拉着林红颜跑过来，发现黎本昌瘫倒在一处断墙下。左铭烨停下脚步，上前想把黎本昌拉起来。黎本昌无力地朝他摆摆手。

他说，我跑不动了，你们快走吧！不要管我。

左铭烨说，黎叔，你不能留在这里，太危险了。

黎本昌苦笑，他说，整个南京城还有安全的地方吗？我们出不了城，死路一条啊！

左铭烨焦急地四下张望，没有看到蒋金刚和黎茉莉的身影，他说，茉莉呢？蒋金刚呢？

黎本昌说，走散了，刚才我们还在一起。

左铭烨忽然想起什么，回头一看，林红颜正茫然地朝江边走去，脚步沉重地都抬不起来了。左铭烨担心林红颜出意外，飞奔过去拦她。林红颜走着走着，停下了脚步，失神地望着江面。

左铭烨追上来，他说，红颜，你乱跑什么？

林红颜扭头看着左铭烨，一脸的惊恐。

左铭烨说，你怎么啦？

林红颜没有说话，只是抬起手，朝左铭烨身后指一指。左铭烨疑惑地回头，发现大批日军朝这边移动，数名日军正路过黎本昌的栖身处。

左铭烨说，黎叔，黎叔危险！

左铭烨着急地要冲过去，被林红颜一把拉住。林红颜朝左铭烨摇摇头，拉着他朝江边跑去。

数名日军从黎本昌面前走过，没人理睬他，就像是没有看到他这个人。黎本昌哆哆嗦嗦地摸出手枪，朝路过的日军瞄准，之后扣动扳机。枪没响，枪里没有子弹。

一名日军见状，朝黎本昌挺起刺刀，一下就刺穿了他的胸膛。黎本昌口吐鲜血，抽搐着倒地。

大批逃难的南京市民正被日军轰赶至中山码头附近。左铭烨和林红颜躲在一处废墟里，揪心地看着这一幕。

左铭烨说，红颜，我们必须离开这里。快走。

左铭烨拉着林红颜要走，忽然发现他们已被数名日军包围。左铭烨下意识地将林红颜挡在身后。一名矮胖的日军流着口水欣赏林红颜的身体，哈哈大笑，并模拟猥亵的动作。其余的日军端着大枪，已经朝他们围拢过来。左铭烨握紧了拳头，准备与之肉搏。

　　林红颜突然用日语说，我们是日本人。

　　周围的日军纷纷停下脚步，但是没有放下手中的枪，其中一名日军问她说，日本人？你是哪里人？

　　林红颜说，爱知县名古屋。

　　一名日军少佐走过来，训斥道，动作要快，不要磨磨蹭蹭的。

　　矮胖的日军报告说；她说他们是日本人。

　　这名日军少佐来到左铭烨和林红颜面前，怀疑地上下打量着他们。左铭烨与之对视，正义凛然。

　　日军少佐说，你们两个跟我走。

　　数千逃难的南京市民被集中于中山码头，身后是滔滔的江水，面前的日军正摆弄着机枪。身穿日军少将军装的盐泽一郎站在那里，面无表情地看着日军将更多的南京市民轰赶至此。

　　大岛川介汇报说，将军，我们赶到金陵客栈的时候，左铭烨已经逃走。我怀疑是黎本昌告的密，这个老家伙靠不住。

　　盐泽一郎说，幸友子呢，找到她，带到我的面前。

　　大岛川介为难地说，南京这么大，到哪里找她？幸友子背叛帝国，背叛"青柳社"，已经变成了我们的敌人。将军找她做什么？

　　盐泽一郎说，幸友子坏了我的大事，我要让她为此付出代价。

　　说话间，之前出现过的日军少佐跑了过来，一边向盐泽一郎报告，一边朝不远处的左铭烨和林红颜指指点点。

　　盐泽一郎意外看到左铭烨和林红颜，脸上露出笑容。

　　盐泽一郎说，左先生，我们又见面了。

　　左铭烨情绪激动地说，盐泽，你把这么多南京市民驱赶到中山码头想做什么？准备来一场大屠杀吗？你睁开狗眼给我看清楚，他们都是无辜的平民。海牙公约和日内瓦公约等国际法明确规定：交战时期，交战双方对于已经放下武器的战俘，对停止抵抗的战俘和手无寸铁的平民百姓应给予人身权益保护，保护他们的生命权不得伤害，保护他们的人格权不得侮辱，保护他们的个人财产权不得查抄！

盐泽一郎说，左先生，还是先关心一下你自己的性命吧！

左铭烨说，释放他们，我随你处置。

盐泽一郎说，想跟我谈条件，这很好。我问你，沪通银行那批黄金现在藏在什么地方？

左铭烨说，我告诉你那批黄金的去向，你就能释放这些无辜的市民？

盐泽一郎说，这不可能，我是在执行命令。交出这批黄金，只能救左先生你自己的命，否则你也要像江边的那些人一样去死。

林红颜来到盐泽一郎面前，她说，盐泽会长，放铭烨一条生路，我求求你。

盐泽一郎暴怒，抬手打了林红颜一耳光。林红颜踉跄倒地。左铭烨生气地冲向盐泽一郎，被旁边的日军紧紧控制住。

左铭烨说，盐泽，有本事冲我来，来呀！

盐泽一郎没有搭理左铭烨，来到林红颜面前蹲下，两根手指托起她的脸。林红颜怨恨地盯着他。

盐泽一郎说，幸友子，你是不是真的爱上了左铭烨？

林红颜咬牙切齿地说，是的，我爱他，因为我是铭烨的妻子，我是左太太，所有的人都知道！

盐泽一郎说，好，我会满足你最后的愿望，一定让你死在左铭烨之前。

说着，盐泽一郎起身，来到左铭烨面前，他说，左先生，你考虑得怎么样？说，还是不说？

左铭烨冷笑说，你觉得那批黄金的去向我会告诉你吗？

盐泽一郎哈哈大笑，朝日军少佐做了手势。日军少佐点头，向在场的日军命令道，全体都有，举枪。

日军纷纷举枪，瞄准站在江边的市民。面对黑洞洞的枪口，数千市民面无表情地站在那里，没有人出声，周边突然安静下来，只有江水拍岸的哗哗声响显得越发刺耳。乌云滚滚而来，逐渐淹没了烈日，江面与天空都映透出血红。随着日军少佐又一声命令：放，顿时枪声大作。日军机枪嘶吼，逃难的市民成片倒下，鲜血染红了江水。

看到同胞被屠杀的惨状，左铭烨怒火难遏，眼睛都要冒出火来，他愤怒地朝盐泽一郎大喊道，盐泽，你这个畜生，住手，你给我住手！中国人是杀不完的，中国人是吓不到的，中国人流的血必将让你们加倍偿还！开枪，向我开枪！

盐泽一郎生气地掏枪，来到左铭烨面前，举枪对准他就要扣动扳机。南京维新政府秘书钱焯和崔新轲匆匆赶到，朝盐泽一郎出示特赦令。

钱焯说，这是原田熊吉将军亲笔签署的特赦令。盐泽顾问，左铭烨对于我们维新政府有大用处，暂时还不能死。

盐泽一郎心有不甘地松开左铭烨，突然转身朝林红颜开枪射击。林红颜身中数弹，倒在血泊中。左铭烨愣了一下，随即疯了一样扑向林红颜，大声呼喊她的名字。

左铭烨说，红颜，红颜。

林红颜艰难地喘息着，她用尽最后的力气说，铭烨，对不起，请原谅我。

说完，林红颜便咽了气。左铭烨泪如雨下，痛苦地闭上了眼睛。

8

南京维新政府门前，有日军士兵站岗。高大的门楼两侧，分别悬挂着"和平建国"五色旗以及日本国旗。伤痕累累的蒋金刚和黎茉莉两人被绑在院子里的木桩上，旁边有日军士兵持枪看押，显然动过刑。

此时，左铭烨、崔新轲、郭秘书长以及秘书钱焯正在二楼餐厅的某个包间里进行着最后的谈判。阮梦蝶应邀参加。

郭秘书长说，铭烨，事到如今，我们都打开天窗说亮话吧。南京维新政府中央银行正在紧锣密鼓地筹办之中，只是储备金还有很大的缺口。铭烨，不要再犹豫了，伸出援手帮郭叔渡过难关吧！

左铭烨说，郭秘书长，我再说最后一遍，我左铭烨宁死不当汉奸，你现在就可以杀了我！

钱焯说，左先生，生命诚可贵啊！绑在院子里的那两个人，想必你都认识，我们可不希望你跟他们死在一起。

左铭烨情绪激动地说，闭嘴！你一个汉奸狗腿子，有什么资格跟我说话？看看你们的所作所为，和毫无人性的日军有什么区别？如果有的话，那就是你们更加不知廉耻！你还算是一个中国人吗？没骨气的东西！

钱焯气得直翻白眼，腾地一下站起来就要拔枪。

郭秘书长训斥说，钱秘书，你给我坐下！现在我正跟铭烨商量事情，你想干什么？

左铭烨说，来呀，有种你一枪打死我！

坐在左铭烨旁边的阮梦蝶见状，急忙抓着他的胳膊，给他使个眼色，她说，铭烨，有话好好说，发什么火呀！

崔新轲说，对对对，阮梦蝶小姐说的好，这件事情不着急，我们慢慢谈，都是朋友嘛，买卖不成仁义在，何必搞得大家都不愉快。

阮梦蝶说，崔新轲，是你们有过错在先好吧？我问你，为什么把茉莉他们绑在院子里，这不是赤裸裸地要挟铭烨吗？换成我，我也会很不高兴。

崔新轲说，我之前也不知道这件事情，回来才看见的。钱秘书，要不我们先把茉莉他们放了？

钱焯没好气地说，这不可能！他们两个擅闯维新政府大楼，还打死我们两个守卫，连日本人都惊动了。他们两个今天死定了！

崔新轲转向左铭烨说，茉莉他们的事情先放一放，我们还是谈一下南京维新政府中央银行的设立。

左铭烨说，该说的我都说了，我觉得没什么好谈的了。

崔新轲说，铭烨，国军未经允许，擅自炸开沪通银行金库，抢走十万两储备金，这件事情你打算怎么办？

左铭烨说，怎么办是我的事情，跟你有什么关系？

崔新轲说，大有关系。如果我有办法帮你把这批黄金要回来呢？

左铭烨说，你能有什么办法？

崔新轲说，我真有办法，不过也不能白帮忙，这批黄金如果要回来了，你就拿这批黄金入股维新政府中央银行，如何？

左铭烨思索着，没有马上回答他。

郭秘书长说，铭烨啊，我觉得这是个好办法，与其这么一大笔黄金让国军某位高官私吞，不如拿过来入股，至少对沪通银行的储户是个天大的好消息嘛！

左铭烨说，这件事情我再考虑一下，你们先把茉莉他们放了。

郭秘书长说，铭烨，你有所不知啊，日本人他们逼得紧，没有太多时间让你考虑，这样吧，一个晚上怎么样？这是郭叔能为你争取到的最长时间了，你也得体谅我的难处啊！

左铭烨说，好，就一个晚上，明天一早我给你答复。

郭秘书长高兴地说，这就对了嘛。

说着，郭秘书长转向钱焯吩咐道，钱秘书，可以通知上菜了。

钱焯气呼呼地起身朝门外走去，出门时恶狠狠地瞪了左铭烨一眼。左铭烨视而不见，与阮梦蝶交头接耳，低声说着什么。阮梦蝶靠在左铭烨的肩膀上，挽着他的胳膊，边听边点头。

看到两人亲密的样子，崔新轲心里五味杂陈。

郭秘书长说，铭烨啊，红颜的事情我也听说了，人死不能复生，你不要太难过。现在有阮梦蝶小姐陪着你，有时间也该想想以后的生活了。

9

重庆。国民党特务魏忠国深夜造访汪府，奉命约谈汪铮禹，调查上海沪通银行十万两黄金的去向。汪铮禹含糊其辞，矢口否认自己运走了这批黄金。

他说，你开什么玩笑？如果是我汪铮禹拿走了这批黄金，我就不用天天为此事着急上火了。

魏忠国说，恕我直言啊，汪副处长，我们得到线报，说沪通银行那批黄金就在您的手里。运送黄金的国军军舰也是奉您的命令，从上海开往重庆的。

汪铮禹说，纯属无稽之谈，你们得到谁的线报？线人现在哪里？

魏忠国犹豫着说，这个……无可奉告。汪副处长，我是奉命调查此事，还希望您给予配合。

汪铮禹说，实不相瞒，我也怀疑有人想将这批黄金私吞。因为据沪通银行董事左铭烨报告，是我国军某部强行炸开银行金库大门，抢走了数万两黄金。

魏忠国边听，便认真地做着笔记。

汪铮禹说，得知此事后，我非常重视。毕竟国民政府答应过左铭烨，协助他们沪通银行转运这批黄金至南京。而我又是此次运送任务的负责人，所以紧急展开了相关调查。

魏忠国说，有结果吗？

汪铮禹说，本来是有些眉目的，可是上海战事爆发，国军在淞沪会战投入的总兵力一度高达六十余万人，包括中央教导总队以及八十七师、八十八师在内的陆军师就有四十八个，还有十五个独立旅，九个暂编旅，再加上税警团、上海市保安总团、上海市警察总队、江苏保安团，你自己算算一共有多少部队。对了，空军还有八个大队和一个暂编大队参战。海军部队有第一舰队、第二舰队和一个练习舰队，一个鱼雷快艇大队，还有江阴等地要塞部队，上百艘海军舰艇参加战斗。查，谈何容易啊！

魏忠国说，这么说是没有结果啦？

汪铮禹摊摊手，装作无奈地说，事已至此，我也没有办法，反正我是尽力了。

魏忠国说，真的尽力了吗？我怎么觉得您是在推卸责任，好像并不想深入调查下去。

汪铮禹不悦，他说，随你怎么想吧，关于协助沪通银行转运储备金的进展报告，我已经正式提交国民政府军事委员会，想必你也应该看到了，那份报告就是最终结果。

魏忠国说，十万两黄金不知去向，国民政府高层对此非常重视。汪副处长，您呈交的那份报告含糊其辞，表述不清，是不可能蒙混过关的。

汪铮禹生气地说，魏忠国，你到底什么意思？是在调查我吗？还是让徐副局长亲自找我问话吧！

魏忠国说，汪副处长，属下奉命行事，您这个态度不太合适吧？

汪铮禹冷笑，他说，奉命行事？奉谁的命令？不会是心里打着小算盘，狐假虎威吧？

魏忠国说，你这是什么意思？

汪铮禹说，别跟我装糊涂！实话告诉你吧，沪通银行这批黄金牵涉共产党地下活动，现在只有一种人会对这批黄金感兴趣，那就是共产党，因为我怀疑这批黄金是共产党的活动经费！

魏忠国疑惑地说，还有这种情况，为什么不写进报告？

汪铮禹说，写不写，是我自己的事情。你魏忠国如此关心此事，莫非与共产党有着某种特殊联系。

魏忠国生气地说，汪副处长，请注意你的措辞，这种事情可不能乱讲！告辞了！

说完，魏忠国气呼呼地离开了。左世章从里屋转出，来到汪铮禹面前。汪铮禹余怒未消，一屁股坐到沙发上。

左世章说，不幸被我言中了吧？现在连二处的人都插手此事，铮禹，必须小心行事啊！

汪铮禹说，老师放心，真正知道这件事的，除了你我，只有两个人。一个是左铭烨，一个是柳墨轩，可他们两人都是共产党。共产党说的话，国民政府会相信吗？所以您可以放一百个心。

左世章说，这两个人都还活着吗？

汪铮禹说，不好说，此前的情报是他们已经到了南京。日军在南京的大屠杀暴行已经传到重庆了，如果他们两个真在南京，恐怕是凶多吉少。

左世章说，要想办法尽快确认一下，争取不留后患。

从汪铮禹府邸离开后，魏忠国化装赶往曾家岩五十号，与八路军驻重庆办事处的柳墨轩秘密会面。原来魏忠国的真实身份是一名地下党。

寒暄过后，魏忠国掏出一封信递给柳墨轩，神秘兮兮地说，打开看看。

柳墨轩疑惑地打开信封，一张左铭烨穿着红军军装的照片掉了出来。

魏忠国说，照片上的人认不认识？

柳墨轩说，认识，他也是我们的同志。老魏，这张照片哪来的？

魏忠国说，说出来恐怕你会惊掉下巴，这张照片来自延安，接收人是南京国民党特工总部的汪铮禹。

柳墨轩大吃一惊，他说，具体说说，到底什么情况？

魏忠国说，国民党特工总部从南京搬迁至重庆，我们党务调查处负责善后，即将离开南京时，我们又收到了一批邮件。检验中发现，这封信的接收人是汪铮禹。进一步查询的结果是，这封信来自延安，经天津代转。

柳墨轩皱眉思索着，他说，延安有内奸？

魏忠国说，这不足为奇，这件事要尽快向组织汇报。

说着，魏忠国拿起左铭烨的照片细看，他说，这个人很重要吗？国民党特务为什么要找他的照片？

柳墨轩说，因为他肩负秘密使命，国民党特务一直在追查他的真实身份，如果这张照片落到国民党特务手里，我们这位同志就危险了。

魏忠国似懂非懂地点点头。

柳墨轩说，老魏，你还记得我说过在上海牺牲的"西湖"夫妇吗？或许与寄信的人有关。

魏忠国说，你的意思是寄信的人出卖了"西湖"夫妇？

柳墨轩说，不管怎么说，先把这个内奸找到再说。

柳墨轩一边收起信封和左铭烨的照片，一边问魏忠国说，汪铮禹那边有什么动静？

魏忠国说，他怎么可能轻易认账呢！

柳墨轩说，这是意料之中的事情。

魏忠国烦躁地说，那我们怎么办？就这么干等着？没有证据，没有证人，还不是眼睁睁看着汪铮禹把黑的说成白的。

柳墨轩说，你不要着急，"牡蛎"同志曾经跟我说过，他手里还有最后一枚棋子，那枚棋子可能会成为这次秘密转运黄金任务成败的关键。

魏忠国说，"牡蛎"同志还没到重庆吗？

柳墨轩说，按我们之前约定的时间，他早该到了，可能路上出了些意外，延误了行程。

魏忠国说，传言日本鬼子在南京屠城，每天都有成百上千具平民的尸体被运出城焚烧，我真担心"牡蛎"同志出意外。

柳墨轩说，是啊，这是我最不愿意看到的结果。南京的同志已经在查找"牡蛎"了，希望他能平安归来。

10

阮梦蝶所在的剧组成员被统一安置在南京原国民党大礼堂，南京维新政府虽然没有派人监视，但是明确要求剧组全体人员，未经允许，不得随便外出。站在宿舍的窗边，阮梦蝶望着停在院子里的那辆装满道具的卡车，犹豫着。

在南京维新政府大楼谈判时，左铭烨悄悄问阮梦蝶能不能搞到一辆汽车，他准备当晚出逃。当时阮梦蝶毫不犹豫地答应了，可是现在真要付诸行动，她却有些紧张，有些焦虑，甚至有些后悔，因为谁也不知道接下来将发生些什么，也许自己会有性命之忧。

阮梦蝶心乱如麻，打开一瓶白酒，自斟自饮。经过激烈的思想斗争，阮梦蝶终于拿定了主意，一个字：干。为朋友两肋插刀这种事情，阮梦蝶可能做不到，但是为了左铭烨，为了自己的幸福，她觉得值得冒险。如果逃跑计划成功，两人将远走高飞；一旦任务失败，她希望能死在左铭烨的怀里。这么一想，阮梦蝶便陡生"壮士一去兮不复还"的英雄豪气，连下楼的脚步都坚定了许多。

阮梦蝶一边朝停放在院子里的卡车走去，一边警觉地观察周围的情况，正要上车，剧组的司机王师傅满脸油污地从车底钻了出来。

阮梦蝶故作镇定地说，王师傅，这么晚了还没休息？

王师傅一声长叹，他说，唉，阮小姐，我们还不都一样嘛，您也睡不着是吧？也不知道上海那边的情况怎么样了，我们的家人是否都平安无恙。

阮梦蝶没有接王师傅的话茬，她关心的是这辆卡车，她说，王师傅，你这是修车呢？

王师傅说，都坏了两天了，没有配件，这辆车就是一堆废铁。

阮梦蝶着急地说，那配件不好找吗？

王师傅没好气地说，好找。日本人的军车上就有，可是我敢随便拿吗？

阮梦蝶偷车的计划彻底落空了，在那一瞬间，她感到从未有过的挫败，尤其是在左铭烨面前。阮梦蝶心乱如麻，埋怨自己无能，恨自己没用，左铭烨他们还在等着这辆车出逃，可是她现在什么也做不了。这么一想，阮梦蝶真想抽自己两个耳光，以作责罚。王师傅后来又说了什么，阮梦蝶一句也没听清，正垂头丧气地往回走，一辆车头分别悬挂着"和平建国"五色旗和日本国旗的黑色轿车开进了院子。阮梦蝶眼前一亮，下意识地朝那辆轿车走了两步。钱焯从驾驶室探出脑袋，朝阮梦蝶挥挥手。

钱焯深夜来找阮梦蝶，是奉郭秘书长的命令，他说，非常时期，不能意气用事，否则小命不保。左铭烨这个人太固执，在与南京维新政府合作成立中央银行的问题上，没留一点回旋余地。郭秘书长希望阮梦蝶小姐能找机会劝劝他。

阮梦蝶说，铭烨虽然是我的好朋友，可是这件事情太大了，恐怕我也说服不了他。

钱焯看到桌上的白酒，嘲讽地说，洋河大曲？好酒，好酒啊，以优质黏高粱为原料，用闻名于世的美人泉之水酿造，清冽香浓，口味细腻悠长。没想到都这个时候了，阮梦蝶小姐还有对月独酌的雅兴。

阮梦蝶说，钱秘书对酒倒是颇有研究。

钱焯说，只能嘴上念叨念叨了，我这个人啊滴酒不沾，容易皮肤过敏并引发哮喘，喝一口酒就有可能出人命啊。

阮梦蝶皱眉思索着。

钱焯说，我们言归正传。阮梦蝶小姐，你和左铭烨的关系，大家有目共睹，我想你不太愿意看着他去死吧？实话跟你说了吧，左铭烨只有与我南京维新政府合作，才有可能保命。

阮梦蝶说，既然是郭秘书长的意思，钱秘书又不辞辛苦地跑了一趟，那我就试试看吧！

钱焯说，好，祝你成功。阮梦蝶小姐，天不早了，钱某告辞。

阮梦蝶说，等一下。钱秘书，你喝酒真的会过敏吗？我不信，我觉得你是在骗我。你现在就喝一杯让我看看。

说着，阮梦蝶倒了一小杯白酒，递到钱焯面前。

钱焯为难地说，阮梦蝶小姐，我真的是滴酒不沾啊，不信你可以随便去问。我这病很奇怪的，弄不好会出人命！

阮梦蝶说，没那么严重吧？既然钱秘书那么没有诚意，我为什么还要帮你们？

钱焯正想说什么，阮梦蝶一只手已经搭在了他的肩膀上，甜甜一笑，朝他抛了个媚眼。钱焯打个激灵，嘴已经不利索了，他说，阮、阮梦蝶小姐，钱某公务在身，不能喝酒，我真的不能喝酒……

阮梦蝶不悦，她说，你不喝就算了，我是不会强迫你的。

话音未落，阮梦蝶突然一手捏住钱焯的下巴，一手熟练的灌酒。钱焯还没反应过来，一杯酒已经下了肚。阮梦蝶退后两步，观察，发现钱焯的脸已经憋得通红。钱焯急促地喘息着，像是被一双无形的大手扼住了咽喉，他不停地抓挠着自己的脖子，指了指阮梦蝶，却说不出话来，最终一头栽倒在地，人事不省。

阮梦蝶慌手慌脚地上前，从钱焯的衣兜里翻出了那把车钥匙。

钱焯那辆黑色轿车被阮梦蝶开出了南京原国民党大礼堂的院子，车头悬挂的"和平建国"五色旗和日本国旗迎风飞舞着。阮梦蝶异常兴奋，加速驶离，这辆轿车眨眼间就消失在夜色中。

一个身影出现在阮梦蝶的房间窗口，那是之前"病发昏迷"的钱焯，此时他早已恢复神智，静静地站在窗边，望着阮梦蝶驾车离去。钱焯冷笑了一下，一副典型的诡计得逞的表情。

11

南京维新政府大楼会议室成了左铭烨、蒋金刚和黎茉莉的临时住处，门外有两名汉奸守卫，上个洗手间都会有人跟着。

蒋金刚通红着眼睛，愤怒地说，这些日本鬼子都是畜生，以后老子见一个宰一个！

黎茉莉说，我们亲眼看到，成千上万的南京市民被集中轰赶到一处货场，然后日本鬼子架起机枪，开始疯狂地屠杀，连未满周岁嗷嗷待哺的孩子也不放过。到最后，机枪的枪管都烫得冒烟了。货场彻底变成了万人坑，全是尸体啊，惨不忍睹，血流成河。

左铭烨想起林红颜牺牲的一幕，眼里有了泪水。

蒋金刚说，老子徒手杀死了一个日本鬼子，缴获了一条枪，然后就和茉莉躲进了这栋汉奸政府大楼。本来我们想杀那个叫原田熊吉的日本顾问头子，没想到被汉奸给发现了。

左铭烨说，蒋金刚同志，我和你们的心情一样，何尝不想手刃鬼子，替那些死去的乡亲们，替红颜，替黎叔报仇。可是别忘了，我们还有我们的任务，不能意气用事。

黎茉莉听到这句话，吃惊地说，铭烨，你们还有什么任务？

左铭烨犹豫了一下，他说，与你无关，你还是不要问了。我们现在最要紧的，是想办法离开南京。

蒋金刚拖着一条伤腿来回走了几步，回头对左铭烨说，想离开南京，谈何容易？

左铭烨说，我已经拜托梦蝶找一辆汽车……

外面隐约传来汽车鸣笛的声音。左铭烨、蒋金刚和黎茉莉迅速来到窗边，看到一辆黑色轿车缓缓开进了院子，守门的日军并没有阻拦。黑色轿车停下，对着南京维新政府办公楼闪了三次车灯。

左铭烨高兴地说，是梦蝶，她成功了。我们快走。

蒋金刚抄起一只茶碗，咔嚓一声掰掉一角，他一边捡起锋利的瓷碗碎片，一边说，老子之前已经观察过了，门口只有两个守卫，老子先去干掉他们，再掩护你们撤离。

左铭烨说，掩护什么？一起走。

蒋金刚说，这条腿被汉奸打折了，现在老子就是个累赘，走不了的。

黎茉莉说，你不走，我也不走。

蒋金刚说，茉莉，跟你说多少遍了，老子喜欢的人是夏雨！以前是，现在是，将来还是！

黎茉莉说，那我也不走。要走一起走，要死一起死！

两名汉奸守在会议室门外，相互递着烟。黎茉莉开门出来。一名汉奸嬉皮笑脸地说，长夜漫漫，无心睡眠。这位小姐，我说的对不对？

黎茉莉说，我要上洗手间。

汉奸说，没问题啊，老规矩，先搜身。

说着，汉奸色眯眯地将手伸向黎茉莉的腰身。黎茉莉突然举起瓷碗碎片，朝他的咽喉猛地一划。汉奸被割喉，下意识地捂住自己的脖子，鲜血顺着指缝流淌下来。另一名汉奸见状，急忙拔枪，黎茉莉飞身跃起，动作敏捷地转身飞踹。眨眼之间，两名汉奸先后倒地，彻底失去了战斗力。

左铭烨搀扶着蒋金刚从会议室出来，三人匆匆下楼。

院内。阮梦蝶坐在黑色轿车里，紧张而焦急地等待着。左铭烨、蒋金刚和黎茉莉从南京维新政府大楼出来，迅速钻进这辆轿车。左铭烨坐副驾驶，蒋金刚和黎茉莉坐到后排。

左铭烨说，梦蝶，谢谢你了，我们快走。

阮梦蝶为难地说，铭烨，我的手脚已经不听使唤了，我也不知道怎么把车开过来的。

左铭烨说，我来开车，你换过来。

左铭烨下车，打算与阮梦蝶交换位置。就在这时，一辆悬挂着日本国旗的黑色轿车开进了院子，后边跟着一辆满载日军士兵的军用卡车。左铭烨紧跑几步绕过车头，钻进轿车内，迅速启动车辆。

刚下车的盐泽一郎和大岛川介意外看到左铭烨，一边朝他追过来，一边拔枪射击。左铭烨猛踩油门，黑色轿车轰鸣着冲出了南京维新政府的大门。盐泽一郎和大岛川介急忙返回，驱车追赶。满载日军士兵的军用卡车紧随其后。

一场飞车追逐战在深夜的南京城区上演。

左铭烨驾驶的黑色轿车在前，风驰电掣般穿过冷清的街道。盐泽一郎和大岛川介乘坐的那辆轿车紧追不舍，盐泽一郎探出脑袋，朝前方开枪射击。枪声就是命令，卡车上的日军已经将机枪架起来，瞄准左铭烨的轿车猛烈开火。

此刻，左铭烨已将油门踩到底，这辆黑色轿车就像发疯的怪兽一样轰鸣着朝前方冲去。追兵越来越近，子弹噼里啪啦地打在铁皮车身上，如同正遭遇一场冰雹雨。阮梦蝶吓得双手捂着耳朵，将脑袋尽量压低，埋在双腿之间，浑身瑟瑟发抖。

蒋金刚朝车后的追兵张望，怒不可遏地说，停车，老子跟他们拼了！

左铭烨说，手无寸铁，我们拿什么拼？只能被动挨打！

阮梦蝶忽然发现脚下的皮箱，哆哆嗦嗦地打开，发现箱子里有两只手枪和一枚手雷。

阮梦蝶说，铭烨，这里有枪。

左铭烨扭头一看，高兴地说，天无绝人之路，快把枪拿出来！

阮梦蝶犹豫着，一时不敢触摸。黎茉莉情急之下从后排探过身子，趴在阮梦蝶的身上将箱子里的手枪和手雷一一取出，递给蒋金刚。

蒋金刚一脚踹碎轿车后窗，举枪朝追兵开火。

双方在行进中激烈对射。

轿车底部突然发出"嘭"的一声闷响，爆胎了。左铭烨极力握紧方向盘，轿车仍摇摇晃晃，持续减速。蒋金刚一边朝追兵射击，一边质问左铭烨说，你到底会不会开车？加速！给老子加速！

左铭烨说，这辆车爆胎了，应该走不远，找个地方下车。

说话间，蒋金刚打光枪里的子弹，黎茉莉那边的枪声也停止了。追兵渐近，黎茉莉心急如焚，抄起那只手雷就要拉弦。蒋金刚眼疾手快，将她拦下。

蒋金刚说，手雷给我！

黎茉莉将手雷交给蒋金刚。蒋金刚拿着手雷思索着。

左铭烨催促他说，还愣着干什么？把手雷扔出去！

蒋金刚说，"牡蛎"同志，说心里话，能认识你非常高兴，你是好样的，相信你一定能完成组织交付的任务。老子不能陪你走下去了，真的非常遗憾。你们都好好活着。

左铭烨说，蒋金刚同志，你说这话什么意思？

蒋金刚转向茉莉，摸着她的脸说，茉莉，你是个好姑娘，如果有来生，我们还做战友。

黎茉莉情绪激动地说，蒋百城，我不允许你干傻事！

蒋金刚说，同志们，永别了！

说完，蒋金刚突然拉开车门，义无反顾地跳了下去。黎茉莉一把没拉住他，焦急地朝车后张望。左铭烨忽然明白了什么，回头看了一眼，懊悔地一拳打在了方向盘上。

蒋金刚从地上爬起来，一瘸一拐地迎向日军追兵，高举手雷，伫立街头。大岛川介猛打方向盘，日军轿车戛然而止，停在了路边。紧随其后的日军卡车没有减速，径直朝蒋金刚开了过去。

蒋金刚毅然打开手雷保险，正要拉弦向逼近的日军卡车投掷，日军的机枪抢先响了起来。身中数弹的蒋金刚怒目圆睁，努力支撑着不让自己的身体倒下去。日军卡车轰鸣着冲了过来，瞬间将蒋金刚撞倒并碾轧过去。

黎茉莉看到这一幕，伤心落泪。

左铭烨的眼睛湿润了，他说，茉莉，前边拐弯，准备下车。蒋金刚同志是为了掩护我们牺牲的，我们不能辜负他的期望。

话音未落，左铭烨驾车拐进一条小巷。黑色轿车摇摇晃晃地撞在一堵墙上，停了下来。

左铭烨大喊，快下车，快！

左铭烨和黎茉莉迅速跳下车，翻过断墙，进入一栋废弃的大楼。追击的日军一窝蜂冲进小巷，将停在那里的轿车包围。穿过废弃的大楼，是一片荒草地。左铭烨跑着跑着，忽然停下脚步。

他说，梦蝶呢？

黎茉莉说，我见她下车了呀！

左铭烨说，确定下车了吗？

不等黎茉莉回答，左铭烨转身又进入了那栋废弃的大楼。黎茉莉只好跟了上去。两人急匆匆穿过大楼，来到断墙处，悄悄探头朝那边张望。爆胎的轿车仍停在那里，数名日军持枪对准了车内之人。

大岛川介引盐泽一郎走了过来。盐泽一郎隔着车窗朝轿车内看了一眼，上前拉开了车门。阮梦蝶哆哆嗦嗦地下了车，一脸惊恐地看着盐泽一郎。盐泽一郎骂了句"八格牙路"，一把揪住阮梦蝶的头发，向小巷外拖去。阮梦蝶身不由己，跌跌撞撞地往外走，左脚的高跟鞋不小心甩了出去，深一脚浅一脚的步子显得越发别扭。

左铭烨和黎茉莉揪心地看着，不敢有所动作。此时，大岛川介已经指挥日军朝这边搜索过来。左铭烨和黎茉莉无奈撤离。

12

日本特务机关"青柳社"在南京的据点戒备森严，楼内楼外都有日军持枪警戒。阵阵哀号不时从某个房间传出，那是日本特务正在刑讯嫌疑人。盐泽一郎的办公室就在这栋建筑的一楼。

此时，盐泽一郎正用一块白布认真地擦拭那把军刀，锋利的刀刃在昏黄的灯光下泛着瘆人的寒光。阮梦蝶吓得哆哆嗦嗦，说话都不利索了。

她哀求说，盐泽先生，你不能杀我，我不想死。

盐泽一郎说，不着急，等抓到左铭烨，我一定会放了你。

阮梦蝶说，那要是抓不到呢！

盐泽一郎突然举起军刀朝阮梦蝶劈过来，阮梦蝶吓得大叫。刀刃即将砍到她头顶的瞬间，盐泽一郎一转手腕，刀锋划过阮梦蝶的脸颊，砍掉了桌子一角。盐泽一郎将军刀摆在架子上，毕恭毕敬地朝"青柳社"的会旗鞠躬。阮梦蝶心有余悸地看着，不敢发出一丝声响。

盐泽一郎自言自语地说，左铭烨，这一次，我绝不会放过你。

郭秘书长和钱焯匆匆赶到盐泽一郎的办公室，显然他们已经得到了通知。见到郭秘书长等人，阮梦蝶激动地流下了眼泪。

她说，郭秘书长，钱秘书，你们快救救我呀！

阮梦蝶这句话，似乎谁也没有听到，或者是他们两位都不敢与之搭腔，因为他们此刻已是自身难保，哪还顾得上阮梦蝶。

郭秘书长和钱焯绕过阮梦蝶，来到盐泽一郎面前，微微鞠躬打招呼。

盐泽一郎说，郭秘书长，原田熊吉将军已经等得不耐烦了，维新政府中央银行的事情今天必须要有个结果。

郭秘书长为难地说，本来左铭烨答应得好好的，谁想到他杀死看守，连夜逃走了。

盐泽一郎说，没有左铭烨，维新政府中央银行就搞不起来吗？我看你是在故意找借口拖延。

郭秘书长说，我们哪敢拖延啊，盐泽顾问，您真的多虑了，我们一直在为此事奔波。如果左铭烨不跑，也许明天就能召开南京维新政府中央银行筹备会议。他手里那批黄金是这件事成败的关键。

盐泽一郎说，不要再狡辩了！郭秘书长，我觉得你们几个废物都不适合现在的位置，你们辜负了原田将军的信任，只能以死谢罪。对不起了，郭秘书长，我只能公事公办！

说着，盐泽一郎作势要掏枪，钱焯心情复杂地看着。

郭秘书长吓得冷汗直冒，哀求说，盐泽顾问，再给我两天时间，就两天，好不好？事情办不成，不用您亲自动手，我自己了断。

盐泽一郎正想说什么，大岛川介垂头丧气地进门。

大岛川介来到盐泽一郎面前，立正报告说，将军，左铭烨跑了，我们没有找到他的行踪。

听到这句话，阮梦蝶长舒了一口气，她说，盐泽先生，我现在可以走了吗？

盐泽一郎恶狠狠地盯着阮梦蝶，朝她走了过来。阮梦蝶意识到不妙，转身想跑，结果被盐泽一郎踢翻在地，接着是雨点般的拳头扑面而来。郭秘书长和钱焯面面相觑，谁也不敢出声。

盐泽一郎疯了一样，当众殴打阮梦蝶，一直到打累了，才退后两步，掏出手枪，枪口对准了阮梦蝶。

阮梦蝶吓得魂飞天外，求饶说，求求你，别杀我，求求你了。

盐泽一郎缓缓扣动扳机，郭秘书长不忍目睹，闭眼的同时，扭过脸去。钱焯挺身而出，他说，且慢。盐泽先生，阮梦蝶小姐还有用处，能不能暂时不杀？

盐泽一郎扭头看着钱焯，等他的解释。

钱焯说，阮梦蝶小姐是左铭烨的好朋友，之前又涉嫌帮助左铭烨逃脱，所以他俩的关系绝对不一般。我有一计，保证左铭烨会乖乖地回到我们面前。

盐泽一郎犹豫着，持枪的手垂了下来。

13

天亮了，朝霞映红了天际。左铭烨从藏身的废墟探出头来，仰望天空。苍穹高而远，却压得他喘不过气来。在这一刻，他感觉自己如同一条掉进泥沼的鱼，无助地努力挣扎，也始终无法逃离。

不远处，黎茉莉正抹着眼泪焚烧黄纸，祭奠牺牲的战友蒋金刚。左铭烨叹了口气，走过去想安慰她，可是张了张嘴，又不知道该说些什么。

黎茉莉说，我没有看到他的遗体，可能是被收尸队运走了，现场只找到了这枚手雷。

左铭烨心情复杂地捡起地上的手雷，思索着。

黎茉莉说，不知道从什么时候开始，蒋百城变成了现在这副粗鲁的样子，说话粗门大嗓，动不动还称呼自己"老子"。这不是真实的蒋百城，我觉得他的心里一定很苦。

左铭烨放下手雷，一张接一张地焚烧黄纸。

黎茉莉说，当年他是国民党特工总部训练班的年轻教官，高大英俊，谈吐优雅，我们很多女学员都暗恋他。可是他只喜欢一个人，夏雨。蒋百城后来加入组织，多少也是受到了夏雨投奔延安的影响。我真羡慕夏雨，有一个男人到死都对她念念不忘。

左铭烨说，茉莉，你要想开一点，人死不能复生。

黎茉莉说，你不用劝我，我知道该做什么。只是不知道阮梦蝶小姐现在怎么样了，我真替她担心啊。

一辆南京维新政府的宣传车出现在空无一人的街面上，两名汉奸不停地朝车窗外撒着传单。车顶上的扩音喇叭先传出一阵嘈杂的电流声，接着是一个甜美的女声操着一口江浙口音不紧不慢地开始播报。

她说，南京市的街道依然沉寂。慈和的阳光照耀着城市西北角的难民区。死里逃生的南京难民，现在已经受到皇军的抚慰。他们跪拜道旁，感激涕零。在皇军入城以前，他们备受中国反日军队的压迫，生病的人没有医药上的帮助，饥饿的人不能够取得一米一粟，良民的痛苦，无以复加。幸而皇军现已入城，伸出慈悲之手，散播恩惠之露。

黎茉莉鄙夷地说，南京几乎变成了一座死城，街上一个人也没有，他们这些鬼话念给鬼听啊？

一张传单落在断墙上，左铭烨捡起来翻看。

他说，你看这个，梦蝶还活着。

黎茉莉翻看传单，并念道，热烈祝贺，南京维新政府中央银行筹备会议将于一月九日召开，出席本次会议的特约代表有，维新政府特别顾问原田熊吉将军，盐泽一郎先生以及中支那方面军的松井石根大将；维新政府中央银行筹备委员会常委左铭烨、崔新轲、郭光鼐、钱焯、汪智沽等十三人全员出席。著名影星阮梦蝶小姐将应邀参加此次会议，并登台献唱。普天同庆，国民欢腾，预祝本次会议圆满成功。

左铭烨说，梦蝶被他们当作人质了！

黎茉莉说，这是一个阴谋，汉奸政府的目的很明显，是想以此要挟你现身。铭烨，你千万不能去啊。

左铭烨说，如若不去，梦蝶必性命堪忧。她为了救我们，冒险搞到了一辆汽车；如今她落入敌手，我们怎么能无视她的生死呢！明知是一场鸿门宴，我左铭烨也想去闯一闯。不过，我们更需要一个脱身计划。

黎茉莉说，你有什么计划？

左铭烨说，新轲是我多年的朋友，他不是政客，只是个商人。晓之以理，动之以情，我想他应该会帮助我和梦蝶脱身。

黎茉莉说，这太冒险了！

左铭烨说，除此之外，我想不到其他的办法。新轲在沪通银行的全部股份已经转到了武汉分行，他会权衡利弊的。

14

"维新政府中央银行筹备会议"的传单摆在国民党特务秦北飞的面前，他怒不可遏说，左铭烨当了汉奸，人人得而诛之。你们都听好了，左铭烨留给我，我要亲手宰了他！

旁边的几个国民党特务正检查枪械、弹药。

一个特务说，秦组长，上峰给我们的命令，是刺杀汉奸政府秘书长郭光鼐，何必在意左铭烨这种上海滩的银行家。

秦北飞说，你懂个屁！左铭烨就是我们在上海费尽周折最终也没有找到的共产党"牡蛎"！

另一个特务吃惊地说，"牡蛎"不是柳墨轩吗？

秦北飞说，别跟我提这个人，不管是左铭烨，还是柳墨轩，他俩都得死！

15

南京维新政府大楼彩旗招展，"热烈祝贺维新政府中央银行筹备会议召开"的条幅高高悬挂。日军在门前持枪警戒，与会人员已陆续到场。秘书钱焯正忙碌着迎来送往，秦北飞一行人走了过来，出示邀请函。

钱焯热情地说，原来您就是上海兴亚会的常玉清常先生啊，久仰久仰。

秦北飞说，你误会了，常先生近期身体抱恙，无法与会，只能由兄弟我代劳了。

钱焯说，那您怎么称呼？

旁边的国民党特务介绍说，他是我们"七爷"，兴亚会二当家的。

钱焯说，幸会幸会，您里边请。

秦北飞说，上海沪通银行的左铭烨先生到了没有？

钱焯警觉，他说，您也认识左先生？

秦北飞说，我们是老相识了，听说他也要来参加此次会议。

钱焯含糊其辞地说，是啊，是要来，您里边请吧！

秦北飞等人走进南京维新政府大楼，按照摆在大厅的标示走向会场。特务们左顾右盼，职业性地观察周围的情况。

秦北飞低声说，两个人去楼上看看，其他人跟我去会场，见到姓郭的，手脚麻利点儿。

此时，郭秘书长、盐泽一郎、大岛川介和阮梦蝶就在二楼的秘书长办公室。一个日本女人正按照日本艺伎的模样给阮梦蝶化妆；另一个日本女人站在旁边，托盘端着一套新和服，准备给她换衣服。穿旗袍的阮梦蝶坐在凳子上听任摆布，看上去并不情愿。

郭秘书长说，幸亏钱秘书出了个好主意，我想左铭烨一定会来的。

盐泽一郎说，左铭烨不来，就杀掉这个女人。

郭秘书长说，好的，一定照办。

大岛川介说，如果左铭烨来了，却不愿与南京维新政府合作，就把他俩全杀掉。

郭秘书长说，没问题。盐泽顾问，大岛先生，除此以外，我还有个建议，就算是左铭烨来了，也愿意与我维新政府中央银行合作，签署相关协议之后，也应该杀了他们。

盐泽一郎哈哈大笑，他说，郭秘书长，你终于领会我的意图了。

郭秘书长说，日满华亲善嘛，我们是一家人。

盐泽一郎说，好了，你们都出去吧，我和阮梦蝶小姐有话说。

郭秘书长、大岛川介等人陆续离开后，房间里只剩下盐泽一郎和阮梦蝶两个人。阮梦蝶不知道盐泽一郎想跟自己谈什么，疑惑地看着他。

盐泽一郎说，我们刚才的谈话你都听到了吧？阮梦蝶小姐，今天或许是你生命的最后一天。

阮梦蝶尚未开口，眼泪早流了下来，她说，求求你，我不想死。

盐泽一郎说，这是你的命运，谁也改变不了。对了，你会唱日本民歌"樱花"吗？

阮梦蝶点点头，她说，多少会一点。

盐泽一郎说，唱给我听。

阮梦蝶清了清嗓子，用日语唱道，樱花啊！樱花啊！暮春三月天空里，万里无云多明净，如同彩霞如白云，芬芳扑鼻多美丽。快来呀！快来呀！同去看樱花。

盐泽一郎闭着眼睛，听阮梦蝶哼唱日本民歌。阮梦蝶的声音并不高，听起来别有韵味。盐泽一郎一时恍惚，睁开眼时，他吃惊地发现，原本坐在凳子上的阮梦蝶竟化作林红颜的模样，笑盈盈地朝他走来。

盐泽一郎说，幸友子？

林红颜说，盐泽会长，我错了，请原谅我吧。

盐泽一郎突然将林红颜抱在怀里，亲吻她的脖颈，撕扯她的衣衫。林红颜忽然变了脸色，抬手狠狠打了盐泽一郎一耳光。这一耳光把盐泽一郎从梦幻拉回了现实，他清楚地看到，站在他面前的不是林红颜，而是衣衫不整的阮梦蝶。

阮梦蝶惊讶地看着自己的手掌，显然不相信自己竟打了盐泽一郎的耳光，她紧张地说，对不起，我没想打你，我不是故意的。

盐泽一郎没有搭腔，拿起托盘里的和服扔给阮梦蝶，他说，把衣服换上。

阮梦蝶抱着和服，不知所措地说，就在这里换衣服吗？

盐泽一郎说，乖乖跟皇军合作，你才能保命。事成之后我亲自送你出南京，你想去哪里都可以。

阮梦蝶犹豫着，但最终还是屈服了，开始动手解旗袍的衣扣。

两辆满载日军士兵的卡车一前一后开进了南京维新政府的院落。带队的日军少佐跳下车，指挥日军迅速建立起一条警戒线。在大楼门口迎宾的钱焯忧心忡忡地看着这一幕。

崔新轲脚步匆匆，从大楼内出来，他说，钱秘书，郭秘书长搞什么鬼？筹委会名单里怎么会有铭烨的名字？他也不想想，铭烨逃走了，还会再回来吗？

钱焯说，我也希望他别来。

话音未落，崔新轲突然像见了鬼一样惊叫一声。钱焯疑惑地顺着他的视线望去，发现左铭烨正朝他们这边走过来。

崔新轲紧跑几步，迎上前去，着急地说，你回来干什么？送死啊！

左铭烨说，新轲，我俩是不是朋友？

崔新轲说，当然是啦，可是现在日本人想要你的命，你赶紧走吧！

左铭烨说，我走了，梦蝶怎么办？

崔新轲恨铁不成钢地说，铭烨，都什么时候了，你还惦记着自己的小情人？保命要紧啊，漂亮女人哪里找不到？

左铭烨说，新轲，待会儿我见到梦蝶之后，你尽快想办法制造一场火灾，我和梦蝶争取趁乱逃走。

崔新轲说，这样不行吧？你瞧瞧，院子里来了多少日本兵。

左铭烨说，找机会放火，其他的事情你就不要操心了。

钱焯皮笑肉不笑地走过来，恭维说，左先生真不是凡人啊，在下佩服。明知这里是龙潭虎穴，你还非得要闯一闯，英雄气概，豪气如云啊！

左铭烨说，梦蝶在哪里？

钱焯说，阮梦蝶小姐正在化妆，待会儿就该上台表演了。

左铭烨说，带我去找她。

钱焯说，好，请跟我来吧。

左铭烨临走时，不忘朝崔新轲使个眼色。崔新轲微微点了点头，算是回应。两人随即分道扬镳。

崔新轲一路小跑，气喘吁吁地奔上二楼，径直闯进郭秘书长的办公室。已经换上和服的阮梦蝶正给盐泽一郎、大岛川介和郭秘书长演唱日本民歌"樱花"，见崔新轲进来，马上住了嘴。

郭秘书长不悦，训斥崔新轲说，慌慌张张的，你干什么？

崔新轲说，是铭烨，左铭烨来了。

盐泽一郎兴奋地说，哟西，太好了，他们有几个人？

崔新轲说，就他自己，没看到别人。

大岛川介说，啊，左铭烨不会这么冒失吧？他一定给自己留有余地。

崔新轲说，是的，铭烨的计划是，带着阮梦蝶小姐一起逃走。他说，在见到阮梦蝶小姐之后，让我找机会在大楼内放火制造混乱，他便可以趁乱逃脱。

盐泽一郎点点头，他说，左铭烨现在哪里？

崔新轲说，钱秘书带他去了休息室，应该能暂时稳住他。

大岛川介说，将军，我现在就去杀了他。

郭秘书长说，大岛先生，你别着急，我先让左铭烨把协议签了，你再动手不迟。

大岛川介扭头看着盐泽一郎，眼神征求意见。

盐泽一郎说，郭秘书长说的对，不能因小失大。通知守在外边的部队，从现在开始所有人不得随意进出。

钱焯引左铭烨走进一间休息室，守在这里的两名汉奸上前搜身。左铭烨配合的架起双臂。汉奸搜完，没有发现他携带枪械，朝钱焯点点头。

左铭烨说，钱秘书，梦蝶呢？

钱焯说，你会见到她的。

左铭烨说，我现在就要见她。

钱焯说，左先生，我十分佩服你的勇气，可是你想过没有，进来容易，怎么出去？

左铭烨说，我不懂你的意思。

钱焯说，你想带阮梦蝶一起走，对不对？

左铭烨正想说什么，郭秘书长和阮梦蝶走了进来，左铭烨看到阮梦蝶的日式装扮，皱起了眉头。

左铭烨说，梦蝶，你怎么穿成这个样子？

阮梦蝶说，我也不想穿呀，是日本人逼我的。

郭秘书长说，好了，你俩待会儿再聊吧！铭烨，你过来，我们先把合作协议签了。

钱焯动作麻利地从柜子里找出一份文件，摆在桌面上。

左铭烨说，什么协议？

郭秘书长没有立即回答，看向旁边的两名汉奸。

两个汉奸会意，走出了休息室，并随手关好房门，守在门外警戒。这时，秦北飞带着几个国民党特务走过来。

一名汉奸问道，哎，你们什么人？

秦北飞说，听说郭秘书长在里边？

汉奸说，郭秘书长有公干，你们回头再来找他吧！请马上离开。

秦北飞说，好，我马上走。

秦北飞嘴上说走，脚却没挪窝，不仅如此，他还故意朝汉奸挤出一个难看的笑脸。汉奸醒悟，就要拔枪，其余的国民党特务一拥而上，将两名汉奸制服，拖进了对面的房间。

秦北飞站在休息室门外，偷听屋里的动静。

休息室里，郭秘书长、钱焯等人也在听外边的对话。确认门外已恢复平静之后，郭秘书长才说，你们沪通银行自愿出资黄金十万两，入股南京维新政府中央银行，股金比例实占一成。

左铭烨说，对不起啊，郭秘书长，我现在身无分文，没钱入股。

郭秘书长说，不要再找借口了，你沪通银行的十万两黄金不是被国军运走了吗？只要你签署这份协议，我们有办法帮你要回来。

左铭烨说，郭秘书长，你就死了这条心吧！我的钱即便是打了水漂，也不能落在你们这群汉奸手里，更不能装进日本人的腰包！

郭秘书长说，铭烨，识时务者为俊杰，你不要再固执了。实话告诉你吧，今天来了你就走不了。不要指望崔新轲能帮你，这个奸商已经把你的逃离计划统统告诉了日本人。

左铭烨心情复杂地看着阮梦蝶，对郭秘书长说，放阮梦蝶走，我留下随你处置。

郭秘书长冷冷地说，这不可能，阮梦蝶小姐待会儿还要登台献唱。今天这份协议，你签也得签，不签也得签！铭烨，你不要逼我剁下你的手指，在这份协议上摁手印！我真的于心不忍啊。

左铭烨生气地说，姓郭的，你还是沉不住气了，终于露出了这副可耻的汉奸嘴脸！想想之前，你在我面前冠冕堂皇的"爱国"表演，不觉得滑稽可笑吗？汉奸就是汉奸，卖国就是卖国，纸里包不住火，你就是一个不折不扣的卖国贼！必将遭到国人唾弃，最终死无丧身之地！

虚伪面目被左铭烨当众戳穿，郭秘书长脸上有些挂不住，本想掏枪，但又忍住了，他说，不错，我是你们眼里的汉奸，可我也有苦衷啊！

左铭烨说，任何借口都不是借口，关键是你选择了什么样的道路。以前我喊你"郭叔"，那是因为你敢在民众面前替共产党仗义执言，你的正义言行影响了包括我父亲在内的很多人，所以我佩服你的勇气，尊称你为"郭叔"。可是现在呢，我真替你感到羞耻，只好喊你一声"郭狗"！

郭秘书长阴沉着脸起身，掏出手枪摆弄着，他说，随便你怎么说吧，郭狗也好，郭叔也罢，我就问你最后一遍，这份协议你签还是不签？

左铭烨说，我也明确地告诉你，我左铭烨不会签这份汉奸协议，我就是死，也不跟你们这群民族败类沆瀣一气，狼狈为奸！

郭秘书长举枪对准左铭烨，吼道，你到底签不签？我只数三个数，你可给我想好了！

左铭烨毫无畏惧，哈哈大笑。

秦北飞正在休息室门外偷听屋里的动静，旁边的特务突然咳嗽了一声提醒他。秦北飞扭头望去，只见盐泽一郎带着一队日军朝这边走了过来。秦北飞等人避无可避，只好直面盐泽一郎。

盐泽一郎来到秦北飞等人面前，问他说，你们是什么人？在这里干什么？

秦北飞一眼认出盐泽一郎，冷笑说，没想到你还活着呢！

盐泽一郎一愣，脑海中闪过在上海樱花居酒屋发生枪战的一幕，眼前之人正是那个朝他开枪的中国人。盐泽一郎惊惧地后退一步，正要拔枪，秦北飞眼疾手快，一枪将他撂倒。

见秦北飞动了手，特务们一起朝日军开火。双方在狭窄的走廊内发生激烈枪战，敌我不断有人中弹倒地。

枪声传到休息室内。郭秘书长进退两难，他一边用枪指着左铭烨，一边对钱焯说，外边怎么回事？快去看看！

钱焯拔枪，毫不犹豫地朝郭秘书长连开两枪。郭秘书长中弹，倒地身亡。

阮梦蝶吓得惊叫一声，躲到左铭烨身后。左铭烨疑惑地看着钱焯，一时不明白发生了什么事情。

钱焯说，"牡蛎"同志，"端砚"命令你立即离开南京。

左铭烨说，原来你也是我们的同志？

钱焯说，"端砚"同志还让我转告你，你的养父左世章在重庆的秘密藏身处已经查明，朝天门灯笼巷四十四号。

左铭烨说，我知道了。

钱焯说，从这里出去之后，你们尽快去雨花台"积善堂"，堂主余冠庆可以动用他慈善机构的"掩埋队"掩护你们出城……

话音未落，秦北飞突然推门而入，紧随其后的是一阵枪林弹雨。钱焯举枪对准秦北飞。秦北飞朝他摇摇头。

秦北飞说，别开枪，自己人。

左铭烨认出秦北飞，提醒钱焯说，他是国民党特务，叫秦北飞。

秦北飞说，左铭烨，先杀鬼子、汉奸，你我的恩怨回头再说！

说着，秦北飞上前查看郭秘书长的尸体，惋惜地摇摇头，转身问钱焯说，郭光矗是你杀的？

钱焯说，是我。

秦北飞说，好，你立大功了。叫什么名字，告诉我，回重庆之后兄弟我会向统帅部呈交本次行动的报告，并为你请功。

钱焯说，不必了，分内之事。你们赶紧走！后院有个小门，那里的汉奸守卫我已经提前撤走了。

说着，钱焯指一下后窗的位置。

左铭烨点点头，拉起阮梦蝶的手，对钱焯说，那我们走了，钱焯同志，你多保重，我们后会有期。

16

为躲避日军的追捕，左铭烨、阮梦蝶与秦北飞等国民党特务分道扬镳，各奔东西。事后，左铭烨感慨地说，世事难料，我们也不能老眼光看人。之前，国民党特务秦北飞在上海奉命追杀共产党，可谓心狠手辣，可是在南京维新政府见面时，他竟然说出了"先杀鬼子、汉奸"之类的话。国难当头，国共这对老冤家终于摒弃前嫌，携手抗敌。若能在我党一贯倡导的抗日民族统一战线下，国共停止内战，一致对外，实为国家民族之大幸。

黎茉莉不无担忧地说，国民党内派系林立，统一思想谈何容易，尤其是国民党右派，攘外必先安内的余毒仍在肆意泛滥。要想实现真正意义上的国共合作，恐怕任重而道远。

夕阳西下，暮色渐浓，左铭烨等人藏身的大楼废墟显得越发阴暗。

黎茉莉说，下一步我们怎么办？

左铭烨说，天黑之后，去雨花台的"积善堂"，那里有我们的同志，他们会想办法护送我们出城。

黎茉莉说，太好了，终于能离开南京了。不过，我听说日本鬼子把出城的道路全部封锁了，这一路恐怕不会太平。

左铭烨说，是啊，我们要做最坏的打算。

黎茉莉忽然想起什么，探头朝大楼后院的荒草地方向张望，戏谑地说，穿和服上厕所果然不太方便啊，你瞧，梦蝶去解手，这么长时间还没回来，我看看她去。

其实，阮梦蝶并没有去解手，而是找借口尿遁，偷偷跑去向日军通风报信。此时，阮梦蝶正带着大岛川介和一队荷枪实弹的日军士兵匆匆穿过街道，赶往左铭烨和黎茉莉的藏身处。

阮梦蝶走到这一步，并非心甘情愿，简单地说，这是一个被战争吓傻了的女人做出的傻事。活下去，似乎比什么都重要。阮梦蝶天真地认为，日军会信守诺言，事成之后，允许她离开南京。

左铭烨做梦也没有想到，阮梦蝶竟会做出这样的蠢事。当大岛川介和几名日军出现在他面前时，他不可思议地看向阮梦蝶。阮梦蝶的目光躲躲闪闪，不敢与左铭烨对视。

大岛川介得意地说，左先生，你没想到吧！现在连阮梦蝶小姐都跟皇军合作了。

阮梦蝶说，对不起，铭烨，我还年轻，我不想死。

左铭烨感慨地说，残酷的战争降临到南京这座城市，让所有人的人性暴露无遗。有的人精忠报国，最后变成了神；有的人趋炎附势，终于变成了鬼。梦蝶，我说这些话，没有丝毫埋怨你的意思，你有选择人生道路的权利，我希望你今后好自为之。

阮梦蝶对左铭烨无话可说，转向大岛川介央求说，大岛先生，你现在可以送我出城了吗？我想去武汉，不，我要去重庆。

大岛川介说，我为什么要送你出城？

阮梦蝶说，是盐泽一郎先生亲口答应我的，带你们找到铭烨，你们就送我出城。大岛先生，你们不能说话不算数啊！

大岛川介摊摊手，敷衍说，既然是盐泽将军答应你的，你去找他好了。

阮梦蝶说，他在哪里？

大岛川介指了指天空，惆怅地说，盐泽将军已经为天皇陛下尽忠了。阮梦蝶小姐，如果你想去找盐泽将军，我可以受累送你一程。

说着，大岛川介掏枪，对准了阮梦蝶，毫不犹豫地扣动了扳机。

一声枪响，阮梦蝶中弹倒地，她艰难地喘息着，求助的目光投向了左铭烨。左铭烨心情复杂，上前握住了她的手。阮梦蝶张了张嘴，却说不出话来，就这么眼神直愣愣地看着左铭烨，最终咽了气。

大岛川介说，接下来，该左先生你了。

左铭烨缓缓起身，直面大岛川介的枪口，他突然作势要扑过去，大岛川介吓了一跳，急忙后退。

左铭烨哈哈大笑，他说，你手里有枪，居然怕我一个手无寸铁的人。

大岛川介说，因为你对皇军有用处，我暂时还不想杀你。左先生，我们来谈一笔生意吧？

左铭烨说，你们除了屠杀，还会做生意？

大岛川介说，那批黄金究竟在哪里？真的没有沉江吗？我亲眼看到国军从你们沪通银行运走了大批黄金，并装上了江阴四十九号货轮。好了，说这些也没有用，只要你愿意跟皇军合作，并交出这批黄金，我可以满足你任何要求。

左铭烨冷笑说，实话告诉你吧！那批黄金已经安全运抵重庆，留在这里的，只有一个中国人不屈的灵魂！

大岛川介恼火地说，左先生，看来你要吃苦头了，带走。

两名日军正要上前抓人，黎茉莉突然从破损的窗口跳了进来，她高举手雷，作势拉弦的同时，一声断喝，她说，来呀！一起死吧！

大岛川介和日军惊惧，下意识地后退。

黎茉莉猛地一拉弦，手雷嘶嘶冒出白烟。大岛川介见状，手忙脚乱地指挥日军退出房间。黎茉莉无惧无畏，举着手雷追了上去。左铭烨喊了声"茉莉"，着急地要冲出门外，他刚到门口，只听"轰"的一声巨响，手雷爆炸的气浪瞬间将左铭烨掀翻。

17

日军某部驻地大门前，横置着数个铁丝隔离网，掩体上架着一挺机枪。执勤的日军三三两两，有的闲聊，有的相互递着烟。一名矮胖的日军忽然感到有些不对劲，摘下大枪，端在手里，朝黑黢黢的街面上张望。

一个高大的身影静静地站在街面上，左手一把匕首，右手举着火把，这是急于为牺牲战友复仇的左铭烨。林红颜、黎本昌、蒋金刚、阮梦蝶、黎茉莉等人牺牲的画面一幕幕掠过他的脑海，他已经怒火难扼了。

左铭烨举着火把，一步步朝日军走去。矮胖的日军举枪瞄准，其他日军在旁边看热闹，嘻嘻哈哈地说笑着。

一声枪响，子弹打在左铭烨身前的柏油路上，在夜色中擦出一抹火花。显然这一枪并不想杀死左铭烨，只是为了取笑这个看似"以卵击石"的中国人。左铭烨的脚步没有丝毫迟疑，举着火把，继续前行着。

奇迹发生了，在左铭烨身后突然出现了数以百计的南京市民，他们有老有少，有男有女，举着扁担，拿着菜刀、木棒，跟随左铭烨手中的火把，义无反顾地向日军营地前进。

执勤的日军惊惧，纷纷找好战斗位置，持枪瞄准，更多的日军从营地跑出来增援。一名日军少尉指挥两名日军迅速架起了机枪。

左铭烨铁青着脸，高举火把，他的脚步越来越快，最后竟飞跑起来。大批南京市民紧随其后，没有人开口说话，只有密集的脚步声惊天动地。人潮汹涌，就像街面上突然掀起了一场海啸，齐刷刷地扑向日军营地。

日军少尉一声令下，机枪嘶吼，日军纷纷开枪射击。冲在最前边的左铭烨中弹倒地，南京市民在罪恶的枪声中成片倒下。

18

刚出三九天的延安依然冰冷刺骨，北风打着旋掠过中华苏维埃国家银行西北分行的窑洞，扬起一片风沙。王处长背着一大捆柴草走进院子，大风吹得他根本站不稳脚，也睁不开眼。一名银行的女同志上前帮忙，两人合力将柴草堆在一个角落里。

女同志说，王处，政保局的周兴局长来电话，让您去他那里一趟。

王处长说，没说什么事吗？

女同志说，好像是有关林延安同志的情况。

王处长说，好啦，我知道了。

西北分行的王处长裹着风沙，一头钻进政保局周兴局长的办公室时，周兴正在等他，另外还有两名政保局的干部。王处长接过周兴递来的茶缸，正要喝水，忽然发现在场所有的人都严肃地看着他，不禁心里有些发毛。

王处长试探地说，周局长，关于林延安同志的情况，上次我不是已经说清楚了嘛，您找我还有什么事情？

周兴说，老王，关于江华同志执行秘密任务的情况，我想问你几个问题。

王处长说，周局长，江华同志到上海执行秘密任务，是国家银行和您直接派遣的，我对此一无所知啊。

周兴没有说话，拿出一封信，从信封里掏出那张左铭烨穿着红军军装的照片亮给王处长看。

王处长紧张地吞咽着口水，双腿一软，坐到凳子上。

周兴说，这封信是你寄出去的吧？你给天津的老娘写信，夹带江华同志的照片做什么？

王处长冷汗涔涔，紧张地说不出话来。

周兴一拍桌子，严厉地说，我问你，在上海工作的"西湖"夫妇，你认不认识？！

王处长磕磕巴巴地说，不、不认识。

周兴冷笑说，老王，你可真是贵人多忘事啊，上次"西湖"夫妇来延安受领一项绝密任务，是你和我一起接待的，这件事情你真想不起来啦？

王处长彻底崩溃了，痛哭流涕地说，都是我财迷心窍啊！做了不该做的事情，真是罪该万死。我对不起各级领导的信任，我对不起党的培养。

19

清晨的南京，郊外起了薄雾，整个天空笼罩在一片阴云之中。朦朦胧胧中，一辆满载尸体的马车出现在颠簸的土路上，车帮插着一面红十字旗帜。两名仵作一老一小，面无表情地跟着马车前行，最终来到一片乱坟岗。

埋尸坑已经挖好，两名仵作一边从马车上搬运着尸体，一边左顾右盼，观察周围的情况。待确认安全后，老仵作匆匆挪开马车上的草席，露出满身血迹的左铭烨。此时，左铭烨仍处于昏迷之中。

老仵作说，这个人还有口气，快送到赵大夫那里去，能不能活下来，就看他的造化啦！

小仵作说，爹，我们埋了多少人？

老仵作说，一百三十四个，本来他应该是第一百三十五个。

小仵作说，爹，我不想再干这个差事了，心里堵得慌。

老仵作说，孩子，我和你一样，心里也不好受，可是我们中国人讲究"入土为安"，你我怎么忍心看着他们抛弃荒野，被成群的野狗叼走最后一根骨头。孩子啊，我们做的是行善积德的事情。

小仵作不再多言，扯起马缰绳，走上另一条土路。

薄雾未散，一束耀眼的阳光突然透过厚厚的云层，映射在这辆马车上。破旧的马车瞬间被镀上了一层金黄色彩，它缓缓穿行于薄雾之中，似梦似幻，神圣异常。

第六章

1

数日后，重庆。

朝天门灯笼巷四十四号的门牌有些破旧，字迹已经模糊不清。这是一栋门庭幽深的豪宅大院，青瓦斜顶的数间房屋掩映在高大巍峨的门楼背后。几个家丁、佣人在院内各自忙碌。

粗布大褂的张嫂从堂屋出来，正遇到一位端着托盘的丫鬟走了过来，托盘上的粥碗还是满的。

丫鬟说，张嫂，老爷说没有胃口，又没吃饭。

张嫂轻叹一声，接过托盘说，给我吧！

穿过廊桥，来到幽静的后院，正对着那间便是左世章的书房。此刻，左世章愁眉不展，面对墙上的月份牌想着心事。月份牌中间的位置是著名影星阮梦蝶的画像，烫发、旗袍、高跟鞋，手里拿着一支香烟，巧笑倩兮，美目盼兮。月份牌左右两侧为民国二十七年的中西对照历表。

张嫂端着粥碗进门，左世章头也不回，他说，时间过得真快，都民国二十七年了。

张嫂把托盘放在桌上，她说，老爷，先把粥喝了，一会儿该凉了。

左世章回头看着张嫂，伸手触摸她的脸庞，感慨地说，我老了，你也老了。记得辛亥年革命时，你我奉命刺杀两江总督端方，没想到消息泄密了，你我不幸落入清兵的陷阱。当时我身负重伤，而你为了救我，手持两把毛瑟短枪，在万千敌军之中硬生生杀出一条血路。英雄事迹传来，你从此被誉为革命军里的"沪宁女侠"。

张嫂感慨地说，"沪宁女侠"这个称呼已经很久远了。

左世章说，民国十六年之后，我步步高升，先是调任党务调查科，再后来负责筹建国民党特工总部，而你为了全力支持我的工作，毅然选择了退伍，进左家当一名下人。这么多年来，你一直默默地陪伴着我，没有一句怨言。我在想，是不是该给你一个名分。

张嫂说，你心里有我就行，我不要什么名分。

左世章说，我对你的感情从来也没有改变过，家里两房太太的情况，你也十分清楚。大太太是遵从父母之命，媒妁之言，毫无感情可谈；二太太被那个负心汉抛弃时，已经怀胎五个月，我不娶她，那就有可能一尸两命啊。

张嫂说，我说了，我不要什么名分。

左世章说，你越这么讲，我的心里越不是滋味。留给我的时间不多了，应该尽快安排后事。既然你不要名分，那这个家的资产都归你，我在中国银行重庆分行存有一箱黄金珠宝，另外户头上尚有余额五万块……

张嫂警觉，她说，老爷，你怎么突然说这样不吉利的话？

左世章心情沉重地说，我不能再这么等下去了。整整一百天过去了，铭烨至今没有消息，也许已经遭遇不测。如果铭烨出了事，我应该替我的儿子去完成那项秘密任务。

张嫂着急地说，你真的要去八路军重庆办事处？

左世章说，是的。今天就去，待会儿你把我那件藏青色的中山装找出来。

张嫂说，我不能去！那个汪铮禹本来就不放心你，你再跟共产党联系，会给自己带来杀身之祸！

左世章坚定地说，我左世章是什么样的人，你应该非常清楚，我不可能与那些发国难财的贪官污吏沆瀣一气！不就是个死嘛，我已经活够了！铭烨是我的好儿子，是我左家全部的希望，他不在了，我活着还有什么意义？！

张嫂心情复杂地看着左世章，泪水在眼眶里打转。

一阵刺耳的空袭警报声忽然从街上传来，左世章烦躁地坐下又起身，拐杖杵着地面，气愤地说，天天来，天天炸，日本鬼子简直是丧心病狂啊！

张嫂说，老爷，赶紧去防空洞躲一躲吧！

左世章说，走吧！

左世章大步出门，张嫂紧随其后。

一架日军轰炸机冲破云雾，出现在山城重庆的上空，接着他的侧翼又多了几架轰炸机，悬挂在机身下的两枚巨型炸弹清晰可见。地面的国军部队正在组织反击，高射炮的弹药在空中炸开，形成两条相互交叉的轨迹。九架日军轰炸机组成的编队不紧不慢地飞行着，发动机螺旋桨发出巨大的嗡鸣声……

行至预定目标上空，日军轰炸机开始投弹。炸弹从打开的舱门接二连三地坠落，其中一枚炸弹摇摇晃晃地掠过慈云寺的塔尖，重重地砸在街面上，在慌张奔命的人群中轰然炸响，巨大的烟尘和火光瞬间将这条街道湮没。

硝烟渐渐散去，只见血流满街，惨不忍睹。偶尔有侥幸活命的，也晕了头，灰头土脸地坐在那里，愣愣地看着日军轰炸机群大摇大摆地走远。

左世章和张嫂回到家中时，家丁、佣人们正在打扫院子，自家的房屋多数安然无恙，只有侧屋坍塌一角，导致碎石瓦砾遍地。

左世章叹了口气，朝后院走去。张嫂指挥家丁、佣人们收拾院子。

2

第二天，一位衣衫褴褛、蓬头垢面的乞丐步履沉重地走过来，站在朝天门灯笼巷四十四号的门前，抬头看着高大的门楼。这是死里逃生的左铭烨。一名左家的丫鬟开门出来，见到乞丐守在门外，脸上堆起鄙夷的表情。

她说，家里没有开饭，你赶紧走吧！

左铭烨似乎没有听到她的话，抬脚就要进院。丫鬟边后退边阻拦，大喊道，哎，你这叫花子胆子也太大了！来人，抄家伙，把他打出去！

几名家丁、佣人闻讯从院内跑出来，张嫂也在其中。张嫂认出左铭烨，吃惊地瞪大了眼睛，她说，大少爷，你来啦？

左铭烨强作欢颜，他说，张嫂，家里有吃的吗？我已经三天粒米未进了。

张嫂上下打量着眼前的左铭烨，眼泪夺眶而出，她擦了擦眼泪，二话不说，拉着左铭烨就往家走。旁边的几个家丁、佣人跟了进去。丫鬟手忙脚乱地关上了院门。

两名国民党特务出现在巷口，偷偷朝这边张望。

其中一个特务说，马上报告秦组长，目标出现了。

3

国民党特务魏忠国化装来到八路军重庆办事处，密会柳墨轩，汇报近期调查情况，他说，左世章与汪铮禹的关系非同一般。现已查明，左世章一手创办国民党特工总部，是个资深的老特务。告老还乡之前，他举荐自己的得意门生汪铮禹继任，汪自此成为特工总部当家人。

柳墨轩说，这就可以理解了，左世章在上海"诈死"，以逃避公众的视线，我怀疑他和汪铮禹联手做局，意在侵吞我们之前储存在沪通银行的那笔巨额组织经费。

魏忠国说，柳副主任，单凭推测不行，想讨回那批黄金，我们需要直接的证据。

柳墨轩说，谈何容易啊！"牡蛎"同志在这里就好了，他曾经跟我说过，他手里还有一枚神秘的棋子，也许将在此次任务中起到关键作用。

魏忠国疑惑地说，什么棋子？

柳墨轩说，他没有明说，我也没有细问，那枚棋子到底是谁，又在哪里，我这里是毫无头绪啊。

魏忠国说，"牡蛎"同志还没有消息吗？

柳墨轩说，据我们南京的同志讲，已经给"牡蛎"安排好了出城的路线，可是不知道什么原因，他至今没有去约定的接头地点"积善堂"。我担心，他可能已经遭遇不测。

魏忠国说，如果"牡蛎"同志牺牲了，是不是更难从国民党手里讨回那批黄金？

柳墨轩说，不止如此，情况会更糟糕。本来我们手里就没有汪铮禹侵吞的直接证据，如果当事人"牡蛎"再出意外，也就意味着此次黄金转运计划的彻底失败。

两人一筹莫展。柳墨轩给魏忠国递烟，魏忠国烦躁地摆摆手。

4

左铭烨洗完澡，穿着睡衣来到客厅。左世章拉他坐下，查看他胸口和胳膊上的枪伤，心疼不已。

左世章说，怎么搞成这个样子？

左铭烨说，爸，回家的感觉真好，我还以为再也见不到您了。

张嫂端来果盘，对左铭烨说，大少爷，这段日子实在是太难熬了，老爷整宿睡不着觉，好几次在梦里喊着你的名字。

左世章说，说这些干什么？去去去，给铭烨找出几身合适的衣服。

张嫂听话地走了出去。

左世章欣慰地说，铭烨，我就知道你不会有事的。

左铭烨说，爸，让您担心了吧？

左世章说，俗话说，儿行千里，父母担忧，更何况你在沪宁这种凶险之地。能从枪林弹雨中活命，真是老天开眼啊。待会儿，我们一起去给菩萨敬一炷香，感谢他为我左家留后啊！

左铭烨犹豫着说，我就不去了，我还有更紧要的事情。

左世章说，你要去哪里？

左铭烨吞吞吐吐地说，想上街随便走走，随便看看。

左世章怀疑地说，随便走走是紧要的事情吗？铭烨，你身上有伤，应该好好休息，可是你刚到家就要出门，到底什么事情如此急迫？

左铭烨不知道该怎么解释，索性闭了嘴。

左世章说，铭烨，跟我说实话，你到底是什么人？

左铭烨一乐，他说，爸，我能是什么人啊？我是您的儿子呀！

左世章说，不要跟我打马虎眼，我是认真的。

左铭烨犹豫着说，在我心里，您永远是我的父亲。可是有些事情我必须要保密，您还是不要问了。

左世章说，你是想去八路军重庆办事处，向你的上级领导汇报情况对不对？

左铭烨说，我什么也不能说。

左世章说，这件事情我一定要问清楚，因为这直接关系到我们沪通银行那批黄金。

左铭烨说，爸，汪铮禹把那批黄金藏在哪里？

左世章说，重庆大佛寺。铭烨，这批黄金不是我们沪通银行的资产，他有着神秘的来源，更有着神秘的去向，对不对？

左铭烨没有搭腔，点燃了一支雪茄，思索着。

左世章说，其实我早知道了，你是一名共产党员。存储在我们沪通银行的那批黄金，是你们共产党的秘密经费。之前你是共产党派驻上海的"守金战士"，如今是黄金转运计划的负责人"牡蛎"。

左铭烨说，爸，我真不知道你在说什么。

左世章说，知子莫若父。铭烨，你瞒不了我。我一直在观察你，现在我可以欣慰地说，能有你这样信仰坚定的儿子，是我左世章的骄傲。为了你的信仰，我豁出这条老命都可以。

左铭烨说，爸，其实这些年我也在观察您。

左世章说，有什么结论吗？

左铭烨说，看不懂，猜不透，但是我感觉您肯定不会害我。如果我遇到难处，您一定会帮我的，对不对？

左世章哈哈大笑，他说，铭烨，我们爷俩真是心心相通啊。没错，我会帮你，不遗余力。

左铭烨说，爸，我希望在整盘棋当中，您能成为决定胜负的关键一子。

左世章说，你这么信任我？

左铭烨说，毕竟您是我的父亲，一天天抚养我长大成人，如果您都不支持我的工作，那岂不是太悲哀了。

左世章说，是啊，我老了，但是不糊涂，我左世章是参加过辛亥革命的老国民党党员，可是如今的国民党已经让我彻底失望了，我还是那句话，中国的希望在延安。

左铭烨说，我相信您这句话，是发自内心的。

左世章说，好了，我们言归正传。从汪铮禹开始盯上我们沪通银行那批黄金开始，我就预感到不妙。汪铮禹是我的学生，对他的恶劣人品我太了解了。但我毕竟已告老还乡，在特工总部无权无职，只能将计就计，与之周旋。

左铭烨认真听着，给左世章沏茶。

左世章说，果然，汪铮禹在上海战争爆发时，派出部队炸开沪通银行金库，将那批黄金直接抢走了。简直是强盗行径啊，当时我虽然愤慨，但是不能有所表露。虚与委蛇的结果，是我终于拿到了他抢运黄金的证据。

左铭烨说，什么证据？

左世章得意地说，白纸黑字的货运清单上，有他"王正"的手章和亲笔签名，这笔账他绝对赖不掉！

左铭烨高兴地说，是吗？太好了，清单在哪里？

左世章说，藏在一个谁也不知道的地方。铭烨，你先休息一下，一会儿我亲自带你去取。

4

汪铮禹不相信左铭烨还活着，并且来到了重庆，听到这个消息，他惊讶地从沙发上跳起来，问秦北飞说，确定吗？真的是左铭烨？

秦北飞说，非常确定，虽然他化装成一个叫花子，但是还是被我们的人一眼认了出来。

汪铮禹皱眉思索着。

秦北飞说，汪副处长，幸亏你提前对左世章的住处布置了监控，原来这个老东西一直与左铭烨暗中联系，我们防着他是对的。

汪铮禹懊悔地说，我可能做了一件错事，那份盖有我手章的清单可能会变成一颗定时炸弹。

秦北飞说，怎么回事啊？

汪铮禹一声长叹，他说，唉，是我疏忽了。左世章是我的恩师，又是老资格的国民党党员，之前他一直与我扮演同谋的角色，让我误以为他对养子左铭烨真能痛下杀手，现在看来，也许我上当了。如果左世章真的与左铭烨联手，那他之前的种种手段堪称高明啊！

秦北飞说，那我们还犹豫什么？杀掉左世章和左铭烨，销毁那份清单，一了百了。

汪铮禹说，我们已经错失了干掉左铭烨的好机会。如今正值国共合作时期，如果我猜得不错，他应该很快就去八路军重庆办事处报到，并公开表明身份。你想一想，如果左铭烨在重庆出事，共产党方面会轻易罢休吗？不用猜，他们一定要大张旗鼓地展开调查，找出真凶。不仅如此，恐怕与共产党交往甚密的国民党左派也会揪住这件事情不放，攻击领袖"攘外必先安内"
的政策，甚至借机要挟领袖下台，因此这件事情我们不宜张扬。

秦北飞说，汪副处长，就没有补救的措施吗？

汪铮禹说，现在的关键是左世章。如果他和左铭烨不是一条道上的，我
们就不必慌张；如果是，那就只能先下手为强，杀掉这个老东西，抢回那份清
单。所以，我们的策略应该是让左铭烨吃哑巴亏，无凭无据，能奈我何？！

秦北飞点头称是，他说，不知道左世章把那份清单藏在哪里？

汪铮禹说，以我对恩师的了解，他不可能把那么重要的东西藏在家里，
他是只老狐狸，做事一贯谨慎。

说着，汪铮禹坐回沙发。与此同时，办公室的电话响了。汪铮禹坐着没
动，示意秦北飞去接电话。

秦北飞紧跑几步，来到电话机旁，抄起听筒说，哪里？……你说什么？
左世章出门了？……大佛寺方向？好，你们给我盯紧这个老家伙，他身上藏
有重要的东西。

秦北飞撂下电话，一边掏枪并熟练地检查枪械，一边对汪铮禹说，汪副处
长，果然不出所料。左世章和左铭烨父子一起出了门，奔大佛寺方向去了。从
上海运来的那批黄金不就藏在大佛寺后山嘛，他们的目的已经非常明确了。

汪铮禹皱眉，自言自语地说，老师啊，你不仁我不义，我不想杀你，可
是你也不能把我逼向绝路！

5

渡船从朝天门出发，溯流而上，对岸就是重庆大佛寺。左铭烨、左世章
和张嫂来到这座俗称"弹子石"的小山，拾级而上，只见满目青翠，鸟语花
香，香客络绎不绝。

左世章兴致很高，拄着拐杖向山上攀爬，左铭烨和张嫂根本赶不上他。

左铭烨说，爸，你慢点儿走，小心别摔着。

左世章头也不回，自豪地说，铭烨，我这腿脚还算利索吧？连你也追不上我。

左铭烨说，我这不是身上有伤嘛。

左世章停下脚步，笑眯眯地回头，看向身后的左铭烨和张嫂，无意中发现不远处跟踪的国民党特务。两名国民党特务在狭窄的山路上进退两难，只好弯腰装作系鞋带的样子，动作整齐划一，反而露出了马脚。

左世章冷笑，拄着拐杖快步朝山上走去。

五佛殿门前的平台上，香客如云。左世章径直走向功德箱前捐款，又在旁边的功德簿上写着什么。左铭烨和张嫂站在那里等他。不一会儿，左世章回来了，掏出几张钞票塞到左铭烨的手里。

左世章说，铭烨，我和张嫂先去藏经阁，你到那边多买几炷香，然后再过来找我们。

左铭烨答应着离开，左世章和张嫂不紧不慢地走向藏经阁。

两名国民党特务跟踪而至，见左铭烨与左世章分道扬镳，左看右看，有些犹豫。

一名特务说，怎么办？我们分头跟踪吧！

另一名特务说，秦组长命令我们盯紧这个老家伙就行，其他人不用管。这边走。

左世章和张嫂进藏经阁之前，不放心地回头看了一眼，发现两名特务继续跟踪自己，释怀地笑了。

张嫂说，大少爷回来之前，你整天没个笑模样，现在倒好，看一眼儿子能笑一整天。

左世章说，我当然高兴啊，因为我儿子是干大事业的人，将来必成国家之栋梁，前途不可限量。你说，我左世章有这样的儿子能不开心吗？

香火摊前，左铭烨选好了几炷香，掏钱付账时，意外发现夹藏在钞票里的纸条。纸条是左世章写给左铭烨的，他说，小心，有特务，东西藏在五佛殿左手第二个佛像后，速取。

左铭烨朝藏经阁方向张望，没有看到左世章的身影，扭头匆匆走进五佛殿。在众多香客诧异的目光中，左铭烨抱着石佛攀爬而上，果然发现藏在佛像背后的小木匣。

左世章和张嫂在藏经阁流连，随手翻阅古籍，兴致盎然。汪铮禹和秦北飞走了过来，另有几名国民党特务恶言恶语地将其他香客轰赶了出去。

左世章见到汪铮禹并不意外，戏谑地说，汪长官，你们的行动太慢了。

汪铮禹说，老师，你料到我会来？

左世章说，你不仅会来，还会找我要一样重要的东西。

汪铮禹装糊涂说，什么东西？

左世章说，一样能让你汪铮禹身败名裂的东西。

汪铮禹叹了口气，他说，唉，老师，你不能过河拆桥，置我于死地啊！我是那么信任你，你却在背后暗算我。

左世章义正词严地说，什么叫暗算？我是拿回本该属于我左家的黄金！你汪铮禹厉害啊，竟然未经允许，派国军部队直接炸开金库大门，公然抢走我沪通银行十多万两的黄金储备，简直就是强盗行径嘛！汪铮禹，你就等着上军事法庭接受审判吧！

汪铮禹说，老师，难道这件事情没有任何回旋余地吗？我可是你一手提拔起来的。

左世章说，那是我瞎了眼！国难当头，你一个国民政府军事委员会的高官居然利用职务之便，意图侵吞民间财产，我真替你害臊啊。从今往后，不准再说是我的学生，你我井水不犯河水。

汪铮禹想发火，又忍住了，他说，你这么做都是为了左铭烨，对不对？

左世章说，没错，铭烨是我的儿子，他是我全部的希望。

汪铮禹说，可他只是你的养子，并非亲生的。

左世章说，比起那些不孝子，我这个养子比亲生的还要亲！

汪铮禹说，老师，不用我提醒你吧？你是个资深的国民党老党员，而左铭烨却是个共产党，而且我们得到的情报是，那批黄金极有可能是共产党的秘密活动经费！

左世章说，那又怎么样？睁开你的狗眼看清楚，国共已经合作了，共产党可以正大光明地走在重庆的街面上。如果这批黄金是共产党的经费，你更没有任何理由扣留，除非你想因此坐牢！

汪铮禹说，老师，该说的我都说了，你要是这么固执，我也没办法。

说着，汪铮禹朝秦北飞使眼色。秦北飞会意，就要掏枪，张嫂突然冲了上去，劈头盖脸地打了他几巴掌。秦北飞恼怒，一个背摔将张嫂摔倒，之后一手控制住她，一手掏枪对准她的脑袋。

左世章大怒，他说，把她放开，你们冲我来！

秦北飞保持着持枪的姿势，没有松开张嫂。

汪铮禹说，这样吧，我再退一步，老师交出那份清单，我不杀她。

左世章哈哈大笑，他说，汪铮禹，我会愚蠢到等着你带人来抢那份清单吗？你上当了，我这一招叫"明修栈道暗度陈仓"。实话告诉你吧，铭烨已经拿走那份清单，按时间推算，此时这份重要的证据已经摆在八路军重庆办事处共产党首长的桌面上。你失算了，我和铭烨成功了。

汪铮禹脸色骤变，转身朝外边快步走去，其他特务跟了上去。秦北飞见状，无奈地松开了张嫂，朝门外走。

左世章上前，扶起张嫂，他说，走吧，我们回家。

一声枪响。左世章背部中弹，倒在张嫂的怀里。张嫂吃惊地抬头，发现秦北飞持枪步步逼近，凄然一笑。秦北飞扣动扳机，又朝张嫂连开两枪。

听到藏经阁方向传来的枪声，左铭烨忽然预感到不妙，急忙往那边跑。众多香客迎面而来，仓皇失措地向山下奔逃。左铭烨被裹挟在汹涌的人流中，如逆水行舟，寸步难行。

左铭烨气喘吁吁地跑进藏经阁的时候，汪铮禹、秦北飞等特务已经不见了踪影。地上横陈着两具尸体，是左世章和张嫂。

左铭烨无力地瘫倒在地，跪在左世章遗体前，泣不成声。

6

在柳墨轩的陪同下，左铭烨来到曾家岩五十号"周公馆"，坐在大厅的沙发上等待八路军首长的接见。

柳墨轩说，你父亲被国民党特务暗杀一事，首长已经听说了，他非常愤慨，但是鉴于你父亲资深国民党的身份，我党不能过多干涉。首长评价你父亲是民主革命的先驱，中国共产党的好朋友。

左铭烨说，有首长这句评价，父亲在天之灵，应该感到快慰。

柳墨轩说，左铭烨同志，我们向延安转运组织经费的计划已经进展到了最后阶段，首长此时接见你，应该有着特别的用意。关于从国民党手里接收那批黄金的各个环节，你准备好向首长汇报了吗？

左铭烨说，准备好了，我有信心完成此次任务。

柳墨轩停顿了一会儿，又说，左铭烨同志，还有一个消息要告诉你，出卖"西湖"夫妇的内奸找到了。

左铭烨说，是不是黎本昌？

柳墨轩摇摇头。

左铭烨说，那是谁？

柳墨轩说，我之前费尽周折在上海寻找内奸，其实思路是错误的，出卖"西湖"夫妇的内奸不在上海，而是在延安，他就是你们西北分行的王处长。

左铭烨说，老王？真的是他？

柳墨轩说，他回天津探亲时，被国民党特务收买，成为汪铮禹安插在延安的眼线，主要提供包括西北分行在内的银行系统金融情报。"西湖"夫妇到延安受领任务时，他恰巧在场。

左铭烨说，老王在红军时期的表现很优秀，我简直不敢相信他会出卖自己的同志。

柳墨轩说，左铭烨同志，能抓到这个内奸，你也起到了不小的作用。

左铭烨说，跟我有什么关系？

柳墨轩说，你有所不知啊，秦北飞为了核实你的身份，通过国民党特工总部跟这位延安的王处长要你的照片，正因为王处长寄了一封夹带你照片的信件，最终才露出马脚。

一名穿西装的女工作人员朝这边走过来，左铭烨和柳墨轩先后起身。

女工作人员先看了一眼左铭烨，扭头问柳墨轩说，柳副主任，这位就是左铭烨同志吧？

柳墨轩说，是的。

女工作人员说，周恩来同志请你们过去，跟我来吧！

左铭烨内心波澜起伏，激动地整理着自己的衣襟，之后跟随这名女工作人员向楼上走去。

7

汪铮禹裹着睡衣，神情憔悴地仰躺在沙发上，额头敷着一块毛巾。汪太太拿来一条毛毯，轻轻搭在汪铮禹的身上。

汪太太说，已经退烧了，到床上躺一会儿吧！

汪铮禹说，不，我还得等一个消息。

汪太太说，铮禹，要不我们逃吧？离开重庆，到哪里都可以。在这里成天提心吊胆的，你看看你都变成什么样子了。

汪铮禹说，我想再等等，看有没有翻盘的机会。我有一种预感，左铭烨一定会来找我。

汪太太说，他不可能来找你！左铭烨又不傻，明知道你要杀他，怎么会自寻死路？铮禹，我们走吧，那批黄金的事情一旦公之于众，恐怕我们想走都走不了了。

汪铮禹说，左铭烨从昨天到现在一直没有露面，但他不可能一辈子都躲在曾家岩五十号不出来吧？！所以，我应该还有机会。

汪太太正想说什么，见秦北飞进了门，小心地将汪铮禹扶起，让他靠在沙发上。

秦北飞说，汪副处长，左铭烨从曾家岩五十号出来了。

汪铮禹说，当场击毙了吗？

秦北飞犹豫着说，有些意外情况，当时我没有下令开枪，因为来接左铭烨的汽车是重庆国民政府的。后来，我们跟踪那辆轿车，一直到了国府路，看着这辆车开进了政府大院。

汪铮禹疑惑地说，左铭烨去国府路干什么？

秦北飞说，我打听过了，左铭烨要在重庆国民政府宴会厅召开新闻发布会，具体内容不详。

说着，秦北飞抬腕看表，然后紧跑几步，打开几案上的收音机。收音机里传来一个甜美的女声，她操着一口重庆口音进行播报。

她说，上海沪通银行此时正在国府路召开新闻发布会，感谢国民政府为保护民间财富所做出的不懈努力。下面请听来自新闻发布会现场的声音，沪通银行执行董事左铭烨先生正在发言。

收音机里传来一片掌声，汪铮禹面色凝重，朝收音机所在的方向欠起身子。

国府路，重庆国民政府宴会厅。现场镁光灯闪个不停，柳墨轩和数十位记者在场，另有几名国民党特务混迹其中。西装革履的左铭烨登上发言台，先纠正了一下话筒的位置。

左铭烨说，各位记者朋友，今天我们沪通银行能在国府召开这场新闻发布会，我的心情非常激动。去年八月十三日，日军悍然发动上海战争，存储在我沪通银行十余万两的黄金储备岌岌可危。那是上海万千储户赖以活命的全部资产，日本间谍觊觎许久，这批黄金一旦落入日军之手，不知多少人因此倾家荡产。危难之时，是国民政府向我沪通银行伸出援手，派军舰紧急抢运至重庆。千里迢迢，难度可想而知。在这里，我代表上海沪通银行董事左世章、林红颜、崔新轲、黎本昌以及万千储户，感谢国民政府为此所做的一切努力……

提到这些曾经熟悉的名字，左铭烨的声音哽咽了，暂时中断了讲话。

有记者带头鼓掌，现场掌声四起。

左铭烨继续说，最后，我还要特别感谢一个人，他就是国民政府军事委员会特派员汪铮禹将军。汪铮禹将军是此次黄金转运任务的负责人，没有他的运筹帷幄，这批黄金不可能顺利抵达重庆。我真的非常感激他，希望在接下来的黄金交接仪式上能当面向他致谢。

一名记者问道，交接仪式什么时间举行？

左铭烨说，这个我还需要与汪铮禹将军协商，到时候会通知各位的。谢谢大家。

在柳墨轩的护卫下，左铭烨匆匆离去。在场的国民党特务交换了眼神，快步跟了上去。

"吧嗒"一声，秦北飞关掉了收音机，心情复杂地看向汪铮禹。汪铮禹失魂落魄地靠在沙发上，眼神直愣愣的，有些吓人。

汪太太说，铮禹，铮禹你没事吧？

汪铮禹苦笑，他说，有其父必有其子。左铭烨这一招比左世章还狠啊，直接召开新闻发布会将此事公之于众，切断了我所有的退路，如今这件事情捂是捂不住了，听天由命吧！

秦北飞说，汪副处长，你应该振作起来，那批黄金是我们好不容易运到重庆来的，怎么可能让共产党轻松地拿走！

汪铮禹气急败坏地说，北飞，你以为我愿意交出来吗？可是不交出来，我汪铮禹就得坐牢！我被左世章这个老东西耍了，父债子还，我不允许左铭烨活着离开重庆！决不允许！

秦北飞说，明白，您放心，一有机会，我们就动手。

汪铮禹对汪太太说，我累了，你扶我上楼。

汪太太搀扶着汪铮禹朝楼上走去，忽然门外传来一阵急促的脚步声。汪铮禹停下脚步，扭头望去，看到国民党特务魏忠国带着一队国军宪兵气势汹汹地闯了进来。

汪铮禹强打精神，问魏忠国说，你想干什么？

魏忠国说，奉重庆国民政府军事委员会以及统帅部的命令，请汪副处长到国府路走一趟。

汪铮禹说，什么事情？

魏忠国说，之前汪副处长给国民政府军事委员会的报告中提到，沪通银行那批黄金已经下落不明。可是就在刚才，沪通银行董事左铭烨召开了新闻发布会，声称这批黄金就在你的手中。国军高层对汪副处长的欺瞒表现十分不满，特命属下接你过去，当面澄清。还请汪副处长配合一下。

汪铮禹垂头丧气地说，知道了，等一下，我换衣服。

汪太太要搀扶汪铮禹上楼，汪铮禹一把甩开她的手，生气地说，你们都别跟着我，听到没有？！

整个房间变得死一样的静寂，汪铮禹的脚步异常沉重，在众人的注视下，一步步朝楼上走去。汪铮禹进入卧房不久，突然传来了一声枪响。汪太太预感到什么，喊了一声"铮禹"，慌手慌脚地朝楼上跑去。

秦北飞来到魏忠国面前，恶狠狠地盯着他。

魏忠国说，秦组长，有什么事吗？

秦北飞说，是你害死了汪副处长，这笔账我记下了。魏忠国，我们走着瞧。

魏忠国说，自我了断，也算是一种解脱，否则汪副处长最少得坐十年牢。

楼上忽然传来汪太太撕心裂肺地哭泣，秦北飞一把推开魏忠国，大步朝门外走去。

8

深夜，曾家岩五十号某个房间的灯光依然亮着。左铭烨仰躺在床铺上，想着心事。柳墨轩匆匆进门。

柳墨轩说，刚刚得到的消息，汪铮禹畏罪自杀，重庆国民政府将另行委派他人办理黄金交接手续。

左铭烨说，这是意料之中的事情，我代表沪通银行召开新闻发布会，国军协助沪通银行转运巨额黄金一事如今已是家喻户晓，上至政府高层，下至重庆的走卒商贩。众多记者四处打探，连运送黄金的国军士兵都出来接受采访。汪铮禹纵有天大的本事，这件事也隐瞒不下去。这就是舆论的力量，我们成功了。

柳墨轩说，左铭烨同志，你辛苦了，我代表组织感谢你。

左铭烨心情复杂地说，能完成这次任务，不是我一个人的功劳，我希望在给上级的最终报告里，加上马良同志，蒋金刚同志，黎茉莉同志和我父亲左世章的名字，他们都是有功之臣。

柳墨轩说，我同意。另外还有一件事情。

左铭烨说，请讲。

柳墨轩说，汪铮禹死了，可是他在重庆党羽众多。为防不测，上级指示我们，签约仪式结束后立即将你转送延安。

左铭烨说，去延安？

柳墨轩说，左铭烨同志，你是一名优秀的共产党员，你对党的杰出贡献有目共睹。功臣必须受到特别保护，组织也希望你在将来能发挥更大的作用，肩负起更大的责任。

左铭烨说，我服从组织安排。不过在离开重庆前，我能去大佛寺看看我的父亲吗？

柳墨轩犹豫着，没有马上回答他。

9

数十名记者云集重庆国民政府宴会厅，见证国民政府与沪通银行的黄金交接仪式。左铭烨和中统局的徐副局长分别代表沪通银行和重庆国民政府，在协议书上签字。柳墨轩等人在会场内游弋，密切观察一切可疑人员。

左铭烨起身，与徐副局长交换协议书。记者们蜂拥上前，举起相机，咔咔拍照。

左铭烨感激地说，徐副局长，谢谢你了。我代表沪通银行万千储户感谢国民政府为保护民间财富所做的努力。

徐副局长客气地笑了笑，他说，左先生不愧是中共精英，几番争斗，左先生还是技高一筹，汪铮禹之流只能甘拜下风。

左铭烨说，我是什么身份现在还重要吗？

徐副局长说，左先生，恕我直言，这批黄金真的是你们沪通银行的储户资产吗？我得到的情报似乎并非如此，这批黄金只是你们共产党的组织经费。国难当头之际，你们共产党不在一线杀敌，保家卫国，却在背后忙着转移巨额资金，此等下作行径，实在为人所不齿！

左铭烨说，既然徐副局长谈到这一点，那我也就不再隐瞒了。我可以明确地告诉你，这批黄金是我党的一笔抗战专项资金，它将用于装备八路军部队，用于打击日寇侵略者！你说我们费尽周折，转运这批黄金有意义吗？

徐副局长说，左先生这些话毫无说服力，因为按照国共协议，国府拨付给八路军、新四军的军饷一直是按时发放的。

左铭烨说，你们的蒋主席为了遏制共产党的武装，只同意八路军编制三个师，军饷也是按三个师这个标准发放，可是徐副局长，您知道原红军部队有多少人吗？蒋主席不给军饷，我们共产党就不抗日了吗？那些没有编制，没有军饷的八路军部队就不上前线杀敌了吗？答案是否定的，我们顾全大局，不与你们斤斤计较。不是没有军饷吗？我们可以自筹资金。

徐副局长含糊地说，啊，这个情况我确实不太清楚。左先生，我可能失言了，你不要介意。

左铭烨说，不管怎么说，重庆国民政府最终归还了这批黄金，皆大欢喜。徐副局长，我还是要谢谢你。

徐副局长半开玩笑半认真地说，不还不行啊，这件事情已经被你搞得满城风雨，就算是我们想私吞这批黄金也是不可能啦！好啦，左先生，祝我们合作愉快吧！

左铭烨与徐副局长握手，两人面带微笑转向众记者。记者们举起相机，咔咔拍照，镁光灯闪个不停。

柳墨轩忽然看到了一个熟悉的身影，是化装成记者的秦北飞。柳墨轩阴沉着脸，朝秦北飞走去。秦北飞冷笑，转身就跑。柳墨轩毫不犹豫地追了出去。

重庆国民政府的院子里，前来办事的人三三两两。柳墨轩从大楼内气喘吁吁地跑出来，左右张望，没有发现秦北飞的踪影。两名地下党跟了上来，询问情况。

柳墨轩说，为保障左铭烨同志的安全，签约仪式结束后，他将不再回到曾家岩五十号，而是直接出城。通知我们的人，提高警惕，在离开国府之前，不得有任何闪失。

10

在柳墨轩的引领下，左铭烨匆匆穿过重庆国民政府的侧门，进入一条偏僻的小巷。一辆黑色轿车此时正静静地停放在巷口。

左铭烨和柳墨轩先后上车。柳墨轩吩咐司机说，直接去涪陵交通站，不管遇到什么情况，中途都不要停，快走。

这辆黑色轿车在狭窄的重庆城区道路行驶，柳墨轩始终不放心地朝车后张望，直到轿车出了城，飞驰在郊外的土路上，他才长舒了一口气。

左铭烨说，我还能到坟上看我父亲一眼吗？

柳墨轩说，左铭烨同志，为了安全起见，以后有机会再去给你父亲上坟吧。你可能不知道，刚才在签约仪式现场，我见到了化装成记者的国民党特务秦北飞，可惜让他逃走了。秦北飞的目标显然是你，我们必须小心行事。

左铭烨说，汪铮禹已经死了，秦北飞没有必要杀我吧？

柳墨轩说，不得不防啊。秦北飞这个人你我都熟悉，他心狠手辣，对共产党从不手下留情，是个双手沾满我们同志鲜血的刽子手。汪铮禹畏罪自杀，秦北飞也因此受到牵连，被撤了职，他现在就是一条丧家之犬，不，应该是乱咬人的疯狗。

左铭烨说，明白了。秦北飞其实挺可悲的，他替汪铮禹卖命，肝脑涂地，没想到落得这样一个悲惨的下场。

柳墨轩说，有道是，多行不义必自毙。汪铮禹罪有应得，而秦北飞这条走狗则是可怜又可恨。左铭烨同志，政保局的周兴局长已经安排好你的行程。把你送到涪陵丰盛号米店，我的任务就完成了。

左铭烨说，以后我们还有机会一起工作吗？

柳墨轩说，你回延安，我留重庆，不管在哪里工作，我们都是好同志，好战友。

涪陵丰盛号米店紧邻长江渡口，老板是一位富态的中年人，姓夏。夏老板正与一位进货的客商讨价还价，身穿八路军军装的夏雨走了进来，身后跟着几名八路军战士。

夏老板满脸堆笑，对夏雨说，几位长官要买米吗？

夏雨说，老板，你们米店的米，我全包了。

夏老板犹豫了一下，对旁边的客商说，抱歉啊，李先生。政府有规定，镇上各家米店必须优先保障军队用粮，要不您回头再来？

客商无可奈何，悻悻离去。

等客商走出店门，夏雨一下子扑到夏老板的怀里，高兴地说，爸，我妈呢？

夏老板责怪她说，小雨，还知道惦记你妈呀？一走就是好几年，没有消息，家也不回，你妈天天念叨你。

说着，夏老板忽然想起招呼其他的八路军战士们，他说，同志们辛苦了，到后院休息一下，有茶水自己倒，待会儿我让老伴儿给同志们备饭。

八路军战士们就像到自己家一样熟门熟路，纷纷往后院走去。

夏雨不高兴地说，刚回来就埋怨我，我是八路军干部，这不是得出任务嘛。

夏老板说，这次回来什么任务？

夏雨说，护送一位重要同志去延安。爸，他来了没有？

夏老板说，你说的是"牡蛎"同志吧，他暂时还没到，估计也就这一两天的事儿。上级通知我们交通站说，随时做好接应准备。

听到"牡蛎"的代号，夏雨显得有些激动，她说，啊，原来是"牡蛎"同志啊！

夏老板疑惑地说，你认识他？

夏雨滔滔不绝地说，算是认识吧，在上海我们一起执行过任务，"牡蛎"同志给我的印象是，谈吐优雅，很有才华，信仰坚定，卓尔不群。

夏老板说，小雨，你对"牡蛎"同志评价很高啊！

夏雨说，我是实话实说。

夏老板说，爸是过来人，知道你到底什么心思。这样吧，等"牡蛎"同志来了，我和你妈一起替你们把把关。

夏雨来到米店门口，伸长脖子朝外边张望，言不由衷地说，爸，你开什么玩笑！我饿了，你赶紧做饭去吧！我替你看店。

夏老板说，小雨，你是真想替我看店，还是想在这里等"牡蛎"同志啊？

夏雨没有接父亲的话茬，她说，"牡蛎"同志到底什么时候来啊？你瞧，天都要黑了。

日落西山。重庆郊外的土路上，左铭烨和柳墨轩坐在疾驰的轿车后排闲聊。

左铭烨说，这次任务一波三折，有好几次我都要绝望了。

柳墨轩说，正因为你的坚持和不懈努力，我们才圆满完成此次任务，有时候我就想，组织的决定是正确的，你有胆有识，心思缜密，如果换一个人，恐怕就不是这样的结果。

左铭烨说，我们快到了吧？

柳墨轩说，快了，翻过前边那座山，就到江边了。

黑色轿车轧过一块石头，车身剧烈颠簸了一下，随即一顿一挫，车速明显降了下来，最终停在路边。

柳墨轩问司机说，怎么回事？

司机没有回头，从座椅旁伸出枪口，朝柳墨轩连开两枪。柳墨轩胸部中弹，倒在座椅上。这一幕发生的太突然了，左铭烨回过神来，扑上去夺枪时，又是一声枪响，左铭烨的手掌被子弹击穿。直到这时，左铭烨才看清楚，原来司机是秦北飞装扮的。

秦北飞摘掉鸭舌帽和眼镜，随手扔在副驾驶座椅上，枪口对着左铭烨晃了晃，他说，左铭烨，你瞧啊，这里依山傍水，也算是一块风水宝地，让你死在这里，对得起你吧？

左铭烨愤怒地说，秦北飞，你这算是执行公务，还是官报私仇？

秦北飞苦笑说，我已经被开除军职，哪还有什么公务？之所以追杀你，是为了结我一个心愿，给自己一个交代。别忘了，当初我到上海的任务是追查共产党"牡蛎"，只有杀了你，这个任务才算最终完成。下车！

左铭烨的右手鲜血淋淋，是秦北飞替他打开的车门。左铭烨趁其不备，突然一脚将秦北飞踢翻，随即扑了上去。两人扭打在一起，一时不分胜负。不远处的河道内，江水滚滚东流，浪花激荡四溅。

秦北飞最终被左铭烨制服，手枪也落到了左铭烨的手里。

左铭烨一手掐住秦北飞的脖子，一手持枪抵住他的脑门，他说，秦北飞，像你这种恶人就不该活在这个世界上，你的心胸太狭隘了！目前正值国共合作时期，枪口应该对准日本侵略者，而不是我！

秦北飞说，别扯淡，要么你杀了我，要么我杀了你，就这么简单。

左铭烨说，秦北飞，你太让我失望了。记得在南京维新政府时，你说过一句话，先杀鬼子、汉奸，你我的恩怨回头再说。就因为这句话，我对你心怀希望，认为你是个有思想的军人，而不是愚蠢的莽夫！

秦北飞恶狠狠地说，我还说过一句话，那就是我这个人说到做到。今天死在你的手里，我不甘心，但这就是我的命，我秦北飞认命了。左铭烨，下辈子我们再一决雌雄吧！我保证不会再一次失手。

左铭烨阴沉着脸，轻轻叩动扳机，秦北飞无所畏惧，眼睛都不眨一下。左铭烨犹豫着，终于放弃了。

他说，秦北飞，我饶你不死，我希望你留着这条命，为抗战尽一份心力。如果你还不死心，可以随时到延安来找我复仇，我一定奉陪。

说着，左铭烨松开了秦北飞，拎着枪朝不远处的轿车走去。

秦北飞心情复杂地支撑起身子，望着左铭烨远去，待清醒过来时，他突然掏出藏在裤脚处的袖珍手枪，悄悄对准左铭烨的后背。

左铭烨对此显然一无所知，径直来到轿车旁，就在他拉开车门的瞬间，身后突然传来一声枪响。左铭烨的身体就像受到了巨大的冲击，猛地撞向轿车一侧，发出"嘭"的一声闷响。他努力想站稳，鲜血淋淋的右手使劲扒住车顶，然而身体已经不受控制，最终仰面跌倒，手掌在车顶上留下一条模糊的血痕。

左铭烨闭着眼睛，静静地躺在土坡上，胸前的衣襟被鲜血浸染，他眼中的世界，已经染上了温暖的橘红色。江水、山峰和天空正渐渐地离他远去，最终变得模糊不清。

秦北飞绕过左铭烨，跌跌撞撞地钻进那辆黑色轿车，驾车匆匆离去。

一大群低飞的鸽子突然掠过江面，迎着落日余晖，奋力扇动翅膀。临近江岸时，它们陡然而起，轻盈地越过那个山坡。一片掉落的羽毛在空中随风舞动，忽东忽西，忽左忽右，最终飘落在左铭烨的遗体上。